伊斯坦布尔假期

[法]马克·李维（Marc Levy）——著

张怡——译

L'étrange voyage de Monsieur Daldry

湖南文艺出版社 HUNAN LITERATURE AND ART PUBLISHING HOUSE　博集天卷 CS-BOOKY　Laffont/Susanna Lea Associates

献给宝玲、路易和乔治

世事难预料， 尤其在牵涉未来的时候。

——皮耶 · 达

Les prévisions sont difficiles à faire, surtout lorsqu'elles concernent l'avenir.

Pierre DAC

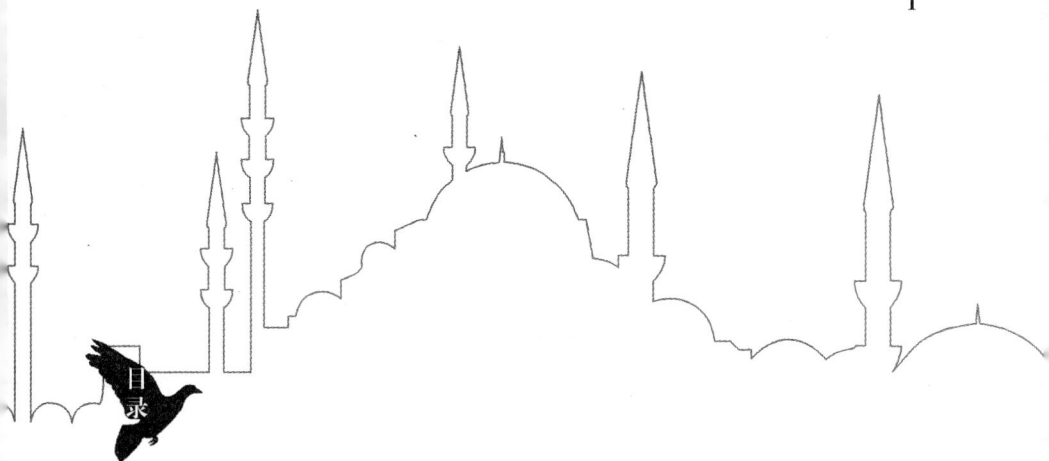

目录

>>>

一个不被想象中的恐惧纠缠的晚上，一个不用在诡异的街道上无休止地奔跑的晚上，一个甜美充实的晚上，这就是阿丽斯所梦想的一切。

如果那位算命师的预言是真的，那么我就是领着你走向你的真命天子的那六个人中的第一个。就像我答应你的那样，我会陪着你直到你找到那第二个人。而当我们找到他之后——我确信我们一定可以找到他——我的任务也就完成了。

阿丽斯重新拉上窗帘，决定第二天告诉戴德利，她希望返回伦敦。

我们的人生道路会交错，不正是命运决定的吗?

男士们纷纷转身，一些人甚至中断了交谈。女士们则从头到脚地打量着阿丽斯。不论是发型、上衣、晚礼服还是鞋子，她都是时髦生动的代名词。

>>>

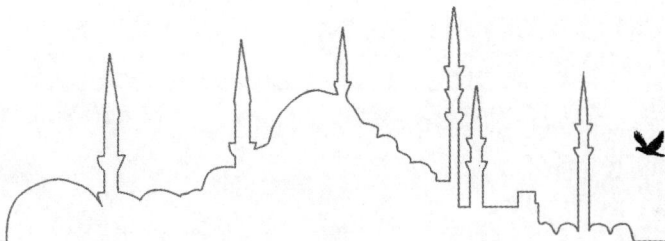

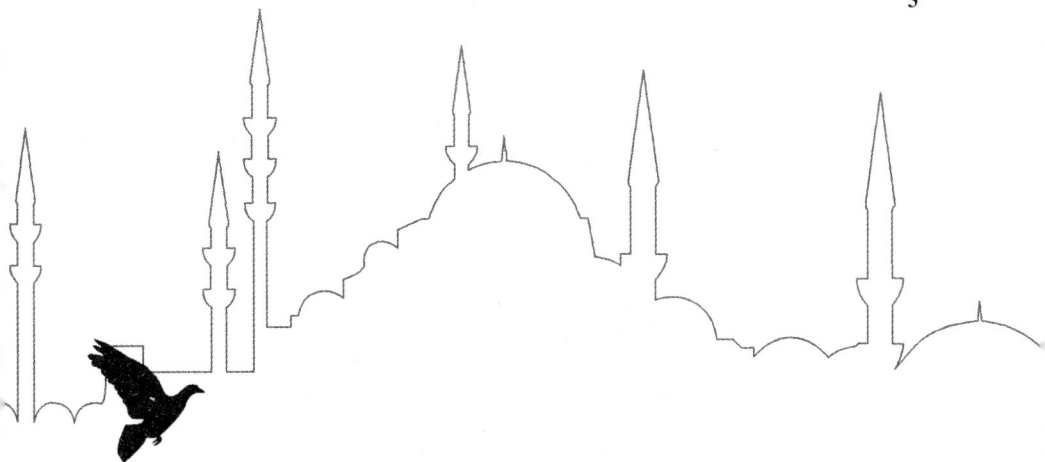

>>>

这个晚上，她趁着夜色将给戴德利的信寄出。戴德利一周之后收到了这封长信。他没有告诉阿丽斯，在读信的时候，他也哭了。

"我想，我是你的姐姐。"她颤抖着声音说道，"我是阿努歇，我在到处找你。"

那么，我亲爱的姐姐，我很遗憾地告诉你，那个男人他不是我。因为我从来都没有离开过土耳其……

>>>

是的，对我来说它具有很重要的情感价值。

在我一生中，我从未像害怕你那样，害怕过某个人。

然后我会找到那第七个人，我生命中最重要的那个男人，也就是你。

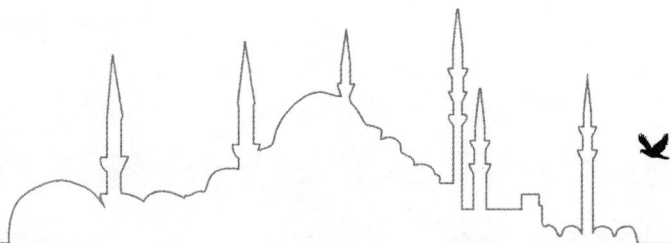

楔子

　　我从不信命运，不信所谓的可以指引我们
的生命征兆。我不相信算命师讲的故事，不相
信可以预知未来的扑克牌。我只相信简单的巧
合，还有偶然的真相。

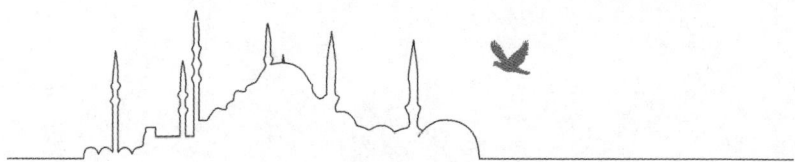

"我从不信命运，不信所谓的可以指引我们的生命征兆。我不相信算命师讲的故事，不相信可以预知未来的扑克牌。我只相信简单的巧合，还有偶然的真相。"

　　"若你从不相信这些，那为什么还要进行这样漫长的旅行，为什么还要来到这里？"

　　"因为一架钢琴。"

　　"一架钢琴？"

　　"它五音不全，就和军人俱乐部里的那些破旧钢琴一样。但它身上有某种特殊的东西，或者这是因为那个弹奏它的人。"

　　"那个人是谁？"

　　"和我同层的一位邻居，好吧，其实我也不是很确定。"

　　"就是因为你的邻居弹奏了一曲，所以今晚你才会来到这里？"

　　"从某种程度上可以这么说。当他指下的音符回响在楼梯间时，我忽地对自己的孤独有了了解。就是为了逃避这感觉，我才同意在那个周末去布赖顿。"

"你还是从头讲起吧。你要是按顺序来讲，我听得大概能更清楚些。"

"这是一个很长的故事。"

"反正我们有大把的时间。有大风从海上来，估计很快就要下雨了。"拉斐尔走到窗边说道，"就算是做最佳打算，我也要两到三天后才能出海。我去准备些热茶，然后你把你的故事说给我听。你得答应我你不会遗漏任何细节。如果刚刚你告诉我的秘密是真的，我们从此谁也离不开谁，那我必须知道你的故事。"

拉斐尔在铁炉子前跪下来，打开挡板，向炉内的火炭吹气。

拉斐尔的屋子和他的生活一样微不足道。四面墙一间房，简陋的屋顶，磨损的地板，一张床，一个旧水龙头连着洗手池，水流随着气温的变化而流淌，冬日冰凉，夏日温热，如果一定要将它们对比着说的话。整间房子只有一扇窗，但它面对着博斯普鲁斯海峡口。从阿丽斯坐的桌边，我们可以望见巨大的船只在海峡间穿行。在它们身后，是欧洲的海岸。

阿丽斯喝下一口拉斐尔端上的茶，开始了她的故事。

伊斯坦布尔假期

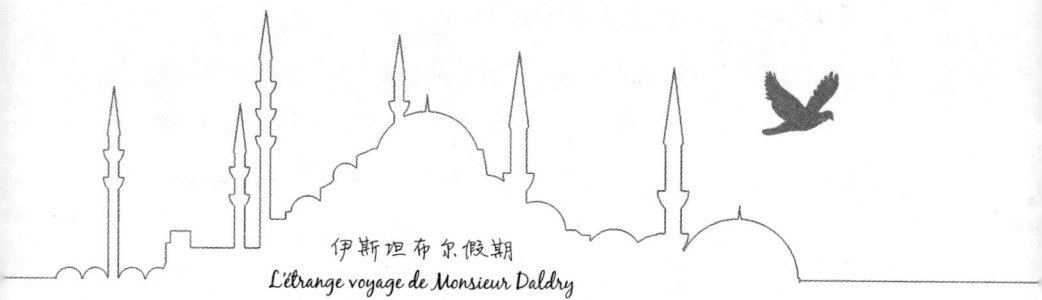

L'étrange voyage de Monsieur Daldry

Chapter 1

女算命师的预言

　　你生命中最重要的那个男子，那个一直令你寻寻觅觅，却始终不知道他是否存在的男子，其实不久前刚刚从你身后经过。

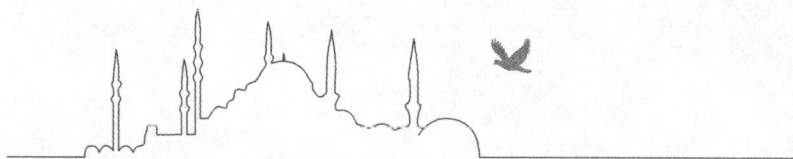

骤雨如鼓点般敲打着床铺上方的玻璃天窗。这是一场冬日的豪雨，虽然还不足以荡涤战争留给这个城市的污垢。停战不过五年，大部分的街区依旧遗留着轰炸后的痕迹。生活重新开始，配给的限制情况比去年有所改善，但还足以让人们想起那些可以放量享用食物的岁月。

阿丽斯由一帮朋友陪着，在家中消磨晚上的时间。山姆，哈灵顿的书商兼优秀的低音提琴手；安托，细木工匠兼绝佳的小号手；卡罗尔是新近复员的女护士，现在在切尔西医院上班；艾迪靠在维多利亚火车站的台阶下或是酒吧里（如果可以的话）唱歌凑合为生。

这个晚上，是艾迪提议大家明天去布赖顿散步，以庆祝马上要到来的圣诞节。大海堤沿线的游乐活动已经重新开始，而周六正是节日游艺活动最热闹的时候。

每个人都数了数自己口袋里的钱。艾迪刚刚从诺丁山的一家酒吧收了点儿钱，安托从他老板那里得到了一小笔年终奖。卡罗尔一分钱都没有，不过鉴于她向来囊空如洗，她的同伴们都已习惯了帮她付账。山姆最近卖了一套《越过表象》的初版书和一套《戴洛维夫人》的再版书给一位美国女顾客，所以他一天就赚到了一周的工资。至于阿丽斯，她有一点儿积蓄，她也该花掉它。她整年都像一个疯子似的工作，所以不管怎么说，要想随便找个什么理由，让自己可以和朋友们一同去过周末，总不是什么难事。

安托带来的葡萄酒有股木瓶塞的味道，酒留在口中的后味则有些醋的意思，但这并不影响大家开怀畅饮。他们喝得兴起，又齐声唱起歌来，一首接一首，越来越大声，直到住在同一层的邻居戴德利先生过来敲门。

只有山姆有勇气去开门。他向戴德利先生保证他们马上停止制造噪声，而且现在也的确是该回去了。戴德利先生接受了他的道歉，但还是用高傲的口吻说，方才他一直在酝酿睡意，希望他的邻居们不要让入睡变成一桩不可能的任务。隔着墙听他们谈话已经让他极为不快，更何况，他们同住的这栋维多利亚式的房子本就不是为了变成一家爵士乐俱乐部而建的。说完，他就径直走回他在对面的房间。

于是，阿丽斯的朋友们一一接过自己的大衣、围巾和帽子，大家相约第二天早晨十点在维多利亚火车站碰面，就在开往布赖顿方向列车的站台上等。

而阿丽斯独自一人留下来收拾残局，在这一天内，她的房间依次扮演过画室、饭厅、客厅，以及卧室的角色。

她正铺着自己的沙发床。忽然，她猛地站起身来，向门口望去。她的邻居怎么胆敢破坏这样一个美妙的晚上，他有什么权利就这样闯入她家中？

　　她抓过挂在衣帽架上的披肩，朝门口的小镜子照了照。这块披肩有些显老，她除下披肩。这次轮到她迈着坚定的脚步去敲戴德利先生家的门了。她两手叉着腰，等待他来开门。

　　"请告诉我，你刚刚发现起火了，所以你突然发作的歇斯底里症只是想把我从火灾中拯救出来。"他绷着脸沉声说。

　　"首先，法律并没有规定周末前一晚的十一点一定要睡觉。其次，既然我平时也常常忍受你练习钢琴，那作为回报，你也该在我有客人的时候稍稍忍耐一下吧！"

　　"你每个周五都要接待你那些吵吵嚷嚷的朋友，而且你们还有一个令人遗憾的习惯，你们每次都一定要喝酒。这对我的睡眠难道没有影响吗？另外，我家中没有钢琴，你所抱怨的那些练习曲应该是另一位邻居的杰作，比如楼下的那位太太。我是一位画家，小姐，不是音乐家。而画家，他是不会制造噪声的。若是这栋房子只有我一人住，它该有多么安静！"

　　"你画画？那你正在画什么呢，戴德利先生？"阿丽斯问道。

　　"一些城市的风景画。"

　　"好奇怪，我从未觉得你会是一个画家，我一直以为你是……"

　　"你一直以为我是什么，庞黛布丽小姐？"

　　"我叫阿丽斯，既然你都听到了我和朋友间的所有对话，那你应该知道我的名字的。"

"我们房间之间的墙是不够厚，但那又不是我的错。好了，既然现在我们已经正式认识，那我可以回去睡觉了吗？或者你还是希望我们在楼道里继续聊天？"

阿丽斯望了她的邻居一会儿。

"你觉得有什么不对劲的吗？"她忽然问道。

"不好意思，你说什么？"

"你为什么总是一副拒人于千里之外的样子呢？作为邻居，我们本可以努力一下和睦相处的，或者至少可以装个和睦的样子。"

"我在你搬入这栋房子之前就一直住在这里，庞黛布丽小姐，但自从你住下后——我一直希望房东能收回这套公寓——我的生活就被打乱了，过往的宁静生活只是一段遥远的记忆。当你为你那些可爱的朋友下厨房的时候，你有多少次因为没有盐、面粉或是人造奶油就过来敲我的门，又或者是因为停电，就过来向我借蜡烛？你难道从来没有想过，你如此频繁地打扰，会把我的私人生活完全搅乱吗？"

"你想要租用我的公寓？"

"我想把它改成我的工作室，整栋楼里只有你的房间带大玻璃窗。但可惜你很有魅力，我们的房东对你很有好感，于是我只能先将就着接受透过我房间小玻璃窗射入的暗淡光线。"

"我从未见过我们的房东，我是通过房屋中介租的房子。"

"我们整晚都要待在这里吗？"

"戴德利先生，从我搬入这里的那天起，你对我的态度一直很冷，就是因为这个原因？就是因为我租了这套你想要的公寓？"

"庞黛布丽小姐，现在觉得冷的，可是我的双脚。因为我们的谈话，它们不得不可怜地忍受着冷风。如果你觉得没有什么不便的话，那我就在感冒之前先告辞了。我祝你度过一个愉快的夜晚，而我的晚上已经因为你而大打折扣。"

戴德利先生当着阿丽斯的面轻轻关上门。

"好奇怪的人啊！"阿丽斯嘟囔着转回自己的房间。

"我听到你在说什么了，"戴德利先生随即在他的客厅里喊道，"晚安，庞黛布丽小姐！"

阿丽斯回到自己的房间，稍稍梳洗一番后，钻入毯子下蜷成一团。戴德利先生说得对，冬季的寒气已经侵入这栋维多利亚式的房子，微弱的暖气根本不足以提升温度计上的数字。她从当作床头柜的凳子上取过一本书，读了几页，又把它放下。她吹熄了蜡烛，等待自己的眼睛适应黑暗。雨水打在大玻璃窗上，如小溪般汩汩而下。阿丽斯打了个冷战，开始想起森林里的泥地和秋日下逐渐腐烂的橡树叶。她深深地吸了口气，闻到了一种属于腐殖质的温热味道。

阿丽斯有一种特殊的天分。她的嗅觉要较常人更为敏锐，她可以分辨出最微弱的香气，而且一旦闻过就永远不会忘。她常常整日伏在工作室的长桌子上，尝试用各种原料调出一种和谐的香气，希望以后能以它配出一种香水。阿丽斯是一位"调香师"。她独立工作，每月会去拜访一次伦敦的香水商，向他们推荐自己的配方。上个春天的时候，阿丽斯曾成功地说服其中一位将她配的一种香水投入市场商业化。她的"蔷薇水"吸引了一位来自肯辛顿的香水商,产品在那些富有的顾客间反响很好。阿丽斯因此每月有了一笔数目不大的收入,这让她的生活比前些年更宽裕了些。

她重新调亮桌头的台灯,坐到工作桌旁。又取出三条细纸捻儿,将它们分别浸入三个小瓶子。然后到夜深的时候,她在自己的笔记本上记下了她新得到的那些味道。

她

闹钟的铃声将阿丽斯从睡梦中唤醒,她扔过一个枕头关掉闹钟。一缕被晨雾笼住的阳光照亮了她的面庞。

"该死的大玻璃窗!"她咕哝道。

随后她想起自己和朋友在火车站还有一个约会,便决定不再赖床。

阿丽斯翻身起床,从衣橱里随便取出几件衣服,然后急匆匆地去冲凉。

走出家门的时候,阿丽斯看了一眼表,如果乘公共汽车的话,绝不可能按时到达维多利亚火车站。于是她叫了一辆出租车,一上车就请司机抄近路去火车站。

当她到火车站的时候,还有五分钟火车就要开了。售票窗口前排着长长的队伍,阿丽斯朝站台看了看,然后一路小跑着过去。

安托正站在一等车厢前等她。

"你到底在干什么?快点儿,上车!"他边说边帮着她踏上列车的踏板。

阿丽斯终于在她的朋友们等她的列车车厢里坐下来。

"你们觉得，我们会被查票的概率有多大？"她一坐下，就气喘吁吁地问道。

"我愿意把我的票给你，但前提是我也买了票。"艾迪回答道。

"我觉得被查到的概率是一半一半。"卡罗尔接着说。

"在周六早上查票？我觉得三分之一吧……一会儿到站了我们自然会知道的。"山姆总结道。

阿丽斯将头靠着车窗，闭上了眼。从伦敦到海滨浴场有一小时的路程。整个旅程中她一直在睡觉。

布赖顿火车站。一位检票员在出站口请人们交回火车票。阿丽斯在他面前停下来，假装在衣袋里翻找车票。艾迪学着她的样子也翻了一阵。安托微笑着，然后各递给他们两人一张车票。

"车票在我这里。"他对检票员说。

他揽过阿丽斯的腰，搂着她向车站的大厅走去。

"别问我怎么知道你会迟到。你每次都迟到！至于艾迪，你和我一样了解他，他天生就从不买票。我不想今天还没开始，气氛就被搞砸了。"

阿丽斯从衣袋里取出两先令递给安托，但是安托将她拿着硬币的手合起来。

"现在让我们走吧，"他说，"一天的时间很短，我可不想错过什么。"

阿丽斯望着安托三步并两步地跑远了；她恍然觉得又看见了那个她曾熟悉的少年，不由得微笑起来。

"你来吗？"他回头冲她喊道。

他们沿着皇后大道和西街向海滨的步道走去。那里已经有了许多的人。两条宽阔的防波堤向着远处的海浪延展。防波堤的木质结构让它们看起来好像一艘巨大的轮船。

宫殿码头就是海滨游园活动的所在地，朋友们来到入口处的大钟下。安托替艾迪买了入场券，然后向阿丽斯示意，他也替她买了。

"你不会想要帮我买了全天所有的票吧？"她贴着他的耳朵低声问道。

"如果我乐意的话，为什么不呢？"

"'我乐意'可不是一个好理由。"

"现在几点了？"艾迪打断了他们，"我饿了。"

离他们不远处，就在冬日公园的巨大建筑前，有一个卖炸鱼和薯条的小摊。炸鱼和醋的味道一直传到他们那里。艾迪揉揉肚子，拉着山姆向那里跑去。阿丽斯嗷了一下嘴，也赶去和大家会合。每个人都选了自己那份，阿丽斯一起付了钱，然后将一盒炸鱼递给艾迪。

他们靠着栏杆，一同吃了这份午饭。安托沉默地望着拍打着防波堤柱石的海浪。艾迪和山姆开始讨论时政问题。艾迪向来就爱以批评政府作为消遣。他指责首相为贫困者做得太少，或者说他根本什么都没有做，而且他不懂得安排大型工程以促进城市的重建工作。总之，他至少可以先将失业者都招募起来，令他们不至于饿肚子。山姆说这可能是个经济问题，而且要找到优秀的劳动力其实也不是那么容易。艾迪打了个哈欠，山姆说他其实只是个游手好闲的无政府主义者，不过他的朋友艾迪对此不以为然。他们在同一个部队时就起过许多的争执，但不论他们的意见是如何不同，友谊始终将他们紧密地联系在一起。

阿丽斯站在离大家稍远的地方，她想避开这对她而言太过浓郁的油炸气味。卡罗尔向她走去，她们一同静静地站着，什么都没有说，目光望向远处的大海。

"你该多关心一下安托。"卡罗尔轻轻地说。

"为什么，他生病了？"阿丽斯问道。

"他为你害着相思病呢！就算不是护士，也能看得清清楚楚。哪天到医院来，我替你检查一下眼睛，你肯定是深度近视，才会连这都没注意到。"

"你乱说，我和安托从小就认识，大家只是老朋友而已。"

"我只是想让你多关心一下安托。"卡罗尔打断了阿丽斯的话，"如果你对他也有感觉的话，那么就别再犹豫了。你们俩在一起，大家都会很高兴的，你们俩很相配呢。当然如果你不爱他的话，那么也就别和他暧昧，你这是让他白白痛苦。"

阿丽斯换了个位置背对其他朋友，她面对面地望着卡罗尔。

"我哪里暧昧了？"

"例如，你假装不知道我暗恋他。"卡罗尔回答道。

卡罗尔将吃剩下的薯条和炸鱼扔向大海，两只海鸥兴高采烈地飞来分食这顿美食。然后她将盒子扔入垃圾桶，转身去找小伙子们。

"你是要待在那里看退潮，还是过来和我们一起？"山姆向阿丽斯喊道。"我们会去长廊那边的游戏厅转转，我知道有一台机器可以赢雪茄。"他卷起袖子接着说。

花四分之一便士就可以玩这台机器。他们需要用槌子重重地击中弹簧，然后借弹簧的力量将一个铁球弹起；如果铁球打中七英尺高的那个小钟的话，他们就可以从出口处得到一支雪茄。尽管这雪茄的质量比哈瓦那雪茄可差远了，但山姆依旧觉得，能有一支雪茄抽是件妙极了的事。他试了八次，花掉两个便士。其实这些钱大概足够他向不远处的烟草小贩买两支这样劣质的雪茄。

"给我一个硬币，让我来试试。"艾迪说。

山姆递给他一个四分之一便士，然后把位置让给了他。艾迪高高举起那个槌子，好像它只是一柄榔头，然后松开手让它直接落在弹簧上。铁球一击而中，正好弹起敲响了小钟。工作人员把他的奖品交给了他。

"这支雪茄是给我自己的，"艾迪宣布说，"再给我个硬币，我要试着再帮你赢一支。"

一分钟后，这对朋友点燃了属于他们的雪茄。艾迪很高兴，山姆低声算着账。用这个价钱，他们本可以买到一整包香烟的。用二十支大使牌香烟换一支烂雪茄，这笔账实在应该好好想想。

小伙子们发现了一个玩碰碰车的地方，他们交换了一下眼神，随后每人都立即找了一辆坐了进去。在姑娘们惊愕的注视下，这三人猛打方向盘，猛踩油门，尽全力向别的车撞去。结束之后，他们又去玩射击游戏。安托无疑是身手最好的那位。他连续五次都正中靶心，为阿丽斯赢了一个瓷质的茶壶。

卡罗尔站在离大家稍远的地方，望着五光十色的花形装饰下的旋转木马。安托走过去，挽住她的手臂。

"我知道这是给小孩子玩的玩意儿，"卡罗尔叹气道，"但如果我告诉你，我从来没有玩过的话……"

"你小时候从来没有骑过旋转木马？"安托问道。

"我是在乡下长大的，从来没有游艺团在那里停留。等我到伦敦来学习护士专业的时候，我又已经过了年纪，再之后战争就开始了……"

"现在你还想玩一次吗……来吧，跟我来。"安托拉着卡罗尔向售票处走去。"我请你骑你一生中的第一次旋转木马。来，上这个。"他一边说一边指着一匹金色马鬃的木马，"其他的木马看着都有些烦躁，既然是第一次，那么就稳妥些吧。"

"你不和我一起骑吗？"卡罗尔问道。

"啊，不了。我看着就好了，骑旋转木马会让我头晕的。不过我可以向你保证，我会一直看着你的，一刻都不会放松的。"

铃声响起，安托从台子上退下来。木马高速地旋转起来。

山姆、阿丽斯和艾迪走近去看卡罗尔。她是这一大圈孩子中唯一的成年人，这些孩子对她指指点点，并嘲笑她。等到木马转过第二圈的时候，眼泪就顺着她的脸颊滚下来。卡罗尔用手背胡乱地擦着。

"你太坏了！"阿丽斯狠狠打了安托的肩膀。

"我觉得没有什么不好的啊，我不明白她这是怎么了，这不是她一直想要的吗……"

"她想要的是和你一起骑旋转木马，傻瓜，而不是当众出洋相。"

"可安托不是已经跟你说了，他想要好好表现！"山姆反驳道。

"如果你们能有点儿绅士风度，就该过去找她，而不是戳在这里。"

就在这两人相互推诿的时候，艾迪早已翻过栏杆，跑到旋转着的木马旁，轮流给这些笑得太过分的孩子每人头上敲一下。木马继续旋转着，艾迪终于和卡罗尔的木马等高了。

"你似乎需要一个马童，我的小姐。"艾迪一边说一边将手搁在木马的马鬃上。

"艾迪，求你了，帮我下来吧。"

艾迪却一纵身上了卡罗尔的木马，跨坐在她的身后，将这位女骑士搂在怀里。他在她耳边轻轻说道：

"如果你以为这样我就会放过这些可恶的小子，那你就错了！我们要玩得十分开心，让他们都嫉妒得要死。别低估了自己，我的姑娘。还记得吗？当我在酒吧里唱歌的时候，你正在炸弹的轰炸之下抬着担架。等下次我们从那些愚蠢的朋友面前经过时，我希望你可以破涕为笑，你明白吗？"

"艾迪，可你让我如何才能做到呢？"卡罗尔哽咽着问道。

"如果你以为自己和这些小屁孩一起骑木马，样子太可笑，那你就想想你还有个手持雪茄、头戴鸭舌帽的我在你身后。"

于是，在下一轮的时候，艾迪和卡罗尔都放声大笑起来。

木马慢了下来，最后停止了。

安托请大家去远处的饮料摊喝啤酒，他想借此表示歉意。游艺场内的高音喇叭沙沙地响起来，一大群狂热的人突然挤满了过道。阿丽斯看了看贴在杆子上的海报：哈利·古博利吉及其乐队演奏的音乐剧将在大剧院的旧址上演。在战后防波堤上的大剧院已经被改造成了一家咖啡馆。

"我们去吗？"阿丽斯问道。

"为什么不去？"艾迪反问她。

"我们可能会错过最后一班火车，而在这个时节我们也不可能睡在海滩上。"山姆回答道。

"不一定，"卡罗尔反驳道，"演出结束后，我们还有半小时，足够我们走路去火车站。说真的，现在的天气已经开始变得怪冷的了，我倒是不反对我们跳一会儿舞暖暖身子。何况现在正是圣诞节前，这该是一段多么美好的回忆啊，你们不觉得吗？"

小伙子们没有想到更好的主意。山姆快速地算了一下，入场门票要两便士，而如果现在就回去的话，他们很可能要去酒吧吃点儿东西，看演出无疑是更经济的选择。

大厅里满是人，许多观众一直挤到了舞台前。大部分人都在跳舞。安托一把拉过阿丽斯，然后把艾迪推向卡罗尔的怀里。山姆拿这两对开了会儿玩笑，然后一人远去了。

就像安托料想的那样，这一天过得太快了。当乐队向观众致意的时候，卡罗尔向她的朋友们做了一个手势，是时候回去了。他们便一起往出口挤去。

微风中有小油灯摇摆着，在这个冬夜里，巨大的防波堤看上去好像一艘永远不会出海的明亮的大型轮船。

这伙朋友向着出口走去，一个女算命师在摊位前冲着阿丽斯微笑。

"你想知道未来为你预留了什么吗？"安托忽然问道。

"不，从来不想。我从不认为未来是注定的。"阿丽斯回答道。

"战争刚开始的时候，有一位算命师说我弟弟不会死于战争，只要他肯搬家。"卡罗尔说，"当他入伍的时候，他早就忘了这个预言；两周后他原来住的地方被德军炸为平地，所有邻居无人生还。"

"你说的只是预言的可能而已！"阿丽斯冷冰冰地回答道。

"但那时没有任何人知道英国会遭到轰炸。"卡罗尔接着反驳。

"你想去见证一下神谕吗？"安托打趣地问道。

"别傻了，我们还要赶去火车站呢。"

"我们还有四十五分钟，演出比预计结束得要更早些。我们还有时间。来吧，我请你！"

"我可没有任何兴趣去听这个老太婆的胡说八道。"

"让阿丽斯一个人待在那里吧，"山姆插进来说，"你没看到她正在害怕吗？"

"你们三个真让人生气，我没有害怕，我只是不相信纸牌占卜，不相信水晶球而已。而且知道我的未来和你们有什么关系？"

"也许这些先生中的一位偷偷地想知道，他最终是否可以和你上床。"卡罗尔轻轻地说。

安托和艾迪猛地回过身来，目瞪口呆。卡罗尔脸红了，为了保住自己的形象，她只能诡异地向他们微笑了一下。

"你可以问问她，我们是不是会错过火车，至少这还是一个有意义的启示。"山姆接下去说道，"而且我们很快就可以证实它的真伪。"

"随便你们怎么开玩笑，反正我是相信的，"安托说道，"如果你去的话，我就排在你后面。"

阿丽斯的朋友在她周围围成了一圈，大家都望着她。

"你们知道你们现在真的很傻吗？"她边说边试图从圈子中挤出去。

"胆小鬼！"山姆喊道。

阿丽斯猛地回过身。

"好，既然你们四位都孩子气地希望错过火车，那我就去听听这女人的蠢话，然后我们就回去。行吗？"她向安托伸出手去，"你会给我两便士，是不是？"

安托在自己的口袋中摸索了一会儿，然后将两个硬币放入阿丽斯的手心。阿丽斯向那位算命师走去。

阿丽斯一路走来，女算命师始终冲她微笑着。海风转强，吹得她双颊生疼。于是阿丽斯不得不低下头来，仿佛是忽然禁不住那位老太太的视线一般。也许山姆说得对，这次算命的经历其实要比她原以为的更令人窘迫。

算命师请阿丽斯在一个小凳子上坐下。她的眼睛很大，目光如海般深邃，笑容迷人。她的小桌子上既没有水晶球，也没有塔罗牌，只有她那双满是褐色斑点的手。她将双手伸向阿丽斯。一碰到它们，阿丽斯就觉得有一股异样的温柔向自己袭来，一种许久未曾体验到的幸福感包围了她。

"你，我的姑娘，我已经看过你的面相。"算命师嘶哑着喉咙说道。

"您可观察了我好久！"

"你不相信我的能力，是吗？"

"我是一个天生相信理性的人。"阿丽斯回答道。

"你说谎，你是个艺术家，一个独立自主的女人，即使有时恐惧会让你裹足不前。"

"为什么你们今晚都要说我害怕了呢？"

"因为你向我走来的时候，神情不安。"

算命师的目光更深入地望着阿丽斯的眼睛。她的脸快贴着阿丽斯的脸了。

"我是在哪里见过这双眼睛的呢？"

"也许是在上辈子？"阿丽斯讽刺地说。

算命师忽然困惑地站起来。

"琥珀、香草和皮革。"阿丽斯悄悄地说。

"你在说什么？"

"我在说您身上的味道，您对东方有一种特殊的爱。我也在您身上注意到一些东西呢。"阿丽斯神情傲慢地说道。

"你果然很有天赋，但更重要的是，你身上承载着一个为你自己所不知的故事。"老妇人回答说。

"您总是微笑着，"阿丽斯接着挖苦说，"是为了更好地获得猎物的信任吗？"

"我知道你为什么来我这里了，"算命师说，"是为了好玩。"

"您听到我和朋友们打赌了？"

"你并不是那种轻易打赌的人，你来见我和你的朋友们并没有太大的关系。"

"那和谁有关？"

"和每晚萦绕着你，让你惊醒的孤独有关。"

"我觉得这种说法可一点儿都不好玩。您还是和我说点儿真的可以让我吃惊的事情吧。我倒不是说和您聊天很无趣，只是认真地说，我一会儿还真的要去赶火车呢。"

"不，我说的是更吸引人的事，但反过来说它之所以有趣是因为……"

她抬起眼睛，望着远方。阿丽斯几乎有一种被抛弃的感觉。

"您还打算说些什么吗？"阿丽斯问道。

"真正有趣的是，"算命师回过神来，"你生命中最重要的那个男子，那个一直令你寻寻觅觅，却始终不知道他是否存在的男子，其实不久前刚刚从你身后经过。"

阿丽斯的表情僵住了，她无法抗拒回过头去的欲望。她坐在凳子上转了个身，但除了她那四位正在示意她是时候离开的朋友外，什么人都没有。

"是他们中的一个吗？"阿丽斯结结巴巴地问，"那个神秘的男人是艾迪、山姆，或是安托？这就是您要告诉我的大秘密？"

"阿丽斯，请你注意听我说的话，而不是你自己想听的东西。我的确是说你生命中最重要的那个男人刚刚经过，但现在他已经不在那里了。"

"那这位迷人的王子，现在他去了哪儿呢？"

"耐心点儿，我的姑娘。在遇到他之前，你还得先遇到其他六个人。"

"好极了，六个人，只有六个吗？"

"还有一次美妙的旅行，尤其是……你总有一天会明白的，但现在已经迟了。我已经把应该告诉你的事情告诉了你。既然你一点儿都不相信我的预言，那么这次算命就权当是免费的好了。"

"不，我觉得还是付钱比较好。"

"别傻了，刚刚我们一同度过的时光，只是朋友间的一次谈话。很高兴认识你，阿丽斯，我自己也没有料想到。你很特别，但你的故事也是注定的。"

"什么故事？"

"我们没有时间了，何况你其实也不太相信我的话。去吧，不然你的朋友们要怨你耽误火车了。快走吧，路上小心，交通事故发生起来也是很快的。别这样看着我，刚刚我说的那些和算命没有关系，就是常识而已。"

算命师示意阿丽斯可以走了。阿丽斯望了她一会儿，两人交换了最后一个微笑，随后阿丽斯赶去和朋友会合。

"你的气色不太好，刚刚她和你说了什么？"安托问道。

"一会儿再说吧，你看时间不多了！"

说完阿丽斯不等大家回答，就朝出口的大门跑去。

"她说得对，"山姆说，"的确应该抓紧去火车站，火车还有不到二十分钟就开了。"

他们都奔跑起来。海滩上除了有风，现在还下起了细雨。艾迪抓住卡罗尔的手臂。

"小心，街上很滑。"他边说边拉着她一同跑。

他们跑过海边的步道，重新来到空无一人的大街上。汽灯微弱昏黄的光线照着马路，远处有布赖顿火车站的灯火在闪动。他们只剩下不到十分钟了。正当艾迪过马路的时候，一辆马拉的小篷车忽然冲了出来。

"小心！"安托高声喊道。

阿丽斯不假思索地去拉艾迪的衣袖。车夫惊慌地试图让马停下来，小车差一点儿就要将他们撞倒，他们甚至可以感到马的鼻息正喷在他们的脸上。

"你救了我的命！"艾迪惊魂未定，结结巴巴地说。

"那你一会儿再谢我吧，"阿丽斯说，"现在让我们快一点儿。"

他们到了站台，急忙大声呼叫站长。站长提着灯笼，示意他们快登上第一节车厢。小伙子们帮着姑娘们上车，安托还站在列车踏板上的时候，列车就已开动。艾迪一把抓住他的肩膀，赶在车门关上之前将他拉进车厢内。

"差一点儿，"卡罗尔喘着气说，"艾迪，你……你差点儿把我吓死了，你刚刚可能真的会被车轮碾到。"

"我觉得阿丽斯比我还要害怕，看看她，她的脸色白得和纸一样。"艾迪说。

阿丽斯什么都没有说。她在列车的长排座位上坐下来，透过玻璃窗看着远去的城市。她再次陷入只属于自己的沉思，她又记起那个算命师，记起她所说的话。忽然她想起算命师对她的叮嘱，她的脸色一下子变得更白。

"对了，和我们讲讲吧？"安托提议道，"不论如何，刚刚我们可是因为你差点儿就要露宿街头了。"

"是因为你那愚蠢的赌约吧。"阿丽斯生硬地回击道。

"你们谈了好一会儿，至少她该和你说了些不可置信的事情吧？"卡罗尔接着问。

"据我所知，什么都没有。我已经和你们说了，所谓算命都是骗傻瓜的套路。通过观察的常识，加上一点点的直觉和自信的语气，我们就可以骗取任何人的信任，然后让对方对随便什么事情都深信不疑。"

"可你始终没有告诉我们这个女人为你预言了什么。"山姆坚持问。

"我建议大家换个话题吧，"安托打断了他，"我们一同度过了愉快的一天，我们正在回家的路上，我实在想不出我们还有什么理由要对这种小事寻根究底。阿丽斯，我很抱歉，我们本不该坚持要你去的，你自己对此并不感兴趣，我们都有点儿——"

"——蠢，而我是最蠢的那个。"阿丽斯接过话头，望着安托说道，"现在我还有一个更加激动人心的问题。圣诞节前夜大家准备做什么？"

卡罗尔将去圣莫斯和她的家人共度佳节。安托会回城里和父母一同吃饭。艾迪答应了他姐姐去她家过圣诞节，他的小侄子们正期待着圣诞老人的到来，艾迪的姐夫已经请他扮演这个角色。艾迪为此还特地租了一套服装。不过这件事也不太容易，因为艾迪的姐夫很难在没有太太的帮助下搞定一件事。至于山姆，他的老板为威斯敏斯特教堂的孩子们组织了一个圣诞晚会，也邀请他参加，届时他主要负责为孩子们分发糖果。

"那你呢，阿丽斯？"安托问道。

"我……也有人邀请我去参加一个晚会。"

"去谁家？"安托紧接着问。

卡罗尔用脚轻轻踢了他一下。她从包里取出一包饼干，说自己已经快饿坏了。她建议大家都来点儿奇巧巧克力，然后狠狠地望了一眼正愤愤地揉着小腿的安托。

火车终于到达维多利亚站。火车头冒出呛人的烟雾，白雾弥漫了整个站台。而在大楼梯的尽头，街上传来的气味也并不好闻。浓雾紧紧地包围着整个街区，各家各户的烟囱尽力吐出的这一日烧尽的炭灰，飘浮在路灯的周围，钨丝灯泡射出的光为雾气镀上了一层橙色的影子。

五位朋友去等电车。阿丽斯和卡罗尔是最先下车的，她们的住处只隔着三条街。

"对了，要是你改变主意，不去参加那个晚会，你可以来圣莫斯过圣诞节，我妈妈很想见你一面呢。我常常在信里和她提到你，你的职业让她很惊讶呢。"卡罗尔和阿丽斯一同来到阿丽斯住的楼下，边挥手边和阿丽斯说道。

"你知道的，我的职业，我也不太知道应该怎么介绍它。"阿丽斯回答道。

她拥抱了她的朋友，然后消失在楼梯口。

阿丽斯听到她的邻居回房的脚步声。她停了下来，不想在楼梯上遇到他，她现在没有心情和人说话。

家里和伦敦的街道几乎一样冷。阿丽斯将大衣披在肩上，手上戴着露指手套。她灌满水壶，将它放在炉子上，然后从木架上取过茶叶罐，可惜她只找到三根茶梗。于是她打开自己放在工作桌上的一个小柜子，里面还有一些晒干的玫瑰花瓣。她用手指将几片花瓣捻碎，放入茶壶，然后注入沸水。她坐到自己的床上，重新拿起前天未看完的那本书。

忽然，整个房间暗了下来。阿丽斯翻身起床，向大玻璃窗外望去。整个街区都陷入一片黑暗。频繁的停电可能会延续到清晨。阿丽斯动手翻找蜡烛；在洗手池旁，有一小摊褐色的烛泪。阿丽斯想起上周自己刚刚点完最后一支蜡烛。

她试着将这小段蜡烛的残余重新点亮，然而只是徒劳。火焰摇曳着，发出噼啪的爆裂声，最后还是熄灭了。

这一晚，阿丽斯很想继续工作。她想将海水的咸味、旧木马的味道以及被浪花锈蚀的栏杆的味道通通记在纸上。这一晚，阿丽斯沉浸在墨一样的黑夜里，但并不想睡觉。于是她向门边走去，迟疑了一会儿，深深呼出一口气，最后她还是决定穿过走廊，再去找她的邻居帮一次忙。

戴德利先生打开自己的房门，手里拿着一支蜡烛。在海蓝色的丝绸睡袍下，他穿着一件翻领毛衣和一条棉睡裤。蜡烛的亮光给他的面庞镀上一层奇异的光。

"我刚刚正在等你呢，庞黛布丽小姐。"

"你正在等我？"阿丽斯吃惊地问。

"从停电开始。想想吧，我睡觉的时候是不会穿睡袍的。拿去，这就是你要的东西！"他边说边递过那支蜡烛，"这就是你过来要的东西，不是吗？"

"很抱歉，戴德利先生，"阿丽斯说着低下了头，"我下次真的会记得去买一些的。"

"我不这么认为，小姐。"

"你可以叫我阿丽斯，你知道的。"

"晚安，阿丽斯小姐。"

戴德利先生重新关上他的门。阿丽斯回到自己的房间，但是没过多久，她又听到一阵敲门声。阿丽斯打开门，看到戴德利先生正站在她面前，手里拿着一盒火柴。

"我猜你还缺火柴吧？蜡烛还是要点燃才能用的。别这样看着我，我并不能未卜先知。只是上一次你也没有火柴，而我又的确很想睡觉，所以我更愿意提前把这件事了结了。"

阿丽斯很不想向她的邻居承认自己的确划了最后一根火柴烧水泡茶。戴德利先生点燃蜡烛，他望着火焰咬着烛心，似乎很满意。

"我是不是说了什么让你烦恼的东西？"

"为什么这么说？"阿丽斯反问道。

"刚刚你的样子看起来很沉郁。"

"因为我们站在半明半暗的地方啊，戴德利先生。"

"如果我叫你阿丽斯，那你也应该叫我的名字，伊森。"

"很好，以后我会喊你伊森的。"阿丽斯微笑着回答道。

"好吧，不管你在说什么，你总是这样一副气鼓鼓的样子。"

"我只是累了罢了。"

"那么，我就不打扰你了。晚安，阿丽斯小姐。"

"晚安，伊森先生。"

伊斯坦布尔假期

L'étrange voyage de Monsieur Daldry

Chapter 2

重回游乐场

　　要想遇见他，你就必须完成一次漫长的旅行。在旅途中你会最终发现，所有你以为是真的东西，其实都不是现实。

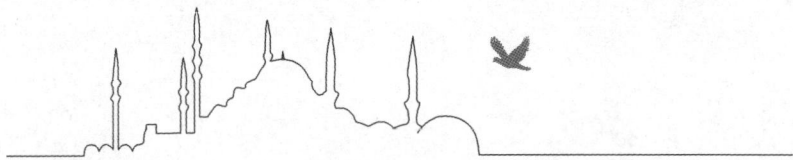

1950年12月24日，星期日

阿丽斯打算出门买点东西。她家周围的商店都已经关门，于是她坐车去波多贝罗的市集。

她在一个流动的食品杂货摊位前停住了脚，决定为做一顿真正的节日晚餐采购足够的食物。她挑了三个极好的鸡蛋，在两片培根前彻底忘了自己打算省钱的决心。不远处，面包师的案板上陈列着美味的糕点，她又买了一份水果蛋糕和一小罐蜂蜜。

这晚，阿丽斯将在床上用她的晚饭，以一本好书作陪。这是一个漫长的晚上，第二天，她可能就能重新找到生活的乐趣。平时当她失眠的时候，她的心情就很坏，这几周她在工作桌前花的时间太多了。花店橱窗内的一束玫瑰花吸引了她的注意力。价格并不是很合算，但是，不管怎么说，今天是圣诞节。更何况，花朵干枯后，她还可以对花瓣进行再利用。阿丽斯走进店内，放下两个先令，出来的时候满心欢喜。她继续往前走着，又在一家香水店的门口停了下来。门把手上挂着"停止营业"的牌子。阿丽斯凑近去看玻璃橱窗，在瓶瓶罐罐间认出了她的作品。她冲它打了个招呼，就像我们和亲朋好友打招呼一样，然后向公共汽车站走去。

回到家中，阿丽斯放下今天采购的收获，将鲜花插入花瓶，然后决定去公园散散步。她在下楼梯的时候遇上了她的邻居，戴德利先生看起来似乎刚刚从市集回来。

"圣诞节嘛，还能怎样呢……"他望着自己篮子里满满当当的食物，似乎有些不自在。

"是啊，是圣诞节呢，"阿丽斯回答道，"今晚你有客人？"

"谢天谢地，没有！我最烦节日了。"他嘀咕着，好像也意识到自己的回答不太合适。

"你也不喜欢节日？"

"是的，也不要和我提新年，我觉得它更加糟糕！怎样才能提前确定谁节日那天有空或是没空？谁能在起床之前就知道自己诸事顺利心情愉快？我觉得强迫自己快活起来，是最虚伪不过的了。"

"但孩子们……"

"我没有孩子，所以更不用因此假装为了过节而快活。再说要让孩子们相信圣诞老人的存在也是一件很令人头疼的事……人爱说什么就说什么，可我，我觉得这样并不好。总有一天得告诉他们事实的真相，既然如此，那之前的说辞还有什么用呢？我甚至觉得这是很残忍的。那些坚持攀着窗玻璃，一心等待面色红润的胖老人到来的孩子，当他们听到自己的父母告诉自己这一切不过是一场骗局时，只怕他们的感觉很不好受吧。至于那些最机灵的孩子，他们当然知道这个秘密，但还要假装不知道，这对他们来说同样是很残忍的。对了，你今晚会和家人一起过吗？"

"不会。"

"啊？"

"因为我已经没有家人了，戴德利先生。"

"这的确是一个不用和家人同过节日的好理由。"

阿丽斯看着她的邻居，忽然放声大笑起来。戴德利先生的脸一下子涨红了。

"我刚刚说的话，是不是很笨拙？"

"不过倒是很符合常识。"

"我……我倒是有许多家人，呃，我是说我家里有父亲、母亲、兄弟姐妹，还有一大堆可怕的外甥。"

"那你不和他们共度平安夜？"

"不，很多年都没有了。我和他们处得不是很好，他们也知道这点。"

"这也是一个留在自己家里的好理由。"

"我试过世上所有的办法，但每次家庭聚会都是一次灾难。我父亲和我没有一件事可以达成共识，他觉得我的职业太奇怪，我呢，我觉得他的职业无聊得可怕。总之，我们俩都受不了对方。你吃过早饭了吗？"

"可我的早饭和你父亲之间有什么关系呢，戴德利先生？"

"严格地说，没有。"

"我还没有吃早饭。"

"这条街转角处的小酒馆做的麦片粥很不错，如果你愿意等我上楼把这个有点儿女气的篮子放下的话，我可以指给你，当然更实际的做法是我直接带你去。"

"我原来是打算去海德公园的。"阿丽斯说。

"空着肚子，在这样寒冷的天气里？这可不是一个好主意。来吧，我们先去吃点儿东西，然后拿点儿餐桌上的面包去喂海德公园里的鸭子。和鸭子打交道也有好处，至少我们不用打扮成圣诞老人的样子，去讨它们的欢心。"

阿丽斯冲着她的邻居微笑了。

"上楼去放你的东西吧，我在这里等你。然后我们去尝尝你说的麦片粥，再去为鸭子们庆祝圣诞节。"

"好的，我马上就回来。"戴德利一边爬楼梯一边回答道。

几分钟后，阿丽斯的邻居重新出现在街上，他正努力平复着自己急促的呼吸。

阿丽斯和戴德利先生在小酒馆里找了一张临窗的桌子坐下。戴德利先生为阿丽斯要了一杯茶，自己则要了一杯咖啡。服务员为他们送上两份麦片粥。戴德利先生又要了一篮子面包，并迅速地藏了几块在自己的上衣口袋内。阿丽斯觉得他的样子很有趣。

"你画的风景是什么类型的呢？"

"我只画完全无用的东西。有些人会因为乡村、海滨、平原或是森林的景色而欣喜若狂。但我，只画城市中的十字路口。"

"十字路口？"

"没错，街道、马路的十字路口。你无法想象十字路口处的生活在细节上是何等丰富。有些人奔跑着，有些人寻觅着。在那里可以看到各种各样的运输工具，马车、汽车、摩托车、自行车都有；行人、推着小车的送酒人，各个阶层的男人女人都在路上一同走着，人来人往，摩肩接踵，他们或者完全不认识对方，或者会和对方打招呼。十字路口是一个极有趣的地方！"

"你真是一个古怪的人，戴德利先生。"

"也许吧，但你也得承认虞美人花田着实无聊得要命。那里会发生什么新鲜事呢？两只蜜蜂在低空飞行时撞在了一起？昨天我在特拉法加广场上支好画架，要想不手忙脚乱，一下子就找准最满意的视角可不是件容易的事。但既然我已经是专业的了，所以我很快找到了个好位置。我看到一位夫人被突如其来的大雨弄得手足无措，她想尽快找个地方避雨，好不弄湿她那可笑的发髻，便匆匆忙忙地过马路，没有来得及注意往来的车辆。一辆双套马车为了避开她，只能急忙转向。车夫的技术很好，那位夫人在惊吓中脱险，但是车上装着的酒桶因此翻倒在地上，迎面而来的电车避不开它，其中的一个桶在撞击下炸了开来。吉尼斯黑啤酒在人行道上形成一道急流。我看到两个醉鬼急忙趴到地上去吸吮这些杯中之物。当然，刚刚我还省略了电车司机和马车夫间的争执，行人参与这场混乱，警察试图在嘈杂中重新恢复秩序，扒手正好利用这场混乱发了点儿小财，而整桩事故的始作俑者却因为自己的无心之失红着脸、踮着脚悄悄地溜走了。"

"你把这一切都画下来了？"阿丽斯听得目瞪口呆。

"不，暂时还没有。现在我打算先把十字路口的情形画下来，我还有许多功课要做。但关键是我已经把这一切都记在自己的脑中了。"

"我在过街的时候，可从来没注意过这些细节。"

"我……我倒是一直对细节有一种热情，我喜欢关注我们身边所有微不足道的小事。观察他人，可以教会我们很多东西。你先别回头，在你身后的桌上，坐着一位上了年纪的夫人。当心，如果你真的想看的话，就站起来，然后和我换个位置，不过我们要不露声色地换位置。"

阿丽斯当真站起来，和戴德利先生换了座位。

"现在，她应该在你的视线范围内了，"他说，"注意观察她，然后告诉我你看到了什么。"

"一个有些年纪、独自用餐的女人。她打扮得相当漂亮，头上还戴着帽子。"

"请更用心一些，你还看到别的什么吗？"

阿丽斯观察着那位老妇人。

"没什么特别的，她正在用餐巾擦嘴。还是由你来告诉我我没看到的那些东西吧，不然她迟早会发现我在看她的。"

"她化了妆，是不是？虽然只是淡妆，但是她的双颊上了粉，她涂了睫毛膏，嘴上也有一点儿唇彩。"

"是的，的确，我想是的。"

"现在你再看看她的嘴唇，她的嘴唇没有动吗？"

"不，"阿丽斯惊讶地说，"她的嘴唇在轻微地颤动，可能是因为她上了年纪吧。"

"根本不是这样的！那位夫人是一个寡妇，她正在和她死去的丈夫说话呢。她也不是一个人在吃饭，她一直在和她的丈夫说话，就好像他现在正坐在她对面一样。她化了妆，是因为她一直觉得自己的丈夫从未离开过自己，他是自己生活的一部分。她想象他现在就在自己的身边。是不是很感人？请想象一下吧，她对她的丈夫得怀有一份怎样的深情，才能不断地说服自己爱人并未远去。当然，那位夫人是对的，有些人并不会因为离开了我们而不存在。再过一会儿，到结账的时候，她就会打开放在桌子另一头的钱包，因为过去总是她的丈夫来埋单的。当她离开的时候，你还会发现，她会在人行道上等一会儿再过马路，因为她的丈夫平时总是先她一步，带着她一同过马路。我甚至可以确定，每晚入睡前，她会和他道晚安，就像在早上她也会和他道早安一样，不论她的丈夫现在在哪里。"

"这一切都是你刚刚看到的吗？"

戴德利先生于是冲阿丽斯微笑起来。这时一个衣着破烂、喝得半醉的老者跌跌撞撞地走进小酒馆，他走近那位老妇人，向她示意该走了。老妇人付了账，站起身，跟着她那无疑是刚刚从跑马场回来的醉鬼丈夫一同走了。

戴德利先生背对着刚刚发生的这一幕，他什么都没有看见。

"你是对的，"阿丽斯说，"那位老妇人的确如你说的那样，她刚刚做了和你的预言一模一样的事情。她打开放在桌子另一端的钱包，站起身，然后在她走出这里的时候，我想我还看见她向着某个为她开门的看不见的人道了声谢谢。"

戴德利先生很快活。他吞下一勺粥，擦擦嘴，望着阿丽斯。

"这麦片粥果然名副其实，是吧？"

"你相信先知吗？"阿丽斯问道。

"不好意思，你说什么？"

"你相信有人可以预言未来吗？"

"这是一个很空泛的问题啊，"戴德利先生一边向服务员示意再来一点儿麦片粥，一边回答道，"未来难道是早已注定的吗？这个想法其实很无聊，不是吗？这因人而异啊！我相信所谓算命者其实不过是一些直觉很强的人。当然先撇开那些江湖骗子型的算命先生不谈，让我们给其中最真诚的那些人一些信任。他们的确具有某种天赋，能够令自己在我们身上看见我们的渴望，看见我们迟早会做的事吗？或者反过来说，为什么他们就不能呢？以我的父亲为例，他的视力很好，然而他对许多东西视而不见，而我的母亲虽然视力坏得像一只鼹鼠，但她常常能够看见许多她丈夫看不到的事物。自我很小的时候开始，她就知道我会成为画家，她常常和我这样说。请注意，她还看到我的画会在世界上最大的博物馆内展出。而现在我已经有五年没有卖出去一幅画了；但也没有办法，谁让我是个平庸的画家呢。啊，我光顾着和你讲我自己的故事，却忘了回答你的问题了。对了，你为什么会这样问呢？"

"因为，昨天我遇上一件奇怪的事，如果放在过去，我是根本不会留心的。然而，事实上从那事发生之后，我就没办法不去想它，结果就变得很困扰。"

"那么就先和我说说昨天你遇上什么事了吧，然后我可以告诉你我的看法。"

阿丽斯向她的邻居俯过身去，将在布赖顿那个晚上发生的故事告诉了他，特别提到了她和那个算命老妇人的奇遇。

戴德利静静地听着，没有插话。当阿丽斯讲完她和老妇人那段不寻常的对话之后，他转身叫来服务员结账，然后建议阿丽斯与他一同出去透透气。

于是他们离开小酒馆，又走了一小会儿。

"如果我没有理解错的话，"戴德利有些窘迫地说，"你得先遇上六个人，然后才能遇见你生命中的那个男人。"

"是那个在我生命中最重要的男人。"阿丽斯纠正他说道。

"这是一回事，我想。你就那个男人，还向她提过其他问题吗？例如他的身份，他可能出现的地点。"

"没有，她只是告诉我，在我们谈话的时候他刚刚从我身后经过，除此之外，就没别的了。"

"事实上这话里的信息量很少啊，"戴德利陷入了沉思，"她还和你提过旅行的问题？"

"是的，我想是的，但这一切也太古怪了。我把这个白日梦一样的故事告诉了你，大概很可笑吧。"

"但是，如你所说，这个白日梦一样的故事却让你夜里失眠了。"

"我的气色看上去很不好吗？"

"我听到你夜里在你的房间来回踱步。我们之间的墙太薄了，就和纸做的一样。"

"很抱歉打扰了你……"

"好了，我觉得现在只有一个办法可以帮助我们解决睡眠的问题。我想我们的鸭子们只能等到明天来过节了。"

"为什么这么说？"阿丽斯问道。这时他们已经走回到他们的住处前。

"上楼去拿一件羊毛衫、一条厚围巾，几分钟后我们还在这里等。"

"多么古怪的一天！"阿丽斯一边爬楼梯一边暗自想道。这个平安夜过得和她事先想象的完全不同。首先是这顿临时起意的早饭，她居然是和那位难缠的邻居一起吃的，其次是那段意外的谈话……还有为什么她要把这个自己觉得不合逻辑的荒唐故事告诉他呢？

阿丽斯打开衣柜的抽屉，戴德利先生说一件羊毛衫和一条厚围巾，太难找到符合他要求的东西了。她在一件海蓝色的长袖羊毛开衫和一件网眼羊毛套衫之间犹豫着，前者的话，确实可以更显身形。

阿丽斯望着镜中的自己，理了理头发，打消了再化下妆的念头，毕竟这只是一次出于礼貌的散步。

最后她终于从自己的房间里出来，但等她来到街上的时候，戴德利先生已经不在了。也许是他改了主意，谁让这是一个古怪的男人呢。

忽然阿丽斯听见两声喇叭，一辆奥斯汀10轿车停在了人行道旁，车身如夜色般深蓝。戴德利从车上下来，绕到另一边为阿丽斯打开车门。

"这是你的车？"阿丽斯惊讶地问道。

"我刚刚偷来的。"

"你是认真的吗？"

"是不是你的算命师告诉你，你将在彭德加邦的山谷里遇到一头粉红色的大象，你也会相信呢？显然，这是我的车！"

"谢谢你这么直接地取笑了我，也请你原谅我的惊讶，但你的确是我认识的第一个拥有自己的汽车的人。"

"这是一辆二手车，它又不是一辆劳斯莱斯。我常常把它停在我作画的那个十字路口，这样我的每一幅画里都会有它的身影，这相当于一种签名。"

"你应该找一天给我看看你的那些画作。"阿丽斯说着坐到了车内。

戴德利含混地说了几个词，一踩离合器，汽车就上路了。

"我希望对你来说我的问题没有太多，但你可以告诉我现在我们要去哪儿吗？"

"你以为呢，当然是去布赖顿了。"戴德利回答道。

"去布赖顿？去做什么？"

"去让你有机会问问那位算命师，把你昨天想问她的问题通通问一遍。"

"可这也太疯狂了……"

"我们大概一个半小时后就到了，如果路面上有薄冰的话，可能要两小时，我可不觉得这有什么疯狂的。我们在日落之前就能回来，就算我们还在路上的时候天就黑了，我车上的两盏前车灯，也可以像灯塔一样为我们照亮前路……你看，一点儿风险都没有。"

“戴德利先生，可以麻烦你在路上不要再打趣我了吗？”

“庞黛布丽小姐，我向你保证我会尽力的，但是也请不要要求我去做某些不可能的事情。”

他们从兰贝斯出城，到克罗伊登的时候，戴德利让阿丽斯从副驾驶座前的小抽屉里取出一份地图。布赖顿在他们的南面。阿丽斯指挥戴德利先生先向右转，但随后她就发现自己拿倒了地图，于是他们又折了回来。他们在路上折腾了好一会儿，最后一位行人为他们指出了正确的方向。

戴德利在红山这个地方停下来加了一次油，然后检查了一下轮胎的状况，他觉得他的奥斯汀似乎有些偏向。阿丽斯则待在她的座位上，膝上摊着地图。

过了克劳利后，戴德利不得不放缓了速度，漫山遍野都是白茫茫的一片，雨刷器上结着霜，汽车在转弯时极易打滑。一小时后，车内的温度太低，他们甚至无法再分神聊天。戴德利将车内的暖气开到最大，但小小的暖风口根本无法与外面沁入车内的寒气相抗衡。他们在八铃旅店暂停了一下，在火炉边吃了点儿东西。然后在喝完最后一杯热茶后，他们再次上路了。

戴德利说布赖顿已经不远了。但是他刚刚难道不是说这段旅行不会超过两小时吗？从他们离开伦敦到现在，其实已经在路上花了比原定时间多一倍的时间。

当他们最终到达目的地的时候，游乐场已经关门，长长的防波堤上基本空无一人。最后一批散步者也正赶着回家准备平安夜的晚餐。

"好吧，"戴德利先生一边从车上下来，一边说道，"这位算命师她在哪儿呢？"他仿佛对时间一点儿都不担心。

"我很怀疑她还会等我们。"阿丽斯揉了揉肩，回答道。

"别太悲观了，来吧。"

阿丽斯带着戴德利向售票处走去，但那里也已经下班了。

"很好，"戴德利说，"这里也关门了。"

阿丽斯在昨天算命的摊位前，重新感受到一种强烈的不适感、一种突如其来的焦虑，仿佛有什么东西扼住了她的咽喉。她停下脚步，戴德利猜出了她的感受，转过身望着她。

"这位算命师只是一个和你我一样的普通人……呃，尤其是和你一样的普通人。总之，别太担心，我们会想办法把这个困扰着你的问题解决的。"

"你还是在取笑我，你一点儿都不友善。"

"我只是希望你能够笑一下。阿丽斯，来吧，不要怕，去听听这个疯狂的老女人还有些什么话可以和你说，然后等回去的时候，我们可以好好取笑一番她的那些蠢话。到了伦敦，我们想必都已经精疲力竭了，管她是不是真的能够预言未来，还是就是个江湖骗子，我们都会睡得踏踏实实的。好了，勇敢点儿吧，我在这里等你。放心，我不会走开的。"

阿丽斯向着算命的摊位走去。正门已经关上，但从百叶窗缝里仍然透出一缕光线。阿丽斯走了过去，敲响了门。

算命老妇人吃惊地望着门外站着的阿丽斯。

"你在这里做什么？有什么麻烦吗？"她问道。

"没有。"阿丽斯回答说。

"你的气色看上去坏透了，没有一点儿血色。"

"天冷冻的吧，我觉得我连骨髓都冻上了。"

"进来吧，"老妇人说道，"进来在火炉边暖暖身子。"

阿丽斯走进这个小房间，一下子又闻到了那种混合了香草、琥珀和皮革的味道，只是这次的味道因为小火炉的热气而更加浓烈。她在一个长凳上坐了下来，算命老妇人坐在她的身旁，握住她的双手。

"所以你就这样回来找我了？"

"我……我只是正好经过而已，我看到这里亮着灯。"

"你太迷人了。"

"您到底是谁？"阿丽斯问道。

"一个算命师，深受来防波堤游乐场的人们的尊重；很多人从很远的地方赶来，就是为了请我预言未来。但昨天，在你眼里，我大概只是个老疯子而已。我想既然今天你又回来这里，也许是因为你改变了昨天的判断。你还想知道什么？"

"昨天当我们谈话时，那个从我身后经过的男人，为什么我要在遇到其他六个人后，才会遇到他呢？"

"很抱歉，亲爱的小姐，这个问题我无法回答，我只能告诉你我看见的东西；我不能编造什么答案，我也从来不会这样做，我不喜欢说谎。"

"那我也是，我也不喜欢说谎。"阿丽斯反驳道。

"但你今天并不是偶然从我的摊位前经过的，不是吗？"

阿丽斯只能点了点头。

"昨天，您一直用我的名字称呼我，但我并没有告诉您我的名字，这一点您是怎么知道的呢？"阿丽斯接着问。

"那你，你又是如何来称呼那些你刚刚闻到的气味的呢？"

"这是我天生的本事，我是调香师。"

"而我，我是算命师啊！我们只是在各自的领域里拥有各自的天赋罢了。"

"我今天会回来，是因为有人怂恿了我。说真的，昨天您和我说的那些话令我很困扰。因为您，我昨天一夜都未曾合眼。"

"我明白的。如果让我处在你的位置上，大概我也会同样一夜不眠吧。"

"请告诉我真相吧，昨天您到底看到了什么？"

"真相？天啊，未来又不是刻在石头上的。你的未来是由属于你自己的众多抉择来决定的。"

"那您的预言岂不就是吹牛皮？"

"是一些可能性，而不是确定性。只有你自己才能决定一切。"

"决定什么？"

"决定来问我，或者决定不让我直接把我看到的东西告诉你。好好考虑一下再回答我的问题吧。要想知道一些东西，总是要付出代价的。"

"好吧，那我首先想知道你说这些的时候是不是真诚的。"

"我昨天向你收费了吗？或者是今天我向你要钱了吗？是你两次来敲我的门。不过鉴于现在你似乎情绪紧张，饱受痛苦，今天我们还是就谈到这里吧。回家去吧，阿丽斯。如果我的话可以让你安心的话，那么我会说没有什么大不了的事在等你。"

阿丽斯久久地望着这位老妇人。她不再怕她了，正相反，现在两人的相处令阿丽斯觉得十分自然，老妇人那嘶哑的声音可以让她安心。这天她赶了这么远的路，可不能空手而回，她应该主动向对方发问。于是阿丽斯站起身，向老妇人伸出了手。

"好吧，请告诉我您看到的东西，您说得对，只有我自己才能决定我会相信什么，或是怀疑什么。"

"你确定吗？"

"每个周末，我母亲都会带我去做弥撒。冬天的时候，街区教堂里冷得令人无法忍受。我常常会花几小时向一个我从未见过也从未拯救过任何人的上帝祈祷，好了，我想我是可以花几分钟听听您的话的……"

"我很抱歉上帝没有帮助你的父母在战争中活下来。"老妇人打断了阿丽斯的话。

"您怎么会知道这件事？"

"嘘，"老妇人将食指按在阿丽斯的嘴唇上，"你来这里是听我说话的，你只用听就是了。"

老妇人翻过阿丽斯的手掌，掌心向天。

"你身上有两种生活，阿丽斯。一种是你现在已知的生活，另一种是你一直期待的生活。这两种生活间没有任何的共性。昨天我和你提到的那个男人，其实他正属于另一种生活，而他是绝不会出现在你现在过的生活中的。要想遇见他，你就必须完成一次漫长的旅行。在旅途中你会最终发现，所有你以为是真的东西，其实都不是现实。"

"可您对我说的这些话没有任何意义。"阿丽斯抗议道。

"也许是吧。总之，我只是一个游乐场里的普通算命师。"

"旅行，去哪里旅行？"

"向着你来的那个地方，我亲爱的小姐，向着你的故事本身。"

"我刚刚是从伦敦过来的，而今晚我也的确打算要回去。"

"我说的是那个生你的地方。"

"那还是伦敦啊，我生来就是伦敦人。"

"不，请相信我，我的小姐。"老妇人微笑着说道。

"我甚至知道我妈妈具体是在哪儿将我生下的，我发誓！"

"你是在南方出生的，这一点即使不是算命师也能看出来，你面部的线条就证明了这一点。"

"很抱歉，但我还是要说您说得完全不对。我祖祖辈辈都是北方人，我妈妈那边是伯明翰人，我爸爸那边是约克郡人。"

"他们两人都是从东方来的。"老妇人低声说道，"你来自一个已经消失了的帝国，一个古老的国家，距离这里有几千公里的路程。你体内流着的血，它的源头可以一直追溯到黑海和里海之间。照照镜子吧，好好地看看你自己。"

"您真是在胡说八道！"阿丽斯终于生气了。

"我再向你说一次，阿丽斯，要想完成这次旅行，你必须先接受一些东西。而根据你的反应，我觉得其实你尚未准备好。也许还是到此为止吧。"

"这是什么话，我受够了整夜无眠的晚上了！只要等我确定了您是个地地道道的骗子，我就马上回伦敦去。"

算命师面色严肃地打量着阿丽斯。

"请原谅我吧。我很抱歉，"阿丽斯接着说道，"这不是我心里想的，我不想不尊重您。"

老妇人松开阿丽斯的手，站了起来。

"回家去吧，然后忘了我和你说的那些话；应该是我说抱歉才是。事情的真相是，其实我只是个喜欢东拉西扯、拿人们的弱点开玩笑的老疯子。我太想为人们预言未来，结果最后把自己都给骗了。好好生活，不用担心。你是一个漂亮的年轻姑娘，不论发生什么，也都没有必要要一个老太婆来预言你会不会遇到符合你心意的男人。"

老妇人向门边走去，阿丽斯却始终没有动。

"刚刚有一会儿我觉得您似乎是更加真诚了。好吧，就让我们来玩个游戏吧，"阿丽斯说，"不管怎么说，说这是个游戏也没有错。让我们想象一下，如果我把您的话当真了，那么我的旅行应该从哪里开始呢？"

"你太累了，我的姑娘。我不会再为你预言什么了。我说的话不过是头脑一热，临时想到的，你没有必要为它们浪费时间。在一个平安夜里，难道你没有别的更重要的事情做吗？"

"您没有必要自损，即使这样我也不会得到心灵上的平静。我向您保证，只要您回答了我的问题，我马上就会离开的。"

老妇人看了看一个挂在门上的拜占庭风格的小雕像。她抚摸着雕像模糊的面庞，转过身子对着阿丽斯。现在她脸上的神情更加严肃了。

"在伊斯坦布尔，你将遇到那个能带你去下一站的人。但是请不要忘记：一旦开始这趟寻觅之旅，你过去了解的现实将不复存在。好了，现在你可以走了，我累了。"

老妇人打开门，冬夜的寒气一下子融入小房间里。阿丽斯裹紧大衣，从口袋里取出钱包，但是老妇人拒绝收钱。阿丽斯只能系上围巾，和她告别。

路上完全没有人了，煤气灯在风中摇晃着，它们叮叮当当地组成了一段奇异的旋律。

一辆汽车的灯在阿丽斯面前闪烁着，戴德利在雨刷后面向她打手势。阿丽斯向他跑去，浑身冻得僵硬。

✔

"我刚刚开始有些担心了。我想了很久到底要不要过去找你。在这样的天气里在外头等人，实在是太痛苦了。"戴德利抱怨道。

"我想我们恐怕要开夜车回去了。"阿丽斯看了看天。

"你在那里面待了很久啊。"戴德利发动了他的奥斯汀汽车。

"我没注意看表。"

"我希望这时间花得很值。"

阿丽斯从后车座上拿过地图，摊在自己的膝盖上。戴德利和她说，如果要回伦敦的话，那她最好还是把地图倒过来。他一踩油门，汽车飞驰而去。

"让你这样过平安夜，这实在是太古怪了，不是吗？"阿丽斯借此向戴德利先生道歉。

"的确是比让我一个人在收音机前面打发一个无聊的晚上要来得古怪。只要路况不是太坏，我们还是有时间赶回去吃晚饭的。现在离午夜还有很久呢。"

"但我怕，我们现在离伦敦还很远呢。"阿丽斯叹了口气。

"你还是不打算告诉我吗？这次的谈话有结果了吗？你现在是不是已经不再为她的话而焦虑了？"

"也说不上。"阿丽斯回答道。

戴德利将车窗摇下来一些。

"我抽根烟会妨碍你吗？"

"如果你也给我一根的话，就不会。"

"你抽烟？"

"不，"阿丽斯回答道，"但今晚为什么不抽根烟呢？"

戴德利从雨衣的口袋里摸出一包大使牌香烟。

"麻烦你帮我握一下方向盘，"他对阿丽斯说道，"你会开车吧？"

"不会。"阿丽斯俯身抓住方向盘，而戴德利用嘴叼住两根烟。

"那就试着把正车轮的方向。"

他点燃打火机，空出一只手握住方向盘，将偏移了主路的奥斯汀拉回来，然后递了一根烟给阿丽斯。

"这么说，我们今天是白跑了一趟，你看起来似乎和昨天一样困扰啊。"

"我想，我大概是把这位算命师的话太放在心上了。我也许是累了。这段时间我睡得很不够，常常有精疲力竭的感觉。这位老太太比我想象的还要疯狂。"

阿丽斯吸了口烟，随即呛得咳嗽起来。戴德利从她手里夺下烟，扔到窗外。

"那么好好休息一下吧。等我们到了的时候，我再叫醒你。"

阿丽斯把头靠在车窗的玻璃上，她觉得自己的眼皮越来越沉重。

戴德利望了熟睡的阿丽斯一会儿，然后将全部注意力都放到了开车上。

❧

奥斯汀终于又在人行道旁停了下来。戴德利关了发动机，心里琢磨着该怎样叫醒阿丽斯。如果和她说话，大概会把她吓醒，把手放在她肩上似乎又不太合适，轻轻咳嗽一声也许比较好，但在整段旅程中刹车的声音都未能把她吵醒，那么戴德利必须咳得很大声才能让阿丽斯醒来。

“要是我们在车里过夜，大概会冻死吧。”阿丽斯睁开了一只眼睛。

这一次，倒是戴德利先生被吓了一跳。

阿丽斯和戴德利回到他们住的楼层，两人有一会儿不知道应该说些什么。最后阿丽斯先开口了。

“现在才十一点。”

“你说得对，”戴德利回答道，“十一点刚过一点儿。”

“你今早在市集上买了些什么？”阿丽斯问道。

“一些火腿、一罐辣腌菜、一些红豆角和一块切斯特奶酪。你呢？”

“一些鸡蛋、培根、一块蛋糕和蜂蜜。”

“真丰盛！”戴德利喊道，“我饿坏了。”

“你早上请我吃了顿早饭，然后又为我费了那么多汽油，而我，我还没有谢谢你呢。我该请你来吃晚饭。”

“无比荣幸，我这一整周都有空。”

“伊森，我说的是今晚！”

“那太好了，今晚我也有空。”

“我也觉得。”

“我也承认如果我们两人各自在墙的一边过平安夜的话，那实在是有点儿傻。”

“好，那我先给大家做个煎蛋。”

“这个主意好极了，”戴德利说，“我先把雨衣放回家，然后来敲你的门。"

阿丽斯点燃炉子，把箱子挪到房间当中，然后两边各摆上一个大垫子，在箱子上铺上桌布，放好两副餐具。最后她爬到自己床上，打开大玻璃窗，取下她放在屋顶上冷藏的鸡蛋和黄油。

一会儿戴德利过来敲门。他穿着外套和法兰绒长裤，手上提着篮子。

"因为现在这个时间实在是无法买到花了，所以我把早上在市集上买的东西给你带来了；配着煎蛋吃，味道一定很好。"

戴德利从他的篮子里取出一瓶酒，从口袋里拿出一个开瓶器。

"毕竟是圣诞节，我们总不能老是喝水。"

吃晚饭的时候，戴德利和阿丽斯讲了他的童年故事。他告诉她自己始终无法和家人好好相处，告诉她他母亲的痛苦。为了利益他母亲不得不嫁给一个和她在趣味和世界观上没有任何相似点的男人，更不用说她细腻的思维。他告诉她他的哥哥尽管没有实才但是却很有野心，所以哥哥想尽一切办法排挤他，好让自己成为父亲事业的唯一继承人。他问了阿丽斯好多次，自己是否令她厌烦了，而每次阿丽斯都向他保证一点儿都没有，她觉得他对他家庭的描述很有趣。

"你呢，"戴德利最后问道，"你的童年又是怎样的呢？"

"很快乐，"阿丽斯回答道，"我是家里唯一的女儿，当然我不会和你说我一点儿都不想要个兄弟姐妹，但是我却也因此成了父母的掌上明珠。"

"那你的父亲是做什么的？"戴德利问道。

"他是药剂师，工作之余就是个研究者。他对草药的药性很感兴趣，他常常从世界各地收购草药。我妈妈和他一起工作，他们是在药学院里认识的。虽然我们家不是大富大贵，但药店的生意的确很好。我父母彼此相爱，家里总是充满着欢笑。"

"你很幸运。"

"是的，我得承认这一点，这也会让人对难以实现的理想生活充满憧憬。"

阿丽斯站起身，将盘子放入洗碗池。戴德利收拾了桌上的其他残余，过去和她会合。但他在阿丽斯的工作桌前停了下来，他打量着那些插着小纸条的小陶罐以及架子上成堆摆放的小瓶子。

"最右边是成品，它们是用精华提取物或是树脂调成的。中间是我正在调配的半成品。"

"你是化学家，就像你父亲一样？"戴德利惊讶地问道。

"成品是香精，我通常通过提炼植物素材，例如玫瑰、茉莉或丁香，来获得有香气的精华液。至于这张令你吃惊的工作台，我管它叫我的管风琴。调香师和音乐家总是有着许多共同语言，我们也会说协调和配合的问题。我父亲是一位药剂师，而我就是人们所说的调香师。我试着要创造出新的组合、新的香氛。"

"这份工作太特别了！你已经发明一些香水了吗？我是说我们可以在商店里买到的那种香水，或者是我已经知道的某种香水。"

"是的，"阿丽斯回答道，声音中带着笑意，"虽然生产发行量并不大，但在伦敦的几家香水商店的橱窗里还是能够看到我的几样发明的。"

"在橱窗里看到自己作品的感觉一定太棒了。一个男人可能就因为用了你发明的香水，最终成功地吸引了一位姑娘。"

听到这句话，阿丽斯再也忍不住放声大笑起来。

"很抱歉，我可能要让你失望了，到现在为止我配出的香水都是偏女性化的，但你倒是启发了我。我日后应该试着配出一种更强烈的刺激型香味，一种树木的味道，有阳刚的气息，用点儿雪松或是香根草。我会好好考虑一下的。"

阿丽斯切下两块蛋糕。

"来点儿甜点吧，然后我就放你自由了。我度过了一个很愉快的晚上，但现在我困了。"

"我也是，"戴德利先生打了个哈欠，"回来的路上下了很大的雪，我不得不打起双倍的精神对付。"

"谢谢。"阿丽斯轻轻说道，然后把一块蛋糕搁在戴德利先生面前的盘子里。

"应该是我谢谢你，我很久都没有吃过蛋糕了。"

"那我也该谢谢你陪我一路去布赖顿，你真是太好了。"

戴德利抬眼望着大玻璃窗。

"白天的时候这里的光线一定很棒。"

"是的，有机会我请你来喝茶，那时你就可以亲眼看看。"

戴德利吞下最后一块蛋糕，站起身，阿丽斯一直把他送到门边。

"我回去的路不是很远。"他回到走廊上。

"是的，一点儿都不。"

"圣诞快乐，庞黛布丽小姐。"

"圣诞快乐，戴德利先生。"

伊斯坦布尔假期

L'étrange voyage de Monsieur Daldry

Chapter 3
邻居戴德利

　　我和戴德利之间除了彼此间礼貌的好感之外，再无其他。他完全不是我喜欢的那种类型。

大玻璃窗上薄薄地附了一层细腻的轻雪，阿丽斯从床上起身，试着向外张望。她打开一扇窗，但又马上将它合上。大雪覆盖了整座城市，窗外的寒气把她冻僵了。

阿丽斯睡眼惺忪，摇摇晃晃地走到火炉前，将开水壶放到火焰上。戴德利很慷慨地在架子上留下了整盒火柴。她微笑着忆起昨夜的晚餐。

阿丽斯不打算在圣诞节还要工作。不过由于没有家人需要拜访，她决定去公园散散步。

她穿得严严实实，踮着脚走出房间。这栋维多利亚式的大房子静悄悄的，戴德利应该还没有起床。

街上一片纯白，阿丽斯欣喜地望着这景象。雪，就是有这样的力量，它可以覆盖城市里所有的污秽，即使是最凄凉的街区也能在冬日里找到一份特殊的美丽。

电车来了，阿丽斯向十字路口跑去，爬上车，买好票，然后在车尾的一个长凳上坐下来。

半小时后，她从皇后大门走进海德公园，向着通往肯辛顿宫的一条斜路走去。阿丽斯在小湖边停下脚步。鸭子们在暗沉的水面上游弋，它们向着她游来，大概是希望可以从她那里得到一些新的食物。阿丽斯很抱歉自己没有带什么可以喂它们的东西。这时在湖的另一边，一个坐在长凳上的男人向她打了个手势。他站起身，挥着手邀请她去他那一边。鸭子们离开阿丽斯，转了个身，然后向着这位陌生人全速前进。阿丽斯沿着河岸走，走近这个正蹲着喂蹼足类动物的男人。

"戴德利？在这里能够看到你，实在是太意外了，你是跟着我来的？"

"令人吃惊的应该是，一个陌生人招手请你过去，而你居然真的就过去了吧。我比你来得早，怎么可能是我跟着你来的呢？"

"你在这里做什么？"阿丽斯问道。

"鸭子们的圣诞节，你忘了吗？我出门透气的时候，忽然意识到大衣口袋里还有昨天从小酒馆里顺来的面包，就像我刚刚和你说的那样，我放弃了散步的计划，马上来这里喂鸭子。那你呢，你在这里做什么呢？"

"我钟爱这个地方。"

戴德利掰碎两片面包，将碎末分给阿丽斯一些。她在他身边也蹲了下来。

"说来，我们昨天忙里偷闲地远足一次，其实并没有太大的作用。"

阿丽斯没有回答，她正忙着喂一只鸭子。

"我在夜里还是听见了你来回踱步的声音。你睡不着吗？但你明明是很累了。"

"我睡着了一会儿，没过多久被一个噩梦惊醒。一个噩梦，如果不说是好几个的话。"

戴德利把手上的面包都喂完了，阿丽斯也是。于是他直起身，伸手去拉阿丽斯起来。

"为什么不告诉我昨天那个算命老妇人对你预言了什么呢？"

海德公园的步道上积满了雪，路上行人寥寥无几。阿丽斯一五一十地复述了算命师和自己间的谈话，也提到了老妇人说自己其实是个骗子的情形。

"她变脸变得好快啊，这太奇怪了。不过，既然她也向你承认自己是在骗人，那你还在纠结什么呢？"

"正是因为如此，我才开始相信她。不过，我始终还是一个尊崇理性的人，我向你发誓，如果是我最好的朋友把这个故事的四分之一讲给我听，我大概都会嘲笑她的。"

"我们先不提你最好的朋友，就先说你的事。让你这样困扰的原因究竟是什么？"

"这位算命师所说的每一句话都很令人震惊，请你设身处地，在我的位置上想想。"

"她还向你提了伊斯坦布尔？多奇怪的主意啊！也许你只有亲自去一趟，才能明白她到底在说什么。"

"这当然是个奇怪的主意。难道你还打算开着你的奥斯汀带我去？"

"我怕这会超过它的承受能力。我就是简单地这么一说。"

一对夫妻向着他们迎面走来。戴德利不再说话，直到他们走远。

"还是让我来告诉你，这个故事究竟哪里令你困扰了吧。是算命师告诉你，你命中注定的那个男人要到这次旅行结束才有机会遇到。我不是想打击你，但这的确有一种疯狂、神秘的浪漫主义色彩。"

"让我困扰的是，"阿丽斯冷冰冰地回答道，"她信誓旦旦地说我的出生地在那里。"

"可你的出生证明就可以证明她说得不对。"

"我记得，在我六岁的时候，我妈妈曾带我去霍尔本的一家诊所看过病，我至今还记得她明确地告诉过我，我就是在那里出生的。"

"好吧，忘了这一切吧！我不应该开车带你去布赖顿的，我以为自己做得对，但事实上正相反，是我弄得你对这无中生有的事情太看重了。"

"我该回去工作了，游手好闲不适合我。"

"有什么东西不让你开始工作吗？"

"昨天我以为自己感冒了，虽然不是很严重，但对我的工作却有很大的影响。"

"人们总是说，要想感冒痊愈，其实什么都不用做，只要过一个星期就好了。"戴德利笑着回答，"不过我想你恐怕是等不及了。如果你真的着凉感冒了，那你最好还是赶快回家添点儿衣服。我把车停在了王子大门那里，就是这条路走到头。我送你回去吧。"

奥斯汀无法发动，戴德利请阿丽斯驾驶，他自己去后面推车。等车开始慢慢向前走时，她只用松开刹车即可。

"不麻烦，"他向阿丽斯保证道，"左脚向前一些，然后当汽车发动时右脚稍稍踩一下，再把两只脚分别放在左边的两块踏板上，同时注意握住汽车的方向盘。"

　　"可这明明很复杂啊！"阿丽斯抗议道。

　　车胎在雪地上慢慢滑动，戴德利压低身子推着车。阿丽斯坐在奥斯汀车内，从后视镜里看着身后的这一幕，笑出声来。忽然她灵机一动，转动车钥匙，汽车终于发动了。这下她笑得更得意了。

　　"你确定你的父亲是药剂师，而不是工程师吗？"戴德利坐到她身边，问道。

　　他的大衣上满是雪花，但他的神情却从未这样快活过。

　　"很抱歉，这并不好笑，但我就是忍不住。"阿丽斯快活地回答道。

　　"好吧，来吧，"戴德利低声说道，"现在就靠你把车开到路上去了，这辆该死的车似乎还就听你的话，我们来瞧瞧如果你加速的话，它会不会服服帖帖地听从你的命令。"

　　"你知道我可从来没有开过车。"

　　"万事总有第一次的，"戴德利面不改色地回答道，"现在踩左边的踏板，慢慢松开一下离合器，让车开快一些。"

　　车轮在冰上有些打滑，阿丽斯紧紧抓住手中的方向盘，灵巧地将轿车稳稳当当地重新拉回到路正中。

　　在这个圣诞节的早晨快结束的时候，街上几乎空无一人，阿丽斯一边听着戴德利的建议一边驾驶着。除了几次有些突兀的刹车外，她最终成功地将车毫发无伤地开回了他们的住处。

"这次开车的感觉太好了，"她熄了火说道，"我很喜欢开车。"

"好啦，如果你还想的话，这周我可以陪你再练一次。"

"那我就再乐意不过了。"

戴德利和阿丽斯回到他们所住的楼层，彼此话别。阿丽斯觉得自己似乎有一点儿热，她很想好好休息一下。她向戴德利表示了感谢，然后一回到房中，她就把大衣铺在床上，钻到毯子底下去了。

🕊

空气中悬浮着一层细腻的灰，和一股热的风混合在一起。一条宽阔的阶梯从街道的顶端通向城市里的另一个街区。

阿丽斯赤着足，东张西望地走着。小商铺五颜六色的铁卷帘门都放下了。

一个声音在远处喊她的名字。在台阶的最上面，一个女人示意她快过去，好像她现在正身处危险之中似的。

阿丽斯跑着过去和她会合，但这个女人却逃开消失了。

她背后传来一阵喧哗，中间夹杂着喊声和叫声。阿丽斯快步向着阶梯走去，那个女人在台阶的最下面等她，但她却不让阿丽斯通过。她发誓自己是爱阿丽斯的，然后和她永诀。

她慢慢远去，身影渐渐变小，但她的样子在阿丽斯的心上却越变越大。

阿丽斯向她奔去，台阶在她脚下陷落，一条长长的裂缝将阶梯一分为二，她背后的吼声越来越令人无法忍受。阿丽斯抬起头，火红的太阳灼烧着她的皮肤，她觉得自己身上出了一层薄汗，嘴唇上有盐的味道，头发里夹着土。灰尘积聚成云，在她周围旋转，她快透不过气来。

在她身边几步远的地方，她听到一个刺耳的呜咽声、一阵呻吟、一些她听不懂的喃喃自语。她的嗓子干涩，险些要窒息。

忽然有一只手大胆地抓住她的手臂，赶在阶梯消失之前将她带离地面。

阿丽斯发出一声尖叫，她竭尽全力地挣扎，但是抓住她的那人的力量实在是太强了，阿丽斯觉得她失去了意识，她彻底放弃了无意义的反抗。在她头顶，天空辽阔，颜色如血。

❥

阿丽斯睁开眼睛，覆着积雪的大玻璃窗一片雪白，晃得她目眩。她哆嗦了一下，额头烧得发烫。她摸索着去够夜里放在桌上的玻璃杯，但只喝了一口就呛得咳嗽起来，精疲力竭。她得起床去找点儿盖的东西，得想办法驱散这刺骨的寒意。她试着坐起身，但没有用，很快她又陷入了沉睡中。

❥

她听到有人在自己耳边轻轻地叫自己的名字，这是一个熟悉的声音，它试着让她平静下来。

她躲在角落里，身子蜷缩，头顶着膝盖。有一只手捂住她的嘴，不让她说话。她有点儿想哭，但是用手臂揽着她的这个人请她安静些。

她听到有人用拳头在敲门。声音越来越大，后来索性开始用脚踢。一阵脚步声，有人走了进来。阿丽斯躲在储物室里，屏住呼吸，她觉得自己的呼吸都快停止了。

❧

"阿丽斯，醒醒！"

戴德利走近床边，将一只手放在她的额头上。

"可怜，你烧得发烫呢。"

戴德利帮她坐起身，放好枕头，让她躺得更舒服些。

"我去找个大夫。"

几分钟后他回到床头边。

"你恐怕不只是感冒了那么简单。大夫很快就到了，休息一下吧，我在这里陪你。"

戴德利坐在床脚处，陪着阿丽斯。大夫到得很准时，他替阿丽斯检查了一下，摸了摸脉搏，听了听心跳和呼吸。

"她的情况不太妙呢，可能是流感。保证室内的温度，最好让她出点儿汗。再给她喝点儿东西，"大夫对戴德利说，"加点儿糖的药茶即可，每次少喝一点儿，但次数要尽量多。"

他将阿司匹林片交给戴德利。

"这药可以帮她退烧。如果明天还是不行的话，就一定要带她去医院了。"

戴德利把诊金付给大夫，谢谢他圣诞节还肯过来出诊。然后他回到自己房中，取了两床被子给阿丽斯盖上。他把工作桌旁的扶手椅推到房间中间，就在那里替阿丽斯守夜。

"我想，大概我还是更加愿意被你那些聒噪的朋友吵得不能入睡；这样至少我还能躺在自己的床上。"他咕哝着。

❧

房里喧闹的声音消失了。阿丽斯推开她藏身的储物室的门。什么都没有了，只有一片寂静与虚无。家具翻倒在地上，床上乱糟糟的。地上还有一个打碎了的画框。阿丽斯轻轻地把玻璃碎片移开，把画放回原处，放在床头柜上。这是一幅水墨画，画中的两位主人公正冲着她微笑。窗户打开着，一股温柔的风从外面吹来，吹得窗帘翻动。阿丽斯走过去，窗户安得很高，她必须爬到凳子上才能看到下面的街道。白日的光线强烈，她眯起了眼。

在人行道上，一个男人望着她微笑，这是一张充满善意的脸，满是对她的爱意。她无保留地爱着这个男人。她一直以来就是这样地爱着他，一直就认得他。她想向他奔去，让他把自己抱在怀中，她想抱住他，喊他的名字，但是她发不出声音。于是阿丽斯只能向他稍稍挥挥手；作为回应，这个男人挥动了一下他的帽子，向她笑了笑，然后消失了。

❧

阿丽斯重新睁开眼睛。戴德利扶起她，给她倒了一杯水，让她慢慢地喝。

"我看到他了，他就在那里。"阿丽斯嘀咕道。

"大夫刚刚来过。"戴德利说，"能在一个周日外加圣诞节的日子过来出诊，他真是一位很有责任心的大夫。"

"那不是一位大夫。"

"可他看上去就是啊。"

"我看到有个男人在那里等我。"

"好吧，"戴德利说，"等你好点儿了，我们再来说这件事。现在，好好休息吧。我感觉你的热度似乎降了一些。"

"他比我想象的更英俊。"

"我完全相信。我大概也要得流感了，过一会儿说不定埃丝特·威廉斯会过来拜访我……她在《带我去看棒球》里面太有魅力了。"

"是的，"阿丽斯继续说着胡话，"他会带我去舞会的。"

"好极了，在这段时间里我可以好好睡一觉了。"

"我应该动身去找他，"阿丽斯半闭着眼睛，轻轻地说，"我应该去那里，我得找到他。"

"好主意！不过我建议你先休息几天。因为我还不太确定，按照你现在的状态，你的一见钟情是否能唤起他的一见钟情。"

阿丽斯又睡着了。戴德利舒了口气，重新在扶手椅上坐了下来。现在是凌晨四点，扶手椅硌得他背上生疼，他的脖子也很不舒服，但是阿丽斯的气色似乎渐渐好转了。阿司匹林其实起作用了，热度退了下去。戴德利关了灯，希望自己能尽快入睡。

❧

刺耳的呼噜声将阿丽斯惊醒。她的手足仍然酸疼，但身子温暖起来，已经不再发冷。

她重新睁开眼睛，发现她的邻居倒在扶手椅上，毯子滑落在脚边。阿丽斯有趣地打量着戴德利右边的眉毛，看它随着呼吸的节奏抬起又落下。然后她忽然明白过来，原来她的邻居在这里陪了她一夜。她觉得很不好意思，于是她轻轻地掀开毯子，将它裹在身上，然后径直向炉边走去。她烧水冲茶，小心翼翼地不要弄出声音，然后等在炉边。戴德利的呼噜打得更加起劲了，仿佛有什么东西在骚扰着他的睡眠。他侧过身，从椅子上滑下来，然后径直躺在地板上。

"你站在那里做什么？"他打着哈欠说道。

"泡茶。"阿丽斯一边倒茶，一边回答。

戴德利站起身，伸了个懒腰，然后揉了揉自己的腰。

"你要不要回去再睡一会儿？"

"我好多了。"

"你让我想起了我的妹妹，当然这并不是要恭维你。你和她一样固执，一样无忧无虑。你这才刚刚好一点儿，马上就站在凉地板上了。来吧，别说了，马上到床上去！我来泡茶。不过，我的手臂都麻了，感觉不是几只蚂蚁在身上爬，而是一整群蚂蚁在这里开垦殖民地。"

"很抱歉让你受累了。"阿丽斯听从了戴德利的话。

她回到床上坐着，然后接过他放在她膝盖上的托盘。

"你现在有胃口吗？"他问道。

"没有，一点儿都没有。"

"好吧，不过你还是得吃点儿什么。你必须吃点儿什么。"戴德利说。

他穿过走廊，然后回来的时候手上拿着一个饼干盒子。

"这些是正宗的脆饼？"阿丽斯问道，"我好久都没有尝过了。"

"绝对正宗，都是我在家里自己做的。"他一边将一块脆饼浸到茶杯里，一边自豪地说道。

"它们看起来味道很不错的样子。"阿丽斯说。

"当然了！是我自己亲手做的嘛。"

"太不可思议了……"

"我的脆饼有什么不可思议的地方吗？"戴德利有些被弄糊涂了。

"……它的味道让我回想起童年。我母亲过去也会给我做脆饼，我们就着热巧克力一起吃，就在每个周日的晚上，等我写完作业的时候。不过那时候我不是很喜欢它们的味道，我往往让它们融化在杯子底，而妈妈从来没有发现过我这小伎俩。之后，战争爆发了，我们躲在防空洞里，当警报停歇的时候，关于脆饼的回忆像潮水一般向我涌来，将我吞没。当炸弹落在附近，防空洞被震得摇晃起来的时候，我从未那样想念过这些小点心。"

"我想，我从未有过这么好的运气，曾与我的母亲一同度过这么亲密无间的时光，"戴德利说，"我也从未想过我的脆饼可以配得上你的回忆，但我希望它们的味道合乎你的口味。"

"我可以再向你要一块吗？"阿丽斯说。

"对了，说到做梦，你今晚似乎做了许多噩梦。"戴德利咕哝着。

"我知道，我记得那些梦，我赤脚在一条看似属于另一个时代的小巷里走着。"

"梦里的时间可无法与现实时间相比。"

"你不明白，我那时觉得自己一定认识这个地方。"

"也许是一段模糊的记忆。在噩梦里许多东西都搅在了一起。"

"是一种可怕的混合物，戴德利，我觉得那时的我比在德国V1飞机的轰炸下还要害怕。"

"也许这些飞机也是你噩梦的一部分。"

"不，不是。有人在追赶我，要伤害我。但当他出现的时候，我就不再害怕了，我觉得没有什么不好的事情会发生在我的身上。"

"当谁出现的时候？"

"那个站在街上的男人，他向着我微笑。他挥着帽子向我致意，然后离开。"

"你提到他的时候，情绪中似乎有一种对现实的困扰。"

阿丽斯叹了口气。

"你该去好好休息一下，戴德利，你的气色看上去好像一张揉皱了的纸。"

"可你才是病人，当然我也得承认你的扶手椅睡起来实在太不舒服了。"

有人在敲门，戴德利跑去开门，他发现卡罗尔站在门外，手上提着一个巨大的柳条篮。

"你在这里做什么？请不要告诉我阿丽斯一个人的时候也打扰到了你。"卡罗尔一边走进房间，一边说。

随后她看到她的朋友坐在床上，卡罗尔大吃一惊。

"你的朋友得了流感。"戴德利抚着外衣上的衣褶，他在卡罗尔面前显得有些局促。

"好吧，那现在把这一切交给我吧，我是护士。阿丽斯现在有合适的人照顾了。"

她陪着戴德利走到门边，催他快点儿回去。

"回去吧，"她说道，"阿丽斯需要休息，我来照顾她。"

"伊森？"阿丽斯从床上喊道。

戴德利转了个身，越过卡罗尔的肩膀去看阿丽斯。

"总之多谢了。"阿丽斯轻轻地说。

戴德利勉强挤出一个微笑，然后离开了。

门重新关上，卡罗尔走到床边，摸了摸阿丽斯的额头，搭了脉搏，然后让她伸出舌头。

"你还有一点儿发烧。我从乡下给你带了许多好东西。新鲜鸡蛋、牛奶、果酱，还有我妈妈昨天做的蛋糕。现在你觉得如何了？"

"从你进门之后，我就好像在一场风暴的中心。"

"伊森，总之多谢了。"卡罗尔捏着嗓子说道，一边将水壶灌满水，"自从我们上次在你家聚餐之后，你和他的关系似乎有了很大的发展。你没有什么要告诉我的吗？"

"你这样看上去好傻，你的话里的暗指也没有任何的意思。"

"我可没有暗指什么，只是我注意到了，就是这样。"

"我们是邻居，仅此而已。"

"上周的时候你们曾是邻居，那时他还管你叫庞黛布丽小姐，而你管他叫那位搞砸了我们的派对的暴躁先生。所以你们之间一定发生了什么，才会使你们拉近了距离。"

阿丽斯沉默了。卡罗尔观察着她，手上提着水壶。

"怎么了？"

"我们去了一趟布赖顿。"阿丽斯叹气道。

"所以你圣诞节的神秘邀请其实是来自他？你说得对，我的确太傻了！我……我还以为你凭空捏造了一次邀请，是为了让小伙子们相信。整个圣诞节我都在后悔把你一个人留在了伦敦，后悔没有坚持要你来我家过节。然而在这个时候，其实这位小姐正在和她的邻居在海边玩耍。我实在是瞎操心。"

卡罗尔将一杯茶放在阿丽斯床边的凳子上。

"你从来没有想过要买点儿家具吗，例如一张真正的床头柜？等一下，等一下，喜欢故弄玄虚的小姐，"她兴奋地接着说，"不要告诉我，上次你邻居的突然造访，其实原是你们安排好的一出戏，为的是能快点儿把我们打发走，然后你们两人可以共度夜晚。"

"卡罗尔！"阿丽斯指了指隔着隔壁房间的墙，小声说，"别说了，快坐下吧！你真是比最严重的流感还要累人。"

"你得的不是流感，只是比较严重的着凉而已。"卡罗尔回答道，她对自己的话被打断很是恼怒。

"这次出行完全是一次意外。当然从他的角度来说，他实在是太好了。但是请你不要再用这种狡黠的神情来和我说话，我和戴德利之间除了彼此间礼貌的好感之外，再无其他。他完全不是我喜欢的那种类型。"

"为什么你又去了一次布赖顿？"

"我累了，让我休息一会儿吧。"

"看到我的话是怎样扰乱了你的心，这还真是令人动容呢。"

"让我尝尝你带来的蛋糕，不要再说这些蠢话了。"阿丽斯回答说，然后打了个喷嚏。

"你看，你只是感冒了而已。"

"我得快点儿好起来，然后尽快开始工作，"阿丽斯从床上坐起来，"再这样待着什么都不做，我就要疯了。"

"那你可得耐心一些。那次去布赖顿的旅行会让你一周之内都闻不到什么味道。好吧，你终于可以告诉我你们去那里做些什么了吧？"

随着阿丽斯的故事展开，卡罗尔越来越吃惊。

"好吧，"她吸了口气说，"如果换作是我，我想我也会被吓到的，现在我们不谈你为什么回来后会生病了。"

"太奇怪了。"阿丽斯耸了耸肩，回答道。

"总之，阿丽斯，这件事太古怪了，这都是些胡说八道。什么是'所有你以为是真的东西，其实都不是现实'？不过不管怎么说，你的邻居倒是很有心，他带你跑了这么多路，去听这样的蠢话，虽然我也认识一些可能会愿意带你去兜风的小伙子。生活真是不公平，我爱人但不被人爱，而你呢，轻而易举地就可以获得男人的爱慕。"

"什么男人？我从早到晚都是一个人待着的，夜里也是。"

"那你是想和我再谈谈伊森？如果你独身一人，这纯粹是你自己的错误。你太过理想化了，不知如何选取时机。不过，也许往深里说还是你对。我以为自己原是想在旋转木马上识得初吻的滋味，"卡罗尔忧伤地说道，"好了，我得走了，不然到医院的时候就要迟到了。说不定你的邻居还会再来，我可不想打扰到你们。"

"够了，我和你说过，我和他之间什么都没有。"

"我知道，他不是你喜欢的那种男人；而且现在有一位迷人的王子正在一个遥远的国度里等待着你……你也许应该休个假，然后动身去找他。如果我有钱的话，我倒是很愿意陪你去。虽然我这么说有打趣你的意思，但和姑娘们一起旅行，这一定是一次妙极了的旅行……土耳其天气炎热，小伙子们应该有着古铜色的皮肤。"

阿丽斯快睡着了。卡罗尔从扶手椅边拾起毯子替她盖上。

"睡吧，我的美人，"她轻声说道，"我是个坏姑娘，我妒忌了呢，但是你永远是我最好的朋友，我爱你如爱我的姐妹。我明天下班了再来看你。你会很快好起来的。"

卡罗尔取下大衣，踮着脚向门口走去。她在走廊上遇到了戴德利，他正好要出门去买东西。两人一同走下楼。等到了街上的时候，卡罗尔忽然向着他说：

"她很快就会痊愈的。"

"真是个好消息。"

"你肯这样照顾她，你真是太好了。"

"这没什么，"他回答说，"邻居之间嘛……"

"再见，戴德利先生。"

"还有一件事，小姐。尽管这可能和你没有什么关系，但是我还是要说，她也不是我喜欢的女人类型，一点儿都不是！"

说完，戴德利转身就走，连再见都没有和卡罗尔说。

伊斯坦布尔假期

L'étrange voyage de Monsieur Daldry

Chapter 4

噩梦缠绕

　　一个不被想象中的恐惧纠缠的晚上，一个不用在诡异的街道上无休止地奔跑的晚上，一个甜美充实的晚上，这就是阿丽斯所梦想的一切。

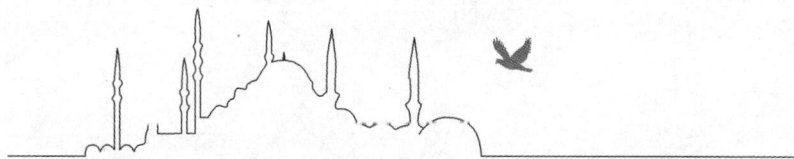

漫长的一周终于过完。阿丽斯不再发烧，但是现在的她还是没有办法马上开始工作，她闻不到一点儿味道。戴德利也再没有来过。阿丽斯去他家敲过几次门，但她邻居的家却始终静悄悄的。

卡罗尔每次下班后都来看她，给她带来自己从医院候诊室里偷来的食物和报纸。有个晚上，她甚至还因为实在没有力气在冬夜的寒气中再多走过三条街回家，而在阿丽斯家里留宿。

卡罗尔和阿丽斯挤在一张床上，然后在半夜的时候尽全力把她的朋友摇醒。因为阿丽斯做了一个噩梦，怎么也醒不过来。

周六的时候，当阿丽斯很高兴地发现自己又可以开始工作时，她听到走廊上有脚步声。她推开扶手椅，向门边跑去。戴德利刚刚回到家，手上提着一只小箱子。

"你好，阿丽斯。"他头也不回地说。

他用钥匙开了门，但犹豫着是否要进去。

"很抱歉，我没能再来看你。我有事离开了几天。"他补充道，但仍然没有回头。

"你不用向我道歉，我只是因为没有听到你这边的响声而有些担心罢了。"

"我去旅行了，我本可以给你留个字条的，但我并没有这样做。"他把脸靠在门上。

"为什么你不转过来呢？"阿丽斯问道。

戴德利慢慢地转过身来，他面色苍白，有几天没有刮胡子，眼圈乌青，眼睛湿润，满是红血丝。

"你没事吧？"阿丽斯担心地问道。

"没事，我很好。"戴德利回答道，"只是我的父亲上周一不知怎么想的，一大早就不愿意再醒过来。我们三天前刚刚为他举行了葬礼。"

"来吧，"阿丽斯说，"我给你泡点儿茶。"

戴德利放下他的行李箱，随着他的邻居进了门。他倒在扶手椅上，揉着脸。阿丽斯拉过一张凳子，坐在他的面前。

戴德利凝视着大玻璃窗，双眼没有焦点。阿丽斯尊重他的沉默，在接下去的一小时内都没有和他说话。最后戴德利叹了口气，站起身来。

"谢谢你，"他说，"这正是我想要的。现在我要回去了，我要去洗个澡，然后，嘿，好好睡一觉。"

"在嘿之前来我家吃晚饭吧，我做了煎蛋。"

"我不饿。"他回答说。

"但你还是得吃点儿什么，必须吃。"阿丽斯说道。

戴德利过了一会儿又回来了，他穿着一件圆领毛衣、一条法兰绒长裤，头发依旧乱糟糟的，眼睛肿胀。

"请原谅我这个样子，"他说，"我怕我是把我的刮胡刀忘在了我父母家，而今晚也没有时间再去找另一个了。"

"胡子挺适合你的。"阿丽斯一边说一边把他迎进门。

他们在箱子上吃了晚饭，阿丽斯开了一瓶杜松子酒。戴德利一杯接着一杯地喝着，但却没有什么胃口。他强迫自己吃了点儿煎蛋，但只是出于礼貌。

"我曾发誓，"他在一片沉默中忽然开口说，"有一天一定要和他面对面地谈一谈，告诉他现在的生活是我自己选择的生活。尽管他的生活有很多地方我也看不惯，但我从未对他的生活指手画脚过，所以我希望他对我也能做到一样的事情。"

"即使他没有告诉你，我想他心里一定也是很为你自豪的。"

"你又不认识他。"戴德利叹了口气。

"不论你怎么想，他始终是你的父亲。"

"他在我过去的四十年生命中一直缺席，而我为此饱受痛苦。但现在我适应了，他却不在了。真奇怪，我感受到的痛苦反而更加强烈了。"

"我明白的。"阿丽斯低声回答道。

"昨天晚上，我去了他的办公室。当我翻找他书桌的抽屉时，妈妈突然进来了。她以为我是在找他的遗嘱，我告诉她说我根本不在乎能从他那里继承些什么，这种麻烦事还是交给我的兄弟姐妹去做好了。我只想找找他有没有什么字条或者是信留给我。妈妈抱住我说：'我可怜的孩子，他什么都没有给你留下。'当他的棺木下葬时，我没有流泪；从我十岁那年夏天从树上掉下来之后，我就再也没有哭过。然而，今天早上，当那个见证我成长的家在汽车的后视镜里消失时，我不禁哭起来。我不得不把车停在路边，泪水模糊了我的双眼，我什么都看不见了。我在自己的车里哭得像个孩子似的，自己都觉得很可笑。"

"你只是重新变成了一个孩子，戴德利，你刚刚将你的父亲下葬。"

"好奇怪，你看，如果我是个钢琴家，那么他也许会为我骄傲，甚至可能会来听我的演奏会。但是绘画却一点儿都不能吸引他。对他来说，这根本不是一项职业，最多只是一种打发时间的消遣。好了，现在他死了，大概我终于可以随时随地回去和家人团聚了。"

"你也许可以给他画一张像，在回家的时候把它挂在合适的位置上，例如在他的书房里。我相信，不论现在他在哪里，他一定都会深深感动的。"

戴德利放声大笑起来。

"多么可怕的念头啊！我还没有残忍到这个地步，要这样伤我母亲的心。好了，我大概也烦够了你，你的好客之情已经耗尽。你的煎蛋很好吃，你的杜松子酒也是。当然也许我喝得有些过了。现在既然你的病已经痊愈，那等我精神好一些的时候，我再教你开车吧。"

"好啊，不胜荣幸。"阿丽斯回答道。

戴德利和他的邻居挥手告别。他过去挺得直直的背，现在看似乎有点儿驼了。他脚步迟疑，等走到走廊中间时，他忽然改变了主意，转过身来，重新进了阿丽斯的家。他拿起那瓶杜松子酒，回到了自己房中。

阿丽斯在他走后就睡下了，她很疲劳，于是很快就进入了梦乡。

❦

"来吧，"那个声音在她耳边轻轻说，"应该从这里走。"

一扇门向着夜晚的街道打开，路上没有一丝亮光，窗口的灯光都已熄灭，房子的百叶窗也都合上了。一个女人握着她的手，领着她。她们一同走着，脚步轻轻的，沿着空无一人的人行道。她们时不时谨慎地四下张望，月光没有投下任何的影子泄露她们的行踪。她们的行李很轻。一个黑色的小行李箱装下了她们那不多的随身物品。她们走到大阶梯的顶部。从那里可以看到整座城市。远处有一场大火染红了天空。"整个街区都起火了。"那个声音说道，"他们疯了。快走吧。到了那儿，你就安全了，有人会保护你的，我确信。来吧，跟我走，我亲爱的姑娘。"

阿丽斯从未这样害怕过。她伤痕累累的双脚痛得厉害，她没有穿鞋，家里那么混乱，她实在是找不到它们了。一个剪影出现在大门口。一个老人望着她们，示意她们折回去。顺着他的手指，她们看到一处有持枪的年轻人把守的街垒。

那个女人犹豫着，转过身。她身上带着一个孩子，用围巾裹着系在胸前。她抚摸着他的头，让他安静下来。然后她们继续着自己疯狂的旅程。

一条陡峭的山路上凿着十级浅浅的台阶，一直通往山顶。她们路过一处泉水，平静的水流仿佛具有某种能令人安心的能力。在她们的左边，一扇门半开在一堵长长的围墙上。那个女人似乎认得这个地方，阿丽斯跟着她走。她们穿过一个废弃的花园，长得很高的野草一动不动，草茎上的刺抓着阿丽斯的脚踝，仿佛是要挽留她一般。她尖叫了一声，但马上抑制住这种冲动。

在一个沉睡的果园深处，她隐约看见一座教堂的残垣。她们穿过教堂半圆形的后殿。这里只剩下了一个废墟，烧焦的长椅倾倒在地上。阿丽斯抬起头，试图去辨认拱顶上那些模糊不清地讲述着另一个时代的故事的马赛克画。稍远处，一尊暗淡的耶稣像似乎正望着她。一扇门开了。阿丽斯走进第二间后殿。正中间的地方有一座坟墓，巨大而孤独，上面绘着彩陶的纹样。她们静静地绕过它。现在她们来到了一间古老的更衣室。石头烧焦的呛人味道和百里香、葛缕子的味道混合在一起。阿丽斯并不确知这些植物的名字，但是她却认出了这些味道，这些熟悉的味道。她们身后的一片空地上疯狂地长着大量的香草。尽管风将它们混在一起传到这里，阿丽斯仍是分辨出了它们的味道。

烧毁的教堂现在只是一段回忆了。那个女人带她穿过一道铁门，现在她们奔跑在另一条街上。阿丽斯精疲力竭，四肢发软，抓着她的手松开了。她坐在人行道上，那个女人独自远去，没有回头。

天上开始下起大雨，阿丽斯呼喊着求助，但雨声彻底盖住了她的声音，那个侧影完全消失了。阿丽斯独自一人跪在地上，身体僵冷。她嘶喊着，发出长啸，仿佛世界末日降临。

一阵冰雹敲打在大玻璃窗上。阿丽斯猛地坐起，气喘吁吁。她摸索着去找床头灯的开关。灯亮了，她用目光扫视着房间，一件一件观察着那些熟悉的物件。

　　她愤愤地用拳头捶着床，因为和过去的每晚一样，她又一次不由自主地被引入这个噩梦中。她起了身，走到工作桌旁，打开朝着公寓这边的窗户，大口呼吸着新鲜空气。戴德利房间的灯亮着，这位邻居的存在令她安心不少，即使她暂时看不见他。明天她将去看望卡罗尔，然后问问她的意见。应该有办法用药帮助她睡个好觉。一个不被想象中的恐惧纠缠的晚上，一个不用在诡异的街道上无休止地奔跑的晚上，一个甜美充实的晚上，这就是阿丽斯所梦想的一切。

　　阿丽斯在工作桌旁常常能待一整天。每晚她都会推迟上床睡觉的时间，她努力和睡意斗争着，就好像人们和一种恐惧斗争一样，一种天一黑就会来找她的恐惧。然而每晚她都做着同样的噩梦，她在大雨里精疲力竭地跪倒在街道的正中。

　　她在快要吃午饭的时候去拜访了卡罗尔。

　　阿丽斯到了医院的接待处，请人去告诉卡罗尔她来了。她在大厅里耐心地等了半小时，周围是担架员从呼啸而来的救护车上抬下的担架。

一个女人恳求人们救救她的孩子。一个老人说着胡话在长椅间穿行。一个年轻的男人向着她微笑，他面色灰白，眉骨上有一道伤，鲜血顺着他的脸颊流下。一个五十多岁的男人双手捂着两肋，仿佛正经受着极大的痛苦。面对着一桩桩人间悲剧，阿丽斯忽然感到一种负罪感。如果说她的夜晚为噩梦所占据，那她朋友的白天并不比她的夜晚过得更轻松。卡罗尔终于出现了，她推着一个手推车，车轮在毡布上吱吱作响。

"你来这里做什么？"她一看见阿丽斯就问道，"你不舒服吗？"

"我来只是为了带你一起去吃午饭。"

"啊，这可真是一桩令人高兴的意外。等我把这里处理好，我就过来找你。"她指了指自己的病人，"这里太忙了，你在这里等了很久吗？他们本应该告诉我的。"

卡罗尔把推车推到另一位同事那里，然后脱掉制服，取过大衣和围巾，快步走向她的朋友。她领着阿丽斯走到医院外。

"来吧，"她说道，"街角有一家小馆子，它是这附近最不坏的一家了。和我们医院的咖啡室相比，简直就是一家大餐厅。"

"这些等着的病人怎么办呢？"

"医院的大厅里从来没有一刻是没有病人的，如果我想有力气去照料他们的话，那就必须先把上帝给我的那个肚子填饱了。来吧，我们去吃午饭。"

小饭馆里的人挤得满满当当。卡罗尔向着吧台后的老板挑逗地微笑了一下，后者示意她坐到大厅深处的一张桌子边。两个女人从一大堆顾客中穿过。

"你和他上床了？"阿丽斯坐下后问道。

"我去年夏天的时候照料过他，他在一个敏感部位长了个大疖子。之后他就是我忠心的仆人了。"卡罗尔笑着回答。

"我从未想过你的生活竟是如此……"

"……有魅力是吗？"卡罗尔打断了她。

"……不，是艰难。"阿丽斯回答道。

"我喜欢我现在的工作，即使每天都过得并不容易。当我还是个小姑娘的时候，我常常花许多时间来给我的洋娃娃们包扎。这件事曾经很令我的母亲担心，可我越是看到她不高兴，我对做这件事的热情就越大。对了，今天是什么风把你给吹来了？我想你总不会是来急症室为新香水寻找灵感的吧。"

"我是来和你一起吃午饭的，难道你还需要别的理由？"

"你知道，一个优秀的护士可不只是要能照料病人的小病小痛，我们还得能看出病人心里的小疙瘩。"

"但是我又不是你的病人。"

"可你的气色看着很像，当我在大厅里看到你的时候我就注意到了。告诉我究竟是哪里不对劲，阿丽斯。"

"你看过菜单了吗？"

"先把菜单放下，"卡罗尔从阿丽斯手中夺下菜单，"我没有时间品尝今天的主菜了。"

一位侍者为她们端来两份蔬菜炖羊肉。

"我知道，"卡罗尔说，"这道菜看上去不怎么好吃，但事实上它的味道很不错。你尝尝就知道了。"

阿丽斯将浮在汤汁里的肉块和蔬菜分开来。

"话说，"卡罗尔一边嚼着一边说，"也许当你告诉我你的问题后你的胃口也就回来了。"

阿丽斯把她的叉子叉在一块土豆上，然后噘了噘嘴，做了一个被恶心到的表情。

"好吧，"卡罗尔接着说，"我可能又固执又傲慢，但是一会儿等你坐电车回家的时候，你就会后悔自己花了大半天的时间却没有尝尝这道令人恶心的炖肉，更何况一会儿还是你付账。阿丽斯，告诉我是哪里不对劲。"

阿丽斯终于下定决心告诉卡罗尔纠缠自己的噩梦，告诉她这些令她白天都心神不定的烦恼。

卡罗尔全神贯注地听她说完。

"我得告诉你一件事，"卡罗尔说，"伦敦遭受轰炸的一个晚上，我正好当班。无数的伤员源源不断地被送来；其中大部分是烧伤病人，而且还是自己想办法走到医院来的。医院的一些医生护士已经离开岗位躲进了防空洞，不过大部分依旧留守在自己的岗位上。而我，如果我一直待在自己的岗位上，也并不是因为我勇敢，相反是因为我懦弱。我对出去怕得要死，生怕自己如果走到街上，就也会被大火烧伤。一小时之后，源源不断的伤员终于不再来了。大门口几乎再也没有伤员走进来。这时主管大夫，一位叫特纳的医生，他长得很英俊，平时打扮也很讲究，一双眼睛甚至可以让最坚定的修女动心。他把我们召集起来说：'如果现在没有伤员再来了，那就说明他们被压在了瓦砾下，现在是我们主动去救治他们的时候了。'所有人都目瞪口呆地望着他。于是他接着说：'我不强求任何人，但是，请那些有胆量的人能够抬起担架和我一起去街上。现在外面有更多的病人需要我们的帮助。'"

"那你去了吗？"阿丽斯问道。

"我退缩了，一步一步，直到退到了诊疗室里，希望自己不用接触特纳医生的目光，希望他也看不到我临阵逃脱。而我也成功了，我在衣帽间里躲了两小时。请不要笑我，不然我就走了。我蜷缩在衣柜里，闭着眼睛，只希望自己可以消失。我最后终于说服自己，现在我并不在医院，而是在自己的家中，在圣莫斯我父母的家中。我周围这些嘈杂的人不过是一些可怕的洋娃娃，从明天起我就得摆脱他们，我绝不再做护士了。"

"别自责，卡罗尔，换作是我也不会比你更加勇敢的。"

"不，如果是你，你一定可以的！第二天，我回到医院，满心羞愧，但倒是还活着。之后的四天，我每天贴着墙根走，希望避开特纳医生。可生活从来不肯放过一个讽刺我的机会，我被分配去进行一次截肢手术……"

"……由特纳医生主刀的手术？"

"是。然后老天似乎觉得这样还不够，结果还单独让我们一同待在准备室中。在洗手的时候，我向他承认了一切，我的临阵脱逃，我躲在衣柜里的懦夫行为，总之，我想我的样子一定很可笑。"

"他怎么说呢？"

"他让我帮他戴上手套，然后对我说：'害怕是人类的天性，也许你觉得我手术前从不害怕，但如果你这样认为，那我大概选错了职业，我应该去做演员的。'"

卡罗尔和阿丽斯对调了盘子。

"然后我看着他戴上口罩走进手术室，他把他的恐惧留在了手术室外。第二天我试着想和他上床，但这个笨蛋已经结婚了，而且还很忠诚。三天之后，我们遇到另一次新的轰炸。我没戴口罩也没戴手套，就和其他医生护士一同上了街。我在轰炸后的废墟里翻找，离大火的距离大概比你我现在的距离都还要近。如果你想知道一切的话，那个晚上我还在废墟上小解过。现在听我说，我亲爱的，打你圣诞节从布赖顿回来后，你就变了。有些东西在你心里啃噬着你，一些你看不见的微弱火焰，但它们却会在你的夜里点燃大火。所以，和我一样做吧，走出你的藏身地，然后冲向外面。我怀着满腹恐惧跑遍了伦敦的大街小巷，然而这却比蜷缩着身子躲在衣帽间里要好，一直躲着的话我都快疯了。"

"你想我做什么呢？"

"你受够了一个人的孤独，你梦想收获一份伟大的爱情，但同时却又没有什么比坠入爱河更令你害怕的了。一想到你会心心念念地爱着某人，想到你要依赖某人，你就惊慌失措。你愿意我们再谈谈你和伊森的关系吗？不论那个算命师有没有吹牛皮，她至少告诉，你命中注定的那个男人正在我们不知道的那个遥远国度里等着你。那么，就去吧！你有点儿积蓄，如果需要的话再向朋友借一点儿钱，然后就动身吧。你应该亲自去发现在那个国度等待着你的一切。即使你未必真的能遇到那位许给你的英俊陌生人，你也至少可以觉得释怀，不会再有遗憾。"

"但你想让我怎么去土耳其？"

"这一点，我的公主，我是护士，没有足够的旅费。现在我得走了，这次问诊不收费，但需要你来结账。"

卡罗尔站起身，穿上大衣，和她的朋友拥吻告别，然后走了。阿丽斯追着跑出去，在饭馆门口赶上她。

"你是认真的？你刚刚说的话真的是你心里所想的？"

"你以为我是在随口乱说？进去吧，需要我再次提醒你，你刚刚痊愈吗？我还有别的病人，可没有工夫全职照料你呢。好了，我走了。"

卡罗尔跑着远去了。

阿丽斯回到餐桌前，坐在卡罗尔刚刚坐过的椅子上。她微笑着请侍者再来一瓶啤酒……以及一份当日主菜。

路上车水马龙，小推车、摩托车、小卡车和小轿车在十字路口来来往往络绎不绝。如果戴德利现在在这里，他一定会很高兴的，这一切正是他所喜欢的。电车停了下来，阿丽斯向窗外张望。在一家关着门的古董店和一家小杂货铺间，有一家旅行社的橱窗。她仔细地看着，然后电车又开动了。

阿丽斯在下一站下了车，重新走在街上。她走了几步，然后转了个身，又犹豫了。是否要回到自己原定的路线上呢？几分钟后，她推开了挂着火车广告招贴画的旅行社大门。

阿丽斯在入口处摆满宣传页的旋转支架前停下来。法国、西班牙、瑞士、意大利、埃及、希腊，这么多她梦想中的目的地。旅行社的经理离开柜台过来接待她。

"你正在打算做一次旅行吗，小姐？"他问道。

"不，"阿丽斯回答道，"算不上是，只是好奇而已。"

"如果你是打算做一次新婚旅行，那我向你推荐威尼斯，春天去绝对是太棒了；不然就是西班牙马德里、塞维利亚和地中海沿岸，现在有越来越多的客人都选择这些地方，而这些城市也丝毫没有令他们失望。"

"我没有结婚。"阿丽斯微笑着回答道。

"这个时代独自旅行也是很好的选择。每个人都有时不时去休假的权利。对女性而言，我向你推荐瑞士、日内瓦和日内瓦湖。那里景色宜人、氛围静谧。"

"你这里有关于土耳其旅游的信息吗？"阿丽斯羞涩地问道。

"伊斯坦布尔也是一个极好的选择。我希望自己有一天也能去那里旅行，圣索菲亚大教堂、博斯普鲁斯海峡……请你稍等一下，我去找找相关的资料，这里实在是太乱了。"

经理走到一大排柜子前，一个接一个地拉开抽屉。

"找到了，在这里，挺完整的一份资料，我还有一本旅游手册可以借给你，如果你对土耳其感兴趣的话。不过你得保证你一定会把它还给我。"

"我只要宣传页就行了。"阿丽斯向经理表示了感谢。

"那我给你两份吧。"说着他将宣传页递给了阿丽斯。

他将她送到门口，告诉她等她决定了之后可以再来找他。阿丽斯和经理告别，向着电车车站走去。

天上开始下起雨夹雪。电车的玻璃模糊了，一阵冷空气从门缝里沁入车厢。阿丽斯从包里拿出广告折页翻看着，希望从阳光普照天蓝色海岸的异国风光描述中寻得一点儿热度。

等回到自己所住的大楼楼下时，她在衣袋里翻找钥匙，但找了很久也没找到。阿丽斯心中一慌，赶忙跪下来把包翻开，将里面的东西都倒在大楼门口的地上。钥匙包终于出现在一堆杂物中，阿丽斯抓住它，匆忙地理好东西，上楼去了。

一小时后，戴德利回来了。大厅地上的一份旅游宣传页吸引了他的注意力。他将它捡起来，微笑了。

🕊

有人在门外敲门。阿丽斯抬起头放下笔，去开门。戴德利一手拿着一瓶酒，一手拿着两只高脚杯。

"你要喝一杯吗？"他向阿丽斯发出了邀请。

"进来吧，不用客气。"阿丽斯侧身让出地方，示意戴德利进屋。

戴德利在箱子前坐下，放下杯子，斟满酒。他将一只杯子递给阿丽斯，做出干杯的动作。

"今天是要庆祝什么吗？"她向她的邻居问道。

"可以说是吧，"后者回答道，"我刚刚将一幅画以五万英镑的价格卖了出去。"

阿丽斯睁大了眼睛放下杯子。

"我都不知道你的作品原来这么值钱，"她吃惊地说，"不知我有没有机会在它们的价格涨到连看一眼都超过了我的支付能力前，一睹它们的真容呢？"

"也许吧。"戴德利自斟自酌着。

"至少我们可以说，你的买家都很慷慨呢。"

"这可不是一句赞美我的工作的话，但我还是愿意把它当作一句赞美来接受。"

"你的画真的卖到了这个价格吗？"

"当然没有，"戴德利回答说，"其实我一幅画都没有卖掉。我刚刚说的五万英镑，是我父亲的遗产。我刚从公证人那里回来。我一直不知道原来我在他心中竟是这样重要，我从来不觉得自己有这么重的分量。"

戴德利说着，眼中泛起一层悲伤的雾气。

"更荒谬的是，我根本想不到要怎么花这笔钱。或者我把你的公寓买下来？"他快活地提议道，"我可以把画架安排在这扇我向往已久的大玻璃窗前，这里的光线也许可以让我画出一幅能够打动某个人的画作……"

"可这套公寓不是供出售的啊，而且我只是房客而已！再说如果你把它买下来，那我住在哪里呢？"阿丽斯说道。

"对了，去旅行！"戴德利忽然大叫起来，"这是个好主意。"

"如果你想去的话，那为什么不呢？巴黎交错的小巷、丹吉尔交叉的道路、阿姆斯特丹运河上的一座小桥……世上应该有许许多多可以给你灵感的十字路口。"

"为什么不是博斯普鲁斯海峡呢？我一直以来就很想画画船只，这些在皮卡迪利大街显然是没有的……"

阿丽斯放下杯子，望着戴德利。

"怎么？"他假装吃惊地说，"世上可不只你有逗弄人的资格，我也可以的，不是吗？"

"可你为什么会想到用你的旅行计划来和我开玩笑呢，我亲爱的邻居？"

戴德利从上衣口袋里取出那份宣传页，将它放在箱子上。

"我在一楼大厅的地上找到了这个。我想它应该属于住在我们楼下的邻居。提佛顿太太是我认识的人中常年在家的一位，她只有每周六去买东西才会出门。"

"戴德利，我想你今晚是喝多了，现在你该回去了，我没有得到一份可以供我出门远行的遗产，而且如果我想继续有能力支付我的房租的话，我就得在这里继续工作。"

"我以为你发明的一种香水已经足够保证你有固定的收入了。"

"只是固定，但不是永远。时尚瞬息万变，我们也只能与时俱进。这也正是在你到来之前，我正在做的事。"

"那位在另一个国度等待你的男人，"戴德利用手指着旅游宣传页继续问道，"他现在不在你的梦里出现了吗？"

"不了。"阿丽斯干巴巴地回答道。

"好吧，那你为什么在半夜三点的时候发出可怕的尖叫，差点儿让我从床上跌下来呢？"

"因为在我要上床的时候，我的脚踢到了这只笨重的箱子。我工作得太晚，眼睛已经快睁不开了。"

"你还是在撒谎！好吧，"戴德利说，"我知道你不喜欢我的来访，那我就走吧。"

他站起身假装要走，但他只迈出一步就又转身走到阿丽斯身边。

"你听过亚德里安·波朗的故事吗？"

"没有，我不认识这位亚德里安。"阿丽斯的回答毫不掩饰她的怒气。

"她是第一位驾驶飞机飞越安第斯山脉的女性，更准确地说是一架高德隆飞机，当然她自己就是驾驶员。"

"那她可真有勇气。"

令阿丽斯大失所望的是，戴德利居然又在扶手椅上坐了下来，并重新给自己的杯子斟满了酒。

"最不同寻常的其实并不是她的勇气，而是飞越前发生的事。"

"看来你是打算要从头到尾地把这个故事讲给我听了。你觉得在你讲完之前，我是不会睡着的是吗？"

"当然不会了！"

阿丽斯翻了个白眼。今晚她的邻居似乎是彻底喝醉了，和他的谈话是如此不快。但既然他在她生病的时候给予了她那么多无微不至的照料，那么现在该轮到她耐心地对待他，向他付出对等的心力了。

　　"亚德里安动身前往阿根廷，作为高德隆飞机制造公司的驾驶员，她必须做一些飞行表演，以证明法国飞机的优越性。但请想象一下她那时只有四十小时的飞行经验！高德隆飞机的广告在她到达之前就贴得满城都是，公司还放出消息说她将会尝试飞越安第斯山脉。她在出发前就告诉对方自己拒绝冒这样的险，尽管公司为她配备了两架G3飞机供她选择。她认真考虑了公司的计划，如果她从船上起飞，就必须要一架功率更大、飞行高度更高的飞机。她到达阿根廷的那个晚上，机场记者云集欢迎她的到来。第二天早上，她发现报纸上赫然写着："亚德里安·波朗将利用这次机会飞越安第斯山脉。"她的机械师催促她早做决定，到底是肯定这则消息还是向新闻界进行辟谣。亚德里安给公司发了一封电报，但回复是公司暂时无法将原定的设备运抵阿根廷。当时在布宜诺斯艾利斯的所有法国人都建议她放弃这个疯狂的计划，仅靠一个女人肯定无法毫发无伤地完成这样一次旅行。人们甚至指责她太过疯狂，会有损法兰西的荣誉。然而最终她还是决定接受挑战。她在发布了正式的声明之后，就把自己关在旅馆的房间里，拒绝再见任何人，因为她需要集中精力准备这次近似自杀行为的飞行。

　　"过了一段时间后，她的飞机终于经铁路送至门多萨，那里正是她计划起飞的地方。有一天忽然有人来敲门。亚德里安生气地打开门，正准备打发这个要来打扰她的人。然而闯入者却是一个神情窘迫腼腆的年轻女子；她告诉亚德里安她具有预知未来的能力，她有很重要的话要告诉她。亚德里安最后还是决定让她进来。因为在南美洲，预言未来是一件很严肃的事情，人们在做决定之前常常会询问算命师的意见，就好像在纽约有在结婚、换工作或是搬家前咨询心理分析师的风气。每个社会都有自己的预言方式。总之，在1920年的布宜诺斯艾利斯，在进行这样一次飞行活动之前如果没有去向算命师征求意见的话，就好像是别的国家在参加战争前没能找到牧师为自己向上帝祈祷一般。我不知道身为法国人的亚德里安是否真正相信这样的预言，但至少当时她周围的风气是这样的，亚德里安需要一切可能的支持与帮助。她点燃了一支烟，告诉那个年轻女子她有一支烟的时间。女算命师预言她可以成功地活着完成这次飞行历险，但有一个条件。"

"什么条件？"阿丽斯问道，她似乎对这个故事产生了兴趣。

"我正要讲呢！女算命师给她讲了一个难以置信的故事。'你会飞过一个大峡谷……'女算命师对她说。然后女算命师提到一个湖泊，它的形状和颜色类似一个牡蛎，一个巨大的牡蛎搁浅在群山中的山谷里。亚德里安知道她指的是哪个湖泊。算命师接着说，在冻结的湖水的左岸，有成片的云遮蔽了天空；右岸则是万里无云。任何有常识的飞行员都知道现在应该走右边，算命师却告诉亚德里安要小心。如果亚德里安被那条看似最容易的路线吸引的话，那她可能就会付出生命的代价。当她经过这个著名的湖泊上方的时候，她必须选择有云的那一边，不论那条路线看起来有多不可靠。亚德里安自然觉得这个建议太愚蠢了。哪有飞行员会低着头向着可能的死亡一头冲过去呢？她那架高德隆飞机的机翼经不起这样严酷的考验。在这样气象瞬变的地方飞行，她的飞机肯定会失事的。她问那个年轻女子，她是否一直生活在这片群山中所以熟知那里的地理。那个姑娘腼腆地回答说，她从未去过那里，然后一言不发地就离开了。

"几天之后，亚德里安离开了旅馆，动身前往门多萨。她需要乘火车再走一千二百公里的路程，其间她彻底忘了和那位年轻女子有过的短暂会面。她还有许多比那些可笑的预言更重要的事情要考虑，再说一个无知的姑娘又如何能知道飞机可以飞到的最高高度，以及她的飞机正好可以做一次这样的尝试呢？"

戴德利停下来，揉了揉下巴，看了一下手表。

"我没有注意时间，请原谅我，阿丽斯，我得回去了。再说一次，谢谢你的款待，尽管我也许是滥用了它。"

戴德利试着从扶手椅上站起身，阿丽斯却阻止了他，把他又按了回去。

"好吧，既然你坚持想听的话！"他说，"你还有一点儿我们以前喝过的那种可口的杜松子酒吗？"

"你把整个瓶子都带走了。"

"可恶。它是个'孤儿'吗？你还有别的吗？"

阿丽斯又去取了一瓶杜松子酒，然后给戴德利斟满。

"好极了，我刚刚说到哪里？"他一气喝了两杯后说，"等亚德里安到了门多萨后，她先去了拉塔玛兰多的飞机场。她的双翼飞机正在那里等她。起飞的日子到了。亚德里安在跑道上调整飞机的位置。这位年轻的女飞行员既幽默又潇洒，她选了4月1日起飞，而且还忘了带她的飞行执照。

"她将机头朝向东北方向，她的飞机起飞得有些艰难，在她面前是安第斯山脉可怕的雪峰。

"当她飞过一个狭窄的峡谷后，她在机翼下看到一个形状和颜色都类似牡蛎的湖泊。亚德里安觉得她的手指在幸运手套下已经冻僵了。这是一副用涂了黄油的报纸自制的手套。她确定了地平线的方向，忽然被一种恐惧深深地攫住了。在她的右侧是一道峡谷，左侧则似乎无路可走。必须立即做出决定。究竟是什么令亚德里安决定相信那个晚上来布宜诺斯艾利斯的旅馆房间找她的年轻算命师的呢？她飞入昏暗的云层中，拉高了飞机的飞行高度，试着保证机头的方向。几分钟后，天空忽然明亮起来，正对着她的就是她需要穿过的山口。她和驾驶室里挂着的基督像现在正飞行在离地面四千多米的高空上。她进一步拉高飞机的高度，尽管已经超过了飞机承受的极限高度，但是飞机的飞行依旧一切正常。

"她飞了三个多小时后，看到有河流以和飞机同样的飞行方向流淌着，随后她看到一片广袤的平原，更远处是一座巨大的城市：智利的圣地亚哥。机场上有一支鼓乐队正在等着她。她成功了。亚德里安手指僵硬，面部冻得流血，由于飞行得太高，双颊肿胀，影响了她的视力。不过她在降落过程中连一棵树都没有压断。飞机顺利地停在三面国旗的前面，法国、阿根廷、智利，人们在那里庆祝她那不可能的胜利。所有人都高喊着'奇迹'二字，亚德里安和她天才的机械师杜普耶完成了一次真正的远征。"

"为什么要告诉我这个故事，戴德利？"

"我说了好多话，真是口干舌燥了！"

阿丽斯给他倒了点儿杜松子酒。

"我等着下文呢。"她望着戴德利像喝水一样一气饮尽了酒杯中的杜松子酒。

"我把这个故事说给你听,是因为你也遇到了一位算命师,因为她预言你会在土耳其找到你在伦敦找不到的人,当然在此之前你还得遇到其他六个人。我应该是其中的第一个,而我也感觉得到自己身上承担的使命。让我来做你的杜普耶先生吧,做那位天才的机械师,帮助你飞越安第斯山脉。"戴德利趁着酒劲,激动地喊道,"至少让我领着你找到那第二个人,然后他会带着你找到链条上的第三环,既然预言是这样说的。让我来做你的朋友,让我有机会在生命里做点儿有用的事吧。"

"你真是太好心了,"阿丽斯有些被弄糊涂了,"可是我并不是试航的飞行员,更不是你的亚德里安啊。"

"但是,你和她一样每天都整晚做着噩梦,白天则总是想着这个预言,想要去开始旅行。"

"我不能接受你的提议。"阿丽斯咕哝着。

"但是你至少可以考虑一下。"

"这是不可能的,它超过了我的经济能力,我永远都不可能把钱还给你。"

"你什么都不知道。如果你不需要我做你的机械师的话——你可真爱记仇,那一晚汽车不肯发动可不关我的事啊——那就让我做你的高德隆飞机好了。让我们设想一下,你在那里发现的香味也许可以启发你发明一种新的香水,而它会获得巨大的成功,那么我就是你的合伙人了。"

可以由你决定我们分成的方式，由你决定我为你的成功所做出的那点儿微不足道的贡献的分量。要是市场是公道的，要是我所绘制的伊斯坦布尔路口可以侥幸进入博物馆的话，我也会让你从我在画廊所得的报酬中提成的。”

"你真的喝醉了，戴德利，你刚刚说的话没有任何意义，尽管你几乎是要成功说服我了。"

"来吧，勇敢些吧，不要总是躲在你的房里，像个受惊的孩子似的害怕黑夜。去直面世界吧！让我们出发去旅行！我会把一切都安排好的，我们可以在一周后离开伦敦。我给你一个晚上的考虑时间，我们明天再谈。"

戴德利站起身，紧紧地拥抱了她一下。

"晚安。"他边走边说，忽然为自己刚刚的忘情尴尬起来。

阿丽斯送他到走廊上，戴德利走得歪歪斜斜。他们稍稍地挥了一下手，然后各自关上了房门。

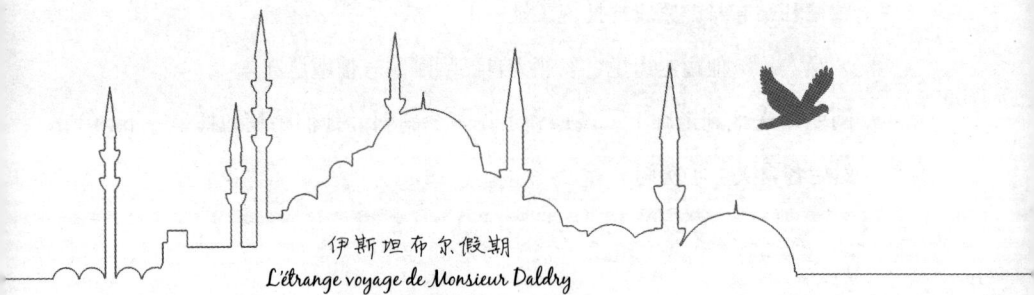

伊斯坦布尔假期

L'étrange voyage de Monsieur Daldry

Chapter 5
土耳其计划

　　如果那位算命师的预言是真的，那么我就是领着你走向你的真命天子的那六个人中的第一个。就像我答应你的那样，我会陪着你直到你找到那第二个人。而当我们找到他之后——我确信我们一定可以找到他——我的任务也就完成了。

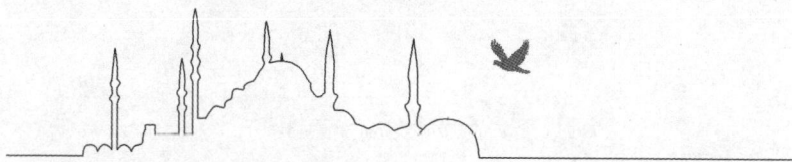

她的噩梦又一次准时地如约而至。阿丽斯在醒来时觉得精疲力竭。她在毯子下穿好衣物，然后起来做早饭。她坐在昨天戴德利坐过的扶手椅上，然后又看了一眼他留在箱子上的旅游宣传页，封面是一张圣索菲亚大教堂的照片。

　　土耳其玫瑰、橘树花、茉莉，光是翻翻这些宣传页，阿丽斯仿佛就能分辨出它们的味道来。她想象自己在巨大的集市里，翻淘货架上的各种香料，嗅着迷迭香、藏红花、桂皮微妙的香味，这个被惊醒的梦重新唤起了她的感觉。她叹了口气，放下宣传页。在她眼中，她的茶仿佛一下子没有了味道。她穿上外衣去敲戴德利家的门。他打开门，身上还穿着睡衣，掩口打了个哈欠。

　　"你是不是起得太早了？"他揉着眼睛问道。

　　"已经七点了。"

　　"我说的正是这个意思，两小时后见吧。"戴德利关上了门。

阿丽斯又敲起了门。

"还有什么事？"戴德利问道。

"百分之十。"阿丽斯回答道。

"什么的百分之十？"

"我收入的百分之十，如果我能在土耳其找到一种香水的新配方的话。"

戴德利面无表情地望着她。

"百分之二十！"说着他又将门关上，但阿丽斯很快又让他开了门。

"百分之十五。"她提议道。

"你在谈生意时真可怕。"戴德利说。

"要不成交，要不就算了。"

"那我的那些画呢？"

"那是由你决定的。"

"你的话可真伤人，我亲爱的姑娘。"

"好吧，那就一口价吧。你在那里画的画我也拿百分之十五的提成，还有你在那里找到灵感、回来之后画的画也算。"

"就像我刚刚说的，你谈起生意来真不含糊啊！"

"别奉承我了，这没用！回去接着睡吧，等你真的清醒了再来找我吧，然后我们再谈谈那个我还没有同意的计划。还有，记得刮胡子！"

"我觉得胡子造型挺适合我的！"戴德利喊道。

"那你就真的蓄起它，不要弄个半吊子。既然我们现在是合伙人了，我有权要求你注意仪容。"

戴德利摸了摸下巴。

"留大胡子还是剃光？"

"只有女人才会优柔寡断。"阿丽斯一面回房间一面回答道。

戴德利再到阿丽斯家的时候已经是中午了。他换了一身正装，整理好发型，喷了香水，但就是没有刮胡子。他抢在阿丽斯开口之前说，关于胡子他要到动身前的那一天再决定。他邀请他的邻居去餐馆，这样他们的讨论就是在中立的土地上进行的了。但是等他们走到路的尽头时，戴德利带她走到自己的车旁。

"我们不去吃午饭了吗？"

"当然要去，"戴德利回答道，"但是去一家真正的餐馆，有餐巾、餐具和美味的菜肴。"

"为什么刚刚你不说呢？"

"为了给你个惊喜，不然你可能会和我再争执一阵子。我想吃点儿美味的荤菜。"

他为她打开车门，让她坐在正驾驶的位置上。

"我可不觉得这是个好主意，"阿丽斯说，"上次的时候，路上没有什么人……"

"我向你保证过会有第二次课程，而我总是一个守信的人。再说，谁知道在土耳其的时候我们要不要开车旅行。我可不想做那个唯一会开车的人。来吧，关上车门，等我上车发动汽车。"

戴德利转动了车钥匙，阿丽斯全神贯注地听着他的每一项指示。当他提醒她转弯时，阿丽斯却先停下车确保不会撞上其他车辆，看着她这样小心，戴德利有些生气了。

"以这样的速度，就连普通行人都能超过我们！我想请你吃的是午饭，而不是晚饭。"

"那你就自己来开吧，你不停地啰啰唆唆，太令人心烦了。我已经尽全力了！"

"好吧，还是你继续开，但请再踩一下油门好吗？"

过了一会儿，他请阿丽斯在路边停下车，他们终于到了。门童快步跑到车边为他们开门，却发现坐在正驾驶的是位女子。于是他再绕到车子的另一侧为阿丽斯开车门。

"你这是带我到了哪儿？"门童的殷勤令阿丽斯有些担心。

"一家餐馆！"戴德利低声说。

阿丽斯被这里优雅的气氛震住了。大厅的墙上装饰着细木墙板，餐桌位置安排得井井有条，桌上铺着埃及棉制的桌布，她从未见过这么多银质的餐具。一位领位员领着他们来到一处座位，请阿丽斯坐在桌边的长凳一侧。等他退去后，又有一位餐馆的经理过来向他们介绍菜单，以及一位酒务总管来咨询他们对酒的选择。戴德利挑了一瓶1929年的玛高葡萄酒。

"又怎么了？"戴德利向酒务总管交代完后，问道，"你看上去在生气。"

"我是很生气！"为了不被邻座的顾客注意到，阿丽斯压低声音说。

"我不明白，我带你来了伦敦最有名的餐馆之一，我为你挑了一瓶口感极为细腻、酿制年份神秘的好酒……"

"是的，但你至少可以提前告诉我。你今天穿着正装，你的衬衣雪白，白得可以令最好的洗熨工人失色。而我呢，我穿得好像个小学生，好像有人正要带她去街头的铺子里喝杯柠檬水。如果你能事先告诉我你的计划，那我至少有时间化个妆。现在坐在我们周围的人大概要说闲话了……"

"你是个多么迷人的姑娘，而我是多么幸运能令你接受我的邀请！你的一双眼睛就能抓住男人们的视线，还有谁会浪费时间观察你的衣着？别担心了，还有，请你秉着你的慈悲心，和我一同好好品尝将要上来的菜肴吧。"

阿丽斯疑惑地看着戴德利。她浅浅地啜了点酒，葡萄酒丝质的后味令她有些飘飘然。

"你不是在向我献殷勤吧，戴德利？"

戴德利差点儿呛住了。

"愿意陪你一同旅行，去寻找你生命中的那个男人？这倒是个古怪的献殷勤的法子，你不觉得吗？既然现在我们已经是合伙人了，那么我们开诚布公吧。我们都知道彼此不是对方喜欢的那盘菜。而也正是因此我才可以心无杂念地向你发出这个邀请。最后，差不多……"

"差不多什么？"

"我们的合伙事宜还有最后一点儿小小的细节没有敲定，我就是想和你谈这件事，才邀请你来吃饭的。"

"我以为我们已经谈妥了分成的问题。"

"是的，但是我还有个小小的请求。"

"请说。"

戴德利给阿丽斯再一次满上了酒。

"如果那位算命师的预言是真的，那么我就是领着你走向你的真命天子的那六个人中的第一个。就像我答应你的那样，我会陪着你直到你找到那第二个人。而当我们找到他之后——我确信我们一定可以找到他——我的任务也就完成了。"

"你到底要说什么？"

"在别人说话的时候打断他，这可真是你的怪癖！我正要接着说呢。一旦我的任务完成，我就会返回伦敦，然后你就要一个人继续你的旅程。我不会做电灯泡一直做到你找到那个人的时候，这样做也太煞风景了！当然，根据我们之间的协议，我会一直在资金上资助你的旅行的。"

"我过后会把旅费还给你，即使为此我需要工作一辈子。"

"别说傻话了，我和你谈的不是钱。"

"那是什么？"

"那最后一点儿小小的细节……"

"好吧，那就麻烦你一次说完吧！"

"我希望在你出门的那段时间，不论是多长的时间，你可以允许我每天在你的大玻璃窗前作画。你的公寓会一直空着，它对你也没有别的用途。我向你保证我会将它保持原样的，总之这件事对你对我都没有坏处。"

阿丽斯打量着戴德利。

"你向我建议跟着你去到千里之外的异国他乡，然后你再把我一个人丢下，不会最终就是为了可以有机会在我的大玻璃窗下画画吧？"

这回轮到戴德利严肃地打量阿丽斯了。

"你的眼睛很漂亮，但有一种可怕的魔力！"

"好吧，"阿丽斯说，"但必须是等我们的确找到了那第二个人，而他也有充足的理由可以陪我继续旅行。"

"当然了！"戴德利举起杯子大声说道，"好了，让我们干杯吧，现在我们的生意谈妥了。"

"我们还是在火车上干杯吧，"阿丽斯回嘴道，"我依旧保留改变主意的权利。这一切发生得实在是太快了。"

"今天下午我就去买票，当地的住宿也由我来负责。"

戴德利放下杯子冲阿丽斯微笑着。

"你的眼睛里透露着喜悦，"他说，"这个样子很适合你。"

"是因为喝了酒的缘故，"阿丽斯低语道，"谢谢你，戴德利。"

"这不是一句恭维。"

"我也不是因为这句话谢你。你为我做的这一切，实在是太慷慨了。请放心吧，一到了伊斯坦布尔我就会努力地日夜工作，争取尽早配出新的香水，令你成为世上最幸福的投资人之一。我向你保证，我不会令你失望的……"

"你真是在胡说。离开阴郁的伦敦，我和你一样高兴。几天之后我们就可以生活在阳光之下。当我在你身后的镜子里看到自己苍白的脸庞时，我终于可以告诉自己，很快这就不是梦了。"

阿丽斯回过身，望着镜子。她冲着正在看着她的戴德利做了个鬼脸。和戴德利一同展望这次旅行，有些令她眩晕，但是同时，她又尝到一种毫无保留的迷醉的滋味。她望着镜子中的戴德利，向他询问自己应该怎样把这个关于旅行的决定告诉她的朋友们。戴德利想了一会儿，然后请阿丽斯注意答案其实就在问题里。她只需告诉他们，她已经做了一个会使自己幸福的决定；如果他们真是她的朋友的话，他们只会鼓励她。

说完这些话，戴德利放弃了想要一份甜点的决定，阿丽斯建议两人不妨出去走走。

在散步的时候，阿丽斯不住地在想卡罗尔、艾迪、山姆，尤其想到安托。他们会有什么反应？她想也许应该邀请他们来家里吃晚饭。她可以让他们多喝一点儿，然后等天晚了，酒劲也上来了，再把自己的计划告诉他们。

她走进一个电话亭，请戴德利在外面等她一下。

打完四个电话后，阿丽斯忽然觉得自己已经迈出了出门旅行的第一步。她已经下定决心，她知道自己不会再退缩。她走出电话亭，戴德利背靠着路灯抽着烟正在等她。阿丽斯走近他，抓住他，让他回过身来。

"我们尽快动身吧。我希望逃离冬天，逃离伦敦，逃离我的习惯。我真希望我们已经上路了。我想去参观圣索菲亚大教堂，去看集市的街道，在香味中沉醉，去看博斯普鲁斯海峡，看你给东西方交叉口的行人画速描。我不再害怕，我很幸福，戴德利，我是如此幸福。"

"即使我怀疑你可能是有点儿醉了，但我还是很高兴能够看到你这么快活。我这么说倒不是为了诱惑你，我亲爱的邻居，这些话都是再真诚不过的。我陪你去叫一辆出租车，然后我去搞定旅行社这边的事宜。对了，你有护照吧？"

阿丽斯摇了摇头，好像一个做错了事的小姑娘。

"我父亲的一位朋友是外交部的高官，我给他打个电话，我相信应该可以加快手续的进程。不过这样的话，我们就得改变计划：我们先去拍证件照，然后再是旅行社。这次我来开车吧。"

阿丽斯和戴德利来到街区的一家照相馆。当阿丽斯第三次在镜子前整理发型的时候，戴德利提醒她，唯一会打开她的护照看到她的照片的人，就是盖章的土耳其海关工作人员，所以即使有几缕不服帖的头发也不是什么大问题。阿丽斯终于整理好仪容在凳子上坐下。

摄影师有一架全新的照相机，戴德利对此很痴迷。他从照相机里抽出一张相片纸，将它一分为二，几分钟后阿丽斯看到纸上出现四张她的脸。然后轮到戴德利。他屏住呼吸，笑得很灿烂。

准备好相关文件，他们动身前往圣詹姆斯街的护照办理处。戴德利向办事员强调了他们旅行的急迫，夸大了他们对因无法按时成行而造成的损失的忧虑。阿丽斯被戴德利的胆子吓到了。戴德利毫不犹豫地提到自己有一位亲戚在政府里担任要职，不过为了谨慎起见，他还是不想提他的名字。办事员向他保证他们会尽快办理。戴德利对他表示了感谢，然后急忙推着阿丽斯向门外走去，生怕她的举止会令自己的把戏露馅。

"看来没有什么可以阻止你了。"她在街上一边走着一边说。

"不，还有你！当我在为我们的事业辩护时，就凭你当时那个样子，我所说的一切离被你揭穿也不远了。"

"当你向那个可怜的办事员发誓，如果我们无法在几天内到达伊斯坦布尔的话，战后的英国经济将无法复苏时，请原谅我笑了。"

"那位办事员每天的工作一定单调得可怕。多亏了我，他才接到一桩令他感到自己身上背负着使命的任务。反正我只看到这对他有好处没坏处。"

"我刚刚想说的也是这个意思，你的胆子果然是举世无双的。"

"这一点我倒是完全同意你！"

走出办理处的时候，戴德利向站岗的警察挥手告别，然后让阿丽斯坐到自己的车内。

"我先送你回去，然后我再去旅行社。"

奥斯汀轿车在首都的街道上风驰电掣。

"今天晚上，"阿丽斯说，"我会去街尽头的小酒馆见我的朋友们，如果你也想来的话……"

"我还是更愿意免去你的这次麻烦，"戴德利回答说，"在伊斯坦布尔的时候你就算不喜欢我和你在一起，也没有别的选择了。"

阿丽斯不再坚持，车到了他们住的楼下，戴德利让她下了车。

❤

距离夜晚的到来还有一段时间，阿丽斯想把注意力集中在工作上，但这只是徒劳，她没法在纸上写下一个最简单的配方。她将一条小纸捻儿浸入装有玫瑰香精的瓶子，然而她的思绪早已飞向那些想象中的瑰丽的东方花园。突然她听见外面传来一阵钢琴的旋律。她可以发誓声音是来自她的邻居家。她想过去一探究竟，然而等她打开房门，旋律却停止了。这栋维多利亚式的大房子又一次陷入了最深层的寂静。

❧

当阿丽斯推开小酒馆的门时，她的朋友们都已经先到了。大家讨论得热火朝天，安托看到她进来了。阿丽斯整理了一下头发，然后向着他们走去。艾迪和山姆几乎都没有注意到她的到来。安托站起身，为她搬过一把椅子，接着继续和朋友们谈话。

卡罗尔打量着阿丽斯，她俯过身去轻轻地在耳边问她到底发生了什么事。

"你指的是什么？"阿丽斯低语道。

"我在说你啊。"卡罗尔回答道。此时小伙子们正在就首相艾德礼组阁的问题展开一场激烈的辩论。

艾迪热切地希望丘吉尔可以重返政坛执掌大权，山姆是反丘吉尔阵营的狂热支持者，他预言如果这位善于征战的先生赢得选举的话，那么英国的中产阶级将会彻底消失。阿丽斯也想发表一些自己的看法，但是她想首先还是得回答朋友的问题。

"没有什么特殊的事情。"

"撒谎！你肯定遇到了什么不同的事情，这从你的脸上就看得出。"

"你胡说！"阿丽斯抗议道。

"我好久没有见到你这样容光焕发了，你遇到了某个人？"

阿丽斯大笑起来，引得小伙子们都停下了争论。

"卡罗尔说得没错，你身上有什么东西变了。"安托说道。

"你们究竟是怎么了？你们别一个劲地说傻话，帮我点一杯啤酒也好啊，我很渴呢。"

安托起身去了吧台，并叫上两个朋友帮忙，因为他有五个杯子要拿，而自己只有一双手。

现在就剩下了卡罗尔和阿丽斯两人，卡罗尔利用这个机会继续追问。

"他是谁？告诉我吧，你可以相信我的。"

"我谁都没有遇上，不过如果你真的想知道的话，至少我不会在这里遇上他。"

"你已经知道你不久就会遇上某个人了吗？你能够预言未来了？"

"不是，我只是决定接受你的建议。"

卡罗尔万分激动地握住了阿丽斯的双手。

"你要动身了，是吗？你要去旅行了？"

阿丽斯点点头，用目光示意小伙子们回来了。卡罗尔猛地起身，命令他们回到吧台边继续待着，等她们的谈话结束才能回来。三个小伙子面面相觑，既然他们又被赶回去了，他们只能耸耸肩，转身返回。

"什么时候呢？"卡罗尔似乎比她最好的朋友还要激动。

"我还不知道，但应该是几周内的事情。"

"这么快？"

"我们在等我们的护照，今天下午刚刚去申请的。"

"我们？有人和你一起去？"

阿丽斯的脸红了，她把自己和戴德利在走廊上谈成的合伙生意告诉了卡罗尔。

"你确定他做这一切不是为了吸引你吗？"

"戴德利？天哪，当然不是！我甚至已经开门见山地向他直接提过这个问题了。"

"你的胆子什么时候这么大了？"

"我根本没有多想，就是在和他谈话时自然而然地问到的。他提醒我，要是他想向我献殷勤的话，那他就不会把我送去我的真命天子那里了。"

"这一点我承认，"卡罗尔说，"那么他的兴趣真的是在投资香水上？他对你的才华还真有信心呢。"

"至少他比你对我更有信心！我也不知道他最主要的动机是什么，想法子花掉一份他不想要的遗产，去做一次旅行，或者只是利用我家的大玻璃窗画画。他好像梦想了好多年可以在我的房间里作画，而我也答应了他，只要我不在，他就可以去我那里。他会比我早回到英国。"

"你计划出游这么久吗？"卡罗尔有些气恼地问道。

"我也不知道。"

"听着，阿丽斯，我并不想令你扫兴，更何况我还是第一个鼓励你这样做的人。但是现在既然问题已经摆上桌面了，那我想说，就因为有个算命师说你在远方可以找到爱情，你就要动身去那么远，这实在是有点儿疯狂。"

"可我又不是因为她才决定去旅行的，冒失鬼。我还没有绝望成这样。只是一直待在我的工作室里工作，这使我有好几个月都没有新的发明了；这个城市，这种生活令我窒息。我要去品尝海的味道，在新的香味和陌生的景色中沉醉。"

"你会给我写信吧？"

"当然了，我不会放过这个令你妒忌的机会的！"

"好了，现在你可是把三个小伙子都留给我了。"

"谁说我不在的时候，他们就不会更加想我呢？你难道没有听说过距离激发欲望这句话吗？"

"是的，我从未听过这样的蠢话，而且我也从不觉得他们的兴趣始终围绕着你转。你打算什么时候告诉他们你要走的消息？"

阿丽斯提到自己打算明天晚上请他们来家里吃饭的计划。但是卡罗尔回答说，她根本不用搞这么多花样；再说，她又没有和他们中的谁订婚！她无须征得他们的同意再动身。

"同意什么？"安托一边坐下一边问道。

"同意她去参观神秘的档案室。"卡罗尔接口回答道，不愿他们猜到自己和阿丽斯刚刚的谈话内容。

"档案室？"安托困惑了。

山姆和艾迪也坐下了。现在所有的朋友都到齐了。阿丽斯望着安托，把自己的土耳其计划告诉了大家。

长时间的沉默。

艾迪、山姆和安托噘着嘴打量着阿丽斯，惊讶得说不出话来；卡罗尔在桌上轻轻敲了一下。

"她并没有告诉你们她就要死了吧，她只是要去旅行而已，你们现在可以继续呼吸了吗？"

"你早就知道了？"安托问道。

"一刻钟之前刚知道的，"卡罗尔有些生气地回答道，"很抱歉，我没有时间发封电报通知你们。"

"你要离开很久吗？"安托问道。

"她自己也不知道。"卡罗尔代阿丽斯回答了。

"独自一人去那么远的地方旅行，"山姆说，"这不太慎重吧？"

"她将和她同层的邻居一同出发，就是那天晚上来敲门的那个暴躁的邻居。"

"你和那家伙一起走？你们之间发生了什么？"安托问。

"什么都没有，"卡罗尔回答道，"他们只是合伙人而已。而这次旅行是一次关于生意的旅行。阿丽斯要去伊斯坦布尔找些调制新香水的原料。如果你们想为这次旅行提供资金赞助的话，或许你们现在还有机会可以成为她未来大公司的股东。如果你们嫉妒的话，先生们，那就别犹豫了！不然几年后，庞黛布丽联合公司的管理委员会里就没有你们的位置啦。"

"我有个问题，"一直没有说话的艾迪打断了卡罗尔的话，"既然现在阿丽斯已经是一家跨国公司的董事了，那么她是否可以代表自己直接发言，还是说从此我们就需要通过你来和她说话？"

阿丽斯微笑着，摸了摸安托的脸。

"这的确是一次为了生意的旅行。既然你们都是我的朋友，那么就不要再试图找理由挽留我了。周五来我家为我的出行庆祝一番吧。"

"你这么快就走？"安托问道。

"具体的日子还没有定，"卡罗尔回答道，"但……"

"我们一拿到护照就走，"阿丽斯打断了她的话，"我可不想四处拜访昭告天下我要走了，提前简简单单地道个别就好了。而且这样的话，如果你们周六想我了，那我还有机会再过来看你们。"

说完这些话，这个晚上的聚会也就到此结束了。小伙子们没有心思继续，他们在酒馆门前的人行道上拥吻告别。安托把阿丽斯拉到一边。

"我会给你写信的，我保证每周都会给你写信的。"她抢在安托开口前说道。

"你在这里找不到、要去那里寻找的东西到底是什么？"

"等我回来的时候，再告诉你。"

"如果你还会回来的话。"

"我的安托，我去旅行都是为了我的事业啊。我必须去的，你明白吗？"

"不，但我想也许从现在起我会好好想想的。一路顺风，阿丽斯，自己多保重，等你真的很想我了再给我写信。"

安托转过身，低着头离去，双手插在口袋里。

这个晚上，小伙子们没有送姑娘们回家。阿丽斯和卡罗尔一同沿着街道走着，两人一言不发。

回到家后，阿丽斯没有开灯，她脱掉自己的外衣，光着身子钻到毯子下。她望着大玻璃窗外发亮的一弯新月；好像土耳其国旗上的月牙图案，她想。

❧

周五傍晚的时候，戴德利来敲阿丽斯家的门。他走进房间，自豪地挥动着两本护照。

"看，"他说，"我们搞定了，现在可以动身去外国啦！"

"这么快？"阿丽斯问道。

"签证也弄好了！我不是和你说过我在高层有人吗？我今天早上去取的护照，然后又去了旅行社确定旅行计划中的细节问题。我们下周一走，八点准时动身。"

戴德利将阿丽斯的护照放在工作桌上就走了。

她做梦似的翻着护照，然后将它放在了行李箱内。

❧

晚上的时候，每个朋友都高高兴兴的。安托晚到了，自从阿丽斯将自己的出行计划告诉大家，这个朋友圈子就不再是和以前一样的了。当艾迪、卡罗尔和山姆决定要回家的时候，还不到半夜。

他们久久地拥抱了彼此，又说了许多遍再会。阿丽斯答应大家自己会常常写信来的，答应会为他们从伊斯坦布尔的集市上带许多许多的纪念品回来。在她家的门口，卡罗尔流着泪向她保证，自己会像对待家人一样照看好这些小伙子，她也会说服安托的。

阿丽斯一直站在走廊上，直到楼梯间彻底回归寂静。她心情沉重，嗓子发紧，慢慢走回自己的房间。

伊斯坦布尔假期

L'étrange voyage de Monsieur Daldry

Chapter 6

难以置信的旅行

阿丽斯重新拉上窗帘，决定第二天告诉戴
德利，她希望返回伦敦。

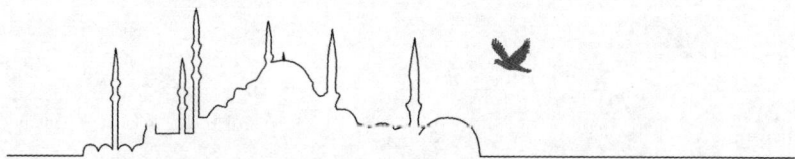

周一早晨八点，阿丽斯一手提着行李箱，向她的公寓望了最后一眼，然后关上了门。她走下楼梯，心跳如鼓，戴德利已经在一辆出租车里等她了。

黑色出租车的司机接过她手中的行李，将它放在前面。阿丽斯坐进后车厢，坐在戴德利身边。后者和她打了个招呼，然后示意司机去哈蒙兹沃思的方向。

"我们不去火车站吗？"阿丽斯担忧地问道。

"不，不去。"戴德利简洁地回答道。

"那为什么要去哈蒙兹沃思？"

"因为机场在那里啊。我想给你一个惊喜，我们走空路，这样到伊斯坦布尔的话就比火车快多了。"

"什么叫走空路？"阿丽斯问道。

"我在海德公园里绑架了两只鸭子。好吧，不，不是啦。我们当然是乘飞机去！我想你也是第一次乘飞机吧。我们将以每小时两百五十公里的速度飞行，飞行高度是海拔七千米。很难以置信吧？"

出租车离开了市区，行驶在乡村的路上。阿丽斯望着窗外倒退的牧场，心里想着如果这次旅行持续得太久的话，那自己是不是其实还是更喜欢留在这里。

"对了，还得告诉你，"戴德利兴奋地接着说，"我们会在巴黎转机，然后去维也纳，我们会在那里住一晚，而后再去伊斯坦布尔。"

"的确，我们不赶时间。"

"不过你不会是要告诉我你害怕乘飞机吧？"

"我又不知道。"

伦敦机场正在建设中。三条水泥跑道已经投入使用，牵引车正在建造其余三条。英国海外航空、爱尔兰航空、荷兰皇家航空、英国南美航线、法国航空、比利时世界航空，各家航空公司的航站在白铁皮搭成的临时帐篷和板房下并排着。飞机场的正中，第一栋稳固的建筑正在建造中。等它完工的时候，伦敦机场就会更加像一个民用机场，而不是军用机场。

飞机跑道上并列停着英国皇家空军和商用航线各自的飞机。

出租车停在一扇铁门前。戴德利取下行李，带着阿丽斯走向法国航空的帐篷。他向工作人员出示了自己的机票。地勤人员恭敬地接待了他们，他叫来一位行李搬运工，然后将两张登机牌交给戴德利。

"你的飞机将准点起飞，"他说，"我们很快就会通知乘客登机。如果你想去出入境管理处盖章，搬运工会陪你去的。"

办理完所有必需的手续，戴德利和阿丽斯在一张长凳上坐了下来。

每次有飞机起飞，轰轰作响的发动机声都会令他们不得不暂停谈话。

"我想我还是有点儿害怕。"阿丽斯在两次轰鸣声的间隔中承认道。

"好像在飞机上噪声没有这么大。请相信我吧，这些机器要比汽车更加安全。我保证你一定会喜欢一会儿在飞机上看到的景色的。你知道飞机上还供应午餐吧？"

"我们一会儿在法国转机？"阿丽斯问道。

"在巴黎，不过只有转机的时间，很遗憾我们没有时间去城里逛逛。"

这时航空公司的工作人员过来告诉他们可以登机了，他们和其他乘客一同由工作人员陪着来到跑道边。

阿丽斯看到一架巨大的飞机，一道扶梯从机舱内伸出。一位空中小姐身着合体的制服，站在台阶的最下面欢迎他们。她的微笑令阿丽斯安心不少。她的职业太不可思议了，阿丽斯边想着边走进DC-4的机舱。

机舱要比她事先想象的大。阿丽斯在座椅上坐下来，这就和她家的扶手椅一样舒服，除了多出一条安全带。空姐向她示范了如何系好安全带，以及如何在紧急情况时解开。

"什么紧急情况？"阿丽斯紧张地问道。

"我也不知道，"空中小姐的微笑更加灿烂了，"因为我从未遇到过。放心吧，女士，旅行会一切顺利的，我每天都有飞行任务，但我从未厌倦过。"

机舱的后门关上了。机长过来和每个乘客打招呼，然后回到驾驶室，副驾驶员正在那里执行核对任务。发动机发出噼噼啪啪的响声，一小束火焰照亮了机翼，螺旋桨在一片震耳欲聋的嘈杂声中旋转起来，很快，叶片连成了一个圆，再也分不清了。

阿丽斯紧贴着座椅，手指紧紧地抓住椅子的扶手。

机身开始震动，起落架慢慢收起，飞机沿着跑道开始滑行。阿丽斯坐在第二排，把驾驶室和控制塔间的反应看得清清楚楚。通信员倾听着领航员的指示，然后将它转述给飞行员。但他说的英语阿丽斯一个字都听不懂。

"这家伙的口音好厉害，"她对戴德利说道，"听他说话的人大概一个字都听不懂吧。"

"如果你允许我说实话的话，那么关键就是他是否是一个好飞行员，而不是他是否是个外语专家。放松一些吧，好好享受窗外的景色。再想想亚德里安·波朗，我们现在的飞行条件不知要比她那时好上多少倍。"

"我希望是这样！"阿丽斯往座椅里又靠了靠。

DC-4飞机调整了机头方向，准备起飞。发动机功率强劲地转动着，机身的震动更加明显了。机长松开制动器，飞机开始加速。

阿丽斯把脸贴在机窗玻璃上。机场的建筑物们迅速后退着，她忽然有一种陌生的感觉。飞机离开地面，在风中摇晃着向上飞行。跑道在她眼中越来越小，最后彻底消失。随着飞机的飞行高度不断增加，地上的房屋仿佛在不断地收缩。

"真神奇，"阿丽斯说，"你觉得我们会从云层中飞过吗？"

"我希望会吧。"戴德利一边回答一边打开了报纸。

他们飞过乡村，飞向大海。阿丽斯很想数数一望无际的湛蓝大海上有多少浪尖涌现。

飞行员告知乘客们，很快大家就会看到法国的海岸线。

飞行时间不到两小时，飞机已经接近巴黎。阿丽斯想到自己很快就能看到远处的埃菲尔铁塔了，愈加兴奋起来。

奥利机场的转机时间很短，航空公司的一位工作人员陪着阿丽斯和戴德利前去另一架飞机停靠的地方；阿丽斯一点儿都没有听进戴德利和她说的话，她只想着一件事，那就是下一次起飞。

法国航空从巴黎到维也纳的航线要比伦敦到巴黎的航线更颠簸曲折。每当飞机穿过气流开始颠簸时，阿丽斯都会兴高采烈地随着机身的震荡在座位上摇晃。戴德利看上去不是很舒服。他们用了一顿丰盛的午餐，随后戴德利点燃一支烟，又随手递了另一支给阿丽斯。但阿丽斯没有接，她翻着一本杂志，看着巴黎时装界的最新潮流，正沉浸在幻想中。不过阿丽斯向戴德利反复表示了感谢，她从未想象过自己的生命中还能有这样的时刻，她发誓说，她从未这么快活过。戴德利说他很高兴阿丽斯喜欢这次旅行，不过现在也许她应该休息一会儿。今晚，他们就要在维也纳吃晚饭了。

大雪覆盖着整个奥地利。一望无际的白色仿佛一直延伸到天边，阿丽斯为这样的美景所深深震撼。戴德利在飞机上的大部分时间都在睡觉，直到DC-4飞机快降落了方才醒来。

"请告诉我，我没有打呼噜吧。"他一边睁开眼睛一边说。

"没有发动机响。"阿丽斯微笑着回答道。

起落架已经放下，飞机停在跑道上，地勤搭起了扶梯以方便乘客陆续下机。

戴德利和阿丽斯乘出租车进入市区。戴德利请司机载他们去沙架饭店。车开到英雄广场附近时，一辆卡车因路面结冰打滑，侧翻着横在路上。出租车司机急忙刹车，差一点儿就撞了上去。附近的行人快步上前帮助从驾驶室中爬出的司机，幸好他没有受伤，但是整个交通彻底堵住了。戴德利看了一眼手表，不住地咕哝着："我们要迟到了。"阿丽斯惊讶地望着他。

"我们刚刚差点儿就遇上一场车祸，你却在为时间发愁？"

戴德利仿佛没有听到她的话，只是请出租车司机想法子帮助他们从这次堵车中脱身。可是那个不会说英语的男人只是耸了耸肩，向他们指了指前面一团混乱的路况。

"我们要迟到了。"戴德利又一次说道。

"可我们究竟是到哪里会迟到呢？"阿丽斯有些生气地说。

"一会儿你就知道了，当然，前提是我们不要整晚都困在这里。"

阿丽斯打开车门，一言不发地下了车。

"看，你又发脾气了！"戴德利把头探出车窗抗议道。

"你没有胆子！你不住地抱怨，却又不肯告诉我究竟是什么让你这样不耐烦。"

"因为我现在没法告诉你，就这样而已！"

"好吧，那就等你可以告诉我了，我再上车！"

"阿丽斯，别孩子气了，上车吧，不然你就要着凉了。眼下情况已经够麻烦的了，请不要让它变得更糟。是我运气太差，这辆该死的卡车刚好就倒在我们的前面。"

"什么情况？"阿丽斯双手叉腰地问道。

"我们的情况，我们本应该已经在饭店里换好衣服了，但现在还被堵在路上。"

"我们要去舞会吗？"阿丽斯语带嘲讽地问。

"差不多吧！"戴德利回答道，"不过我不能告诉你更多了。现在上车吧，我觉得前面的路况似乎慢慢畅通起来了。"

"我现在的位置比你看得清楚，我可以告诉你，一点儿都没有变化。我们现在是要去沙架饭店吗？"

"是啊，怎么了？"

"因为从我现在站的地方，爱抱怨的先生，我已经看到饭店的牌子了。我想从这里走过去五分钟都不要。"

戴德利惊讶地看着阿丽斯。出租车费已经由航空公司代付了，戴德利从车上下来，从后备厢里取下行李，然后让阿丽斯跟着他走。

人行道上很滑，但戴德利依旧健步如飞。

"我们这样走迟早会摔得四脚朝天的，"阿丽斯抓着戴德利的衣袖说道，"到底是什么事情这么紧急？"

"如果我现在告诉了你，那就不是一个惊喜了。快点儿吧，我已经看到饭店的遮雨棚了，还有大概三百步，我们马上就到了。"

不一会儿就有门童迎了上来，他接过他们的行李，并为他们开了门。

阿丽斯很欣赏大厅正中悬挂着的水晶花饰枝形吊灯。戴德利订了两个房间，他填完表格，从前台拿到了钥匙，然后望了一眼吧台后的挂钟，脸上显出沮丧的表情。

"好吧，太晚了！"

"这你已经说过啦。"阿丽斯回答说。

"真是可惜。不过不论如何，还是过来吧，记得穿上大衣。"

戴德利领着阿丽斯一路小跑着穿过街道。他们来到一栋宏伟的新文艺复兴风格的建筑前。歌剧院的正面饰有奔腾的黑骏马雕像，上面覆盖着巨大的青铜穹顶。

台阶上着燕尾服的男子和着晚礼服的女子来来往往，戴德利挽住阿丽斯的手臂，加入了人潮。

"请不要告诉我……"阿丽斯贴着戴德利的耳朵轻轻说道。

"我们是要去歌剧院？是的！我事先为我们准备了这个小小的意外惊喜。伦敦旅行社已经为我们订好了票，我们只需去售票处取票即可。在维也纳过一夜怎能不听一场抒情歌剧呢？"

"但现在我却穿着长途旅行时穿的衣服，"阿丽斯说，"看看我们周围的那些人，我们看起来好像要饭的。"

"不然你还以为我为什么要在那辆可恶的出租车里那么着急呢？看歌剧必须着正装，现在像我一样裹紧大衣，我们等到一会儿大厅的灯全灭了再脱掉。对了，我拜托你不要多想；为了听莫扎特，我可是什么都会做的。"

阿丽斯满心欢喜，这是她第一次上歌剧院，于是她乖乖地听从了戴德利的话，什么都没有再说。他们混入观众的队伍，希望能够躲过大厅中门卫、检票员与卖节目单的工作人员的眼睛。戴德利来到售票处，将自己的名字告诉工作人员。对方扶了扶眼镜，用放在面前的一把木尺沿着名册上的名字一路指下来。

"戴德利先生与夫人，从伦敦来。"她说话时带有明显的奥地利口音，她将票交给了伊森。

铃声响起，演出马上开始。阿丽斯很想好好参观一下这个地方，富丽堂皇的大楼梯、巨大的枝形吊灯、镀金装饰，但是戴德利没有给她留下任何机会。他拉着她不停地在人群中穿梭，以避开检票员的视线。等轮到他们的时候，戴德利屏住了呼吸。检票员请他们把大衣存到衣帽间，但戴德利做出听不懂的样子。他们身后的其他观众开始不耐烦地催促，检票员只能翻了翻白眼，撕掉票根放他们进去。引座员打量着阿丽斯，也请她脱掉大衣，因为大厅内是不允许穿着大衣的。阿丽斯的脸红了，戴德利做出不快的神情，假装更加听不懂她现在在说什么。但是引座员看穿了他的伎俩，她说着一口极为标准的英语，请他们遵守剧院的规定。歌剧院对着装的要求十分严格，所有观众必须着正装出席。

"既然你也说英语，小姐，那么也许我可以解释一下。我们刚刚下飞机，路上遇到一起因结冰发生的交通事故，结果我们没有时间去换装。"

"请称呼我女士，而不是小姐。"引座员回答道，"不论你有什么理由，你都必须身着燕尾服，而这位女士必须穿晚礼服。"

"可既然我们都在暗处，那又有什么要紧的！"

"这些规矩不是我制定的；相反，我只是负责执行而已。我还需要为其他观众引座，先生，请你回售票处退票吧。"

"好吧，"戴德利不耐烦地说，"但每条规矩都有例外，你的规矩也是！我们只在这里停留一个晚上，我希望你可以通融一下。"

引座员做出一个无可商量的表情。

阿丽斯请求戴德利不要和引座员争执。

"走吧，"她说，"这也没什么大不了的。来看歌剧是个很好的主意，我很喜欢这个惊喜。现在我们去吃晚饭吧，旅行了一天，想必你也很累了，我们可能根本坚持不到看完这场演出。"

戴德利怒气冲冲地瞪着引座员，从她手里抽回戏票，当着她的面将它撕碎，然后带着阿丽斯离开了大厅。

"我很生气，"走出歌剧院的时候戴德利说，"我们是来听音乐的，又不是来参加时装走秀。"

"这只是惯例而已，大家都得遵守。"阿丽斯希望能够开解他。

"是啊，这种可笑的惯例，就是这样。"戴德利走到街上继续抱怨着。

"真有趣，"阿丽斯说，"当你生气的时候，你的表情看上去就像是个孩子。你的脾气可不大好呢。"

"我的性格很好，我是很好相处的孩子！"

"这我可不相信。"阿丽斯笑着回答道。

他们绕着歌剧院寻找可以吃晚饭的餐馆。

"这个愚蠢的引座员令我们错过了《唐璜》，我不会就此罢休的。旅行社可花了大力气才帮我们订到这两个座位。"

阿丽斯忽然注意到一个搬运工从一扇小门里出来。门没有彻底关上，她脸上显出一种调皮的神情。

"为了听到你的《唐璜》，你愿不愿意冒一次可能要去警察局过夜的险？”

“我早就和你说过，为了听莫扎特，我可是什么都做得出来的。”

“好，那就跟我来。如果运气好的话，也许这次会是我令你大吃一惊。”

阿丽斯推开半开着的工作人员通道门，示意戴德利跟着她走，别弄出任何声音。他们穿过一条长走廊，走廊里笼罩着一层半明半暗的橘色的光。

“我们现在要去哪里？”戴德利悄悄地问。

“我也不知道，”阿丽斯压低了声音回答，“但我相信我们走的方向是对的。”

阿丽斯循着渐渐接近的旋律，把一个连接着高处的走道的梯子指给戴德利看。

“如果我们被抓住了，怎么办？”戴德利问。

“就说我们在找厕所的时候迷路了。现在爬上去吧，别出声。”

阿丽斯爬上高处的走道，身后跟着戴德利。现在歌声越来越清晰，阿丽斯抬起头，在他们的正上方是一条由钢缆吊着的通道。

“不危险吗？”戴德利问。

“也许吧，我们爬到高处了，但是向下看的视野很不错，不是吗？”

戴德利忽然发现在他们的正下方就是舞台。

他们只能看到唐璜的帽子和服装，看不到布景，但是阿丽斯和戴德利现在可以毫无遮挡地看到世上最美的歌剧大厅之一。

阿丽斯坐下来，双脚随着音乐的节奏在空中摇晃着。戴德利坐在她的身边，眼前的景象令他眩晕。

过了一会儿，当唐璜邀请泽琳娜与马瑟多去舞会时，戴德利轻轻地在阿丽斯的耳边说第一幕快要结束了。

阿丽斯悄悄地站起身。

"我们最好在幕间休息之前避开，"她建议道，"不然等灯亮了，布景师就会看到我们的。"

戴德利不太情愿地和阿丽斯一同离开。他们小心翼翼地后退着离去，途中遇到一位灯光师，不过对方并没有注意到他们。他们从演员通道走了出去。

"这是一个怎样的晚上啊！"戴德利在人行道上感叹道，"我很愿意回去告诉我们的引座员，第一幕真的是太棒了！"

"一个坏孩子，一个彻底的坏孩子！"

"我饿了！"戴德利喊道，"爬上爬下弄得我胃口大开。"

他看到在十字路口的另一边有一家小餐馆，但是阿丽斯的脸上忽然露出很疲倦的神情。

"你觉得回饭店吃顿简餐如何？"他建议道。

阿丽斯求之不得。

吃完饭，两位旅行者分别回到自己的房间，和在伦敦的时候一样，他们在走廊上相互告别。他们约在第二天的早上九点在大厅碰头。

阿丽斯坐在窗边的小书桌前。她在抽屉里发现一些必要的文具，并赞赏地感受了一下纸张的质地，随后下笔开始给卡罗尔写信。她将自己对这次旅行的印象写给她，告诉她自己在离开英国时产生的奇怪感觉，告诉她在维也纳度过的这个不可思议的夜晚。然后她将信纸折好，扔进壁炉的火中，火焰很快就把它吞没了。

❤

阿丽斯与戴德利如约在早上会合。他们乘出租车前往机场，远远地就看到了机场的跑道。

"我看到我们的飞机了，天气也很好，我想我们一定可以准时起飞的。"两人自这天出发之后就没有再说话，戴德利为了打破沉默，主动开口说。

然而阿丽斯却依旧沉默，到达航站楼前一直没有开口。

飞机起飞不久，她就闭上眼睛很快睡去。飞机遭遇的强烈的颠簸气流令她不由得把头靠在了她邻居的肩上。戴德利僵着身子一动不敢动。空姐开始分发午餐，为了不惊醒阿丽斯他就没有要。阿丽斯睡得很深，她的身子柔软地倚在戴德利身上，一只手放在他的胸前。戴德利觉得自己听到阿丽斯在梦里喊他，但她微笑着低声说出的名字不是他。她半张着嘴唇，念出几个听不清的词，最后彻底地瘫在他的身上。他轻声咳嗽了几下，但似乎根本无法将阿丽斯从睡梦中唤醒。飞机降落前一小时，阿丽斯终于睁开双眼。戴德利赶忙闭上眼睛，假装也睡着了。看到自己的睡姿，阿丽斯满面通红。她只能祈求上天，希望戴德利不要醒来，好让她有时间慢慢地坐正。

等阿丽斯终于在自己的位置上重新坐好，戴德利打了个长长的哈欠，伸了个懒腰，晃了晃酸痛的左臂。他向阿丽斯询问现在几点了。

"我想我们快到了。"她说。

"我都不知道我们飞过哪些地方了。"戴德利揉搓着双手，撒了个小谎。

"看！"阿丽斯把脸贴在玻璃窗上喊道，"这里有一片一望无垠的水域。"

"我想你现在看到的是黑海，我呢，我只能看到你的头发。"

阿丽斯将身子挪了挪，让出地方和戴德利一同欣赏这片景色。

"我们应该能够按时到达，我很想好好活动活动手臂。"

没过多久，阿丽斯与戴德利就解开了他们的安全带。下飞机的时候，阿丽斯忽然想起了她远在伦敦的朋友们。她离开他们已经有两天，却好像已经过去了好几周。公寓里的一切仿佛都距她很遥远。双脚再次踏上地面，阿丽斯心中忽然一紧。

戴德利取回行李，在出入境窗口，海关工作人员询问他们此行的目的。戴德利回头看了一眼阿丽斯，然后告诉他他们来伊斯坦布尔是为了找到阿丽斯未来的丈夫。

"你的未婚夫是土耳其人？"工作人员一边翻着阿丽斯的护照，一边问道。

"如果和你说实话的话，我们其实对此一无所知。他当然有可能是土耳其人，不过我们唯一能确定的是，现在他人的确在土耳其。"

工作人员有些疑惑了。

"你来土耳其是为了与一个你还不认识的男人结婚？"他问道。

在阿丽斯开口之前，戴德利抢着回答说事情正是这样的。

"你难道在英国找不到合适的丈夫吗？"工作人员问。

"当然不是，"戴德利说，"但是找不到合乎这位小姐心意的人。"

"那你呢，先生，你也是来我们国家寻找未来的太太的吗？"

"谢天谢地，不是，我只是她的同伴而已。"

"请你稍等。"戴德利的话令这位工作人员完全迷惑了。

他向一间有大玻璃窗的办公室走去，阿丽斯与戴德利看到他和他的上司谈了很久。

"你觉得我们有必要向海关人员说这样的傻话吗？"阿丽斯生气了。

"那你还希望我和他说些什么，据我所知，这正是我们此行的目的。我可不想对着政府工作人员说谎。"

"在伦敦护照办理处的时候你好像不是这样的。"

"啊，是的，但那是在我们的国家，而现在我们正踏着异国的土地。我们最好还是按照标准绅士的准则来行事。"

"你这些孩子气的举动迟早会给我们带来许多麻烦的，戴德利。"

"怎么会呢，你瞧着吧，说真话没有坏处。"

阿丽斯看到窗口工作人员的上司耸了耸肩，将护照还给他的下属，后者向他们走来。

"解决了，"他说道，"没有任何法律阻止人们来土耳其结婚。我祝两位在土耳其过得愉快，也祝你能够找到幸福，小姐。愿主帮你找到一位合适的如意郎君吧。"

阿丽斯的笑容有些勉强，但她还是向工作人员表示了感谢，然后接过盖好章的护照。

"怎么样，看是谁说得对？"戴德利走出机场，夸耀地说道。

"你本来可以直接和他说我们是来度假的。"

"可我们护照上的姓并不相同，这可能会有一点儿麻烦呢。"

"你可真让人生气，戴德利。"阿丽斯边说边登上一辆出租车。

"在你看来，那个男人像什么？"戴德利也坐到她的身边，然后问道。

"你说的是谁？"

"那个将我们引来这里的神秘男人。"

"别傻了，我来这里要找的是一种新香水……我想它多彩、性感又轻盈。"

"提到颜色，我倒是不担心，我想这里没人比我们这些可怜的英国人更加苍白了；至于轻盈……如果你暗示的是我的幽默，我想大概是真的；说到性感，那只能让你来做裁判了！好吧，我不和你开玩笑了，我知道你现在没心情。"

"我的心情很好，但如果我刚刚在海关可以避免那次粗俗的冒险，那我心里会更高兴一些。"

"好啦，告诉你吧，其实我是希望将他的注意力从你的护照照片上分散开来，那张令你在伦敦很烦心的照片。"

阿丽斯用手肘捅了戴德利的胳膊一下，掉头去看窗外。

"你总是说我的脾气不好，而你呢，我的孩子，你难道不是也整天板着一张脸吗？"

"也许是，但是我，我至少能够诚实地承认这一点。"

但是伊斯坦布尔的市集街道最终终止了他们的争执。戴德利和阿丽斯经过金角湾畔。逼仄的街道、层叠斑驳的房屋、交错往来的电车和出租车，这里有一种生命力在城市中流动着，吸引着他们全部的注意力。

"好奇怪，"阿丽斯说，"我们现在已在离伦敦万里的地方，但这里给我一种十分熟悉的感觉。"

"那是因为我陪着你嘛。"戴德利打趣地回答道。

出租车最终停在一条石砌大街的环形路口。佩拉酒店是一栋富丽堂皇的法国风格建筑，它地处伊斯坦布尔欧洲区的中心，居高临下地俯视着特佩巴斯街区的美茹第耶街。

六个玻璃拱顶覆盖着偌大的酒店大厅，内部装饰风格兼收并蓄，集英国细木作与东方马赛克的趣味于一身。

"阿加莎曾在这里下榻。"戴德利说道。

"这个地方太奢华了，"阿丽斯回应道，"我们本应该选一家普通的家庭旅馆的。"

"土耳其里拉对英镑的汇率很低，这对我们很有利，"戴德利说，"而且如果我想尽快把我的遗产挥霍殆尽的话，就不得不多选一些这样奢侈的地方。"

"好吧，如果我没有理解错的话，戴德利，你真是年纪越大越像个坏孩子。"

"话说回来，我亲爱的姑娘，代偿心理就好比是一盘需要凉着吃的菜。相信我，我是太想把童年时缺少的东西补回来了。不过现在别说我了，我们先去房里安顿行李，然后再回这里的酒吧接着聊。"

一小时后，正在酒店吧台等着阿丽斯的戴德利认识了坎。吧台边有四把凳子，坎一个人坐着，目光在空无一人的大厅里流连着。

坎大约有三十岁的样子，也许是三十一或三十二岁。他衣着优雅，黑长裤、白色丝绸衬衣，剪裁得体的上衣里穿着一件背心。坎的眼睛颜色金黄如沙粒，敏锐的目光藏在圆形的小眼镜背后。

戴德利在他身边坐下，他向酒保要了一杯茴香酒，然后向他的邻座转过身去。坎向他微笑了一下，问他旅途是否愉快。坎的英语很糟糕。

"是的，相当快捷舒适呢。"戴德利回答道。

"伊斯坦布尔欢迎你。"坎接着说。

"你怎么知道我是英国人，以及我刚刚到这里呢？"

"因为你穿着英式服装嘛，而且昨天你又不在这里。"坎的回答四平八稳。

"这家酒店很宜人，不是吗？"

"我也不知道……我住在贝伊奥卢山的顶上，不过我晚上常来这里。"

"谈生意，还是消遣？"戴德利问道。

"那你呢，你为什么要来伊斯坦布尔旅行呢？"

"呃，这一点我自己也不太清楚，但总之起因挺有趣的。这是一趟发现之旅。"

"在这里你一定可以找到你想要的东西。土耳其物产丰富，皮革、橡胶、棉花、羊毛、丝绸、油、海产品等等。对了，告诉我你要找什么，我可以利用关系帮你找到这里最好的供应商。"

戴德利捂着嘴轻轻咳嗽了一下。

"不，我到伊斯坦布尔不是来做生意的。而且我也不懂做生意，我是个画家。"

"那你是艺术家了？"坎饶有兴趣地问道。

"不，我想我还没有达到那种程度，但我相信我画得不坏。"

"你主要画些什么题材？"

"十字路口的景象。"

看着坎困惑的神情，戴德利接着补充道："或者说是道路交叉的地方，如果你更喜欢这种说法的话。"

"不，我还是喜欢你的说法。不过，我倒是可以把伊斯坦布尔最特别的那些十字路口指给你，如果你想知道的话。那里的行人、小车、电车、出租车和轿车，我都了如指掌。"

"谁知道呢？也许……但是其实我也不是为了画画来的。"

"什么？"坎越来越有兴趣了。

"就像我和你说的那样，这是一个很长的故事。对了，那你，你平时是做什么的？"

"我干向导和翻译。全城最好的向导和翻译。等我转身，酒保也许会告诉你我不是，但那只是因为其他向导私下偷偷给他钱的缘故。而我，从不干这些偷偷摸摸的事情，我是有原则的人。在这里，不论你是游客还是生意人，没有个好向导和翻译可不行。而我呢，就像我和你说的那样，我是……"

"伊斯坦布尔全城最好的。"戴德利接过他的话头。

"难道我的声名已经传到了英国？"坎得意扬扬地问。

"我倒真有可能需要你的帮助。"

"不过也许你还是再仔细考虑一下吧。毕竟在伊斯坦布尔找向导可是件重要的事情，我不想你留下遗憾。我的客人离开的时候都必须是很满意的。"

"我为什么要改变主意？"

"因为，过一会儿，那个该死的酒保就会过来和你说我的坏话，你可能会改变主意。再说了，你还没有告诉我你究竟是来找什么的呢。"

戴德利看到阿丽斯从电梯里走出来，她穿过大厅向他们走来。

"我们明天再仔细地谈谈。"戴德利说着急忙站起身，"你说得对，静夜出良谋。明天早餐的时候我们再见吧，八点的时候你方便吗？不，八点也许太早了；考虑到时差的话，那时候我可能还在睡觉呢。这样吧，还是定在九点。如果你不反对的话，我们换个地方见面，例如找家咖啡馆？"

看着阿丽斯走近，戴德利越说越快。坎望着他狡黠地笑了。

"我以前接待过外国客人，"向导坎说道，"伊斯卡拉街461号有一个很棒的地方可以喝茶吃点心。你告诉出租车司机去'乐蓬'就好了，没有人不知道。我在那里等你。"

"好极了，现在我得走了，明天见。"戴德利说完就向阿丽斯快步走去。

坎一直坐在吧台边，目送戴德利远去，看他领着阿丽斯走进酒店的餐厅。

"我想今晚你可能还是愿意在这里用餐，长途跋涉的，我看得出你脸上有倦色了。"戴德利等阿丽斯坐下后说道。

　　"不，不算太累，"阿丽斯回答道，"我在飞机上睡了一觉，而且这里和伦敦的时差不到两小时，我都不觉得现在已经是晚上了。"

　　"对那些不习惯长途旅行的人来说，时差问题可是件麻烦事。明天，你可能得睡个懒觉。我想我们不如中午的时候在这里碰面。"

　　"你太有先见之明了，戴德利，可今晚都还没有开始呢。"

　　酒店的经理为他们送上菜单，菜单上有山鸡和博斯普鲁斯海峡出产的多种鱼类。阿丽斯不太想吃野味，她犹豫着是否要点经理向她推荐的当地出产的一种鱼。戴德利选了大龙虾，据说此地出产的别有风味。

　　"刚刚你在和谁说话？"阿丽斯问道。

　　"和酒店的大堂经理。"戴德利一边回答，一边埋头去看酒水单。

　　"我刚到大厅的时候，你似乎正和一个男人聊得起劲。"

　　"啊，他？"

　　"我想你口里的'他'是指那个刚刚和你谈话的男子吧。"

　　"那是个翻译兼向导，他正利用休息的时候揽生意呢。他自称是全城最好的……可他的英语太可怕了。"

　　"我们要找一个向导吗？"

　　"也许有几天需要，至少不是个坏主意，有个向导更加省时间，一个好的向导知道如何帮你找到你所要的植物。我们为什么不动身前往更加蛮荒的地区，说不定那里会有更多的惊喜等着你呢。"

"你已经和他谈妥了？"

"不，还没有。我们只是稍稍谈了几句。"

"戴德利，电梯间是玻璃的，我在到大厅之前就看到你们了，你们那时似乎正谈得起劲呢。"

"他那时正在向我拉生意，我就听着。不过要是你不喜欢他的话，我可以请酒店前台的工作人员帮助我们另找他人。"

"不，我不想你再为了我多花不必要的钱。我相信只要找对法子，我们一定可以自己解决的。我们最好还是去买一本导游手册；至少不用和它讨价还价。"

龙虾果然如酒店经理所言的那样美味。

戴德利又要了一份甜点。

"如果卡罗尔看到我坐在这富丽堂皇的酒店大厅里，"阿丽斯一边品尝着人生中的第一杯土耳其咖啡，一边说道，"她一定会妒忌得脸色发青的。不过从某种角度来说，我这次的旅行有一半要归功于她。如果不是她坚持要我在布赖顿算命的话，那么这之后的一切也就不会发生了。"

"好吧，那就让我们为你的朋友卡罗尔干杯吧。"

戴德利示意酒店的酒务总管为他们上酒。

"为卡罗尔干杯。"戴德利举起了水晶杯。

"为卡罗尔干杯。"阿丽斯也说道。

"也为你生命中的那个男人，是他把我们引到了这里。"戴德利接着再次举杯说道。

"也为能帮你致富的香水。"阿丽斯说完抿了一口。

戴德利向在邻桌吃饭的一对夫妻看了一眼。那位妻子身着优雅的黑色长裙，气质迷人。戴德利忽然觉得她和阿丽斯在神情上有些相似。

"谁知道呢，说不定你在此地有一房远亲。"

"你在说什么？"

"我们提过的那个女算命师，我知道的。她不是告诉你，你有土耳其血统吗？"

"戴德利，我再说一次，别再去想那次算命了。那个女算命师的话没有任何意义。我的父母亲都是英国人，祖父母也是。"

"那你能够想到我有一位希腊血统的叔叔和一位威尼斯裔的远房表姐妹吗？我的整个家族可都是地地道道的肯特人。当我们研究家族史的时候，总是可以发现出人意料的联姻情况。"

"好吧，根据我的家族史，我们全家就是地地道道的英国人，我也从来没有听说过有先人曾在千里以外的异国生活过。我的姑奶奶黛西，是我们家族中距离我父母最远的一位，我是说物理距离，她也只是住在怀特岛而已。"

"可是刚到伊斯坦布尔的时候，你和我说过你觉得这里有一种熟悉的感觉。"

"这可能是我的想象力在作怪。自从你告诉我我们将会开始这次旅行后，我时常想象这座城市的样子。我反复翻看过那本旅游手册，里面的一些照片在无意识间被刻在了我的脑海中。"

"我也翻过它好几次，里面唯一的两张照片就是圣索菲亚大教堂和博斯普鲁斯海峡。它们可和我们从机场一路过来看到的集市景象没有任何关系。"

"你觉得我是个土耳其人？"阿丽斯大笑着问道。

"你的肤色的确要比普通的英国人深。"

"你这么说是因为你自己现在白得和纸一样嘛。你最好回去休息一下，你的脸色看起来很不好呢。"

"好极了！我是一个多愁善感的人，你再和我谈谈我那苍白的脸色，然后我就可以当着你的面做出不舒服的样子了。"

"那我们就去外面走走好了。饭后散会儿小步对你的身体正有好处，你刚刚狼吞虎咽吃得太多了。"

"你在说什么啊？我只吃了一份甜点……"

戴德利和阿丽斯沿着宽阔的街道向下走。夜色降临，似乎将整个城市包裹在内。路灯有微弱的光，但可惜无济于事，它们的光连人行道都没有照亮。当有一辆电车开来的时候，它的车灯仿佛是独眼巨人的眼睛在昏暗的黑夜中射出一道亮光。

"明天，我就去这里的领事馆预约咨询的时间。"戴德利说。

"为什么要这么做？"

"为了搞清楚你是不是有家人在土耳其，或是你的父母曾经来过这里。"

"我想我的母亲曾和我说过，"阿丽斯回答道，"她总是抱怨她一生中旅行得太少。她总是告诉我她有多想去旅行。我想她的遗憾是真的。妈妈曾想环游世界，但我知道她最远也只到过尼斯。那还是在我出生之前的事情，我父亲带她私奔去了那里。我妈妈一辈子都记着这段经历，她总是和我讲起她在碧蓝的海边散步的情形，说话的时候好像是在谈世界上最美的一次旅行。"

"但这和我们的寻找工作也不冲突啊。"

"戴德利，我敢打赌你只是在浪费你的时间。如果我在这里还有一些亲人，哪怕是最遥远的，我也应该知道。"

他们在第二个岔路口转弯，这是一条比刚刚的大街更加昏暗的街道。阿丽斯抬头看了看一栋木结构的房子，房子正面的突出部分很不稳固，好像随时会倒塌下来一样。

"这里要是能够保护得更好就好了！"戴德利不无遗憾地说道，"这些建筑在过去一定很富丽堂皇，"他叹了口气，"可现在只剩下了往昔辉煌的浮影。"

戴德利在夜晚寒冷的空气中望着阿丽斯显出疲态的面容，后者正凝视着建筑物黑乎乎的正面部分。

"你怎么了？你的样子好像是遇到了圣母。"

"我以前见过这栋房子，我认得这个地方。"阿丽斯轻声说道。

"你确定吗？"戴德利惊讶地问道。

"也许不是这一栋，但是一栋和它的样子很相近的房子。它每次都会出现在我的噩梦里。在梦里它也是出现在一条小巷里，小巷的尽头是一段通向城市低处的大阶梯。"

"我很想继续我们的散步，尽快搞清楚这个谜团，不过我想我们最好还是等到明天再来。这条小巷黑得瘆人，像是个犯罪高发的地方。"

"梦里还有脚步声，"阿丽斯完全沉浸在自己的回忆中，"有人在追赶我们。"

"我们？你那时和谁在一起？"

"我不知道，我只能看到一只手，它带着我不断地逃亡，我很害怕。我们走吧，戴德利，我觉得有些不舒服。"

戴德利抓住阿丽斯的手臂，带着她很快回到大路上。一辆电车迎面开来了，戴德利示意司机停车。他帮着阿丽斯登上电车，在后排找了一个座位坐下来。阿丽斯在车内终于重新找回了生活的感觉。车内的乘客简单地交谈着，有一位着深色正装的老先生正在读报，三个年轻人轻声合唱着歌。司机重新扳动手柄，电车又上路了。车子向着酒店的方向驶去，阿丽斯不再说话，双眼望着司机的背影，一扇蓝玻璃窗将他与乘客们隔开。

佩拉酒店快到了，戴德利将手搁在阿丽斯的肩上，她猛地吓了一跳。

"我们到了，"他说，"该下车了。"

阿丽斯随着戴德利下了车。他们穿过宽阔的街道，重新踏入酒店。

戴德利陪着阿丽斯一直走到她房间的门口。她感谢戴德利今晚请她吃了这样一顿丰盛的晚餐，然后又为自己的失态道了歉，她也不知道刚刚自己究竟是怎么了。

"清醒的时候忽然回想起噩梦里的场景，这感觉一定很不好受。"戴德利沉着脸说道，"不过尽管你是如此固执，明天我还是会去领事馆咨询一下。"

他向阿丽斯道了声晚安，然后就回到自己的房间去了。

✔

阿丽斯在床边坐下，然后任自己的身体向后倒去。她摇晃着双腿，久久地凝视着天花板。然后又猛地坐起，走到窗边。街上最后一批行人正急匆匆地赶回家去，他们的身影在黑夜里拖得很长。夜雾之后又下了一场冻雨，伊斯卡拉街的人行道湿漉漉地发着光。阿丽斯拉上窗帘，在小书桌后坐下开始写信。

安托：

昨天，我在维也纳给卡罗尔写了一封信，现在我正在写的信是给你的，但写完它之后我就会把它烧了。我不知道应不应该把它寄给你，不过这都不重要了，我只是想和你说话。我现在已经到伊斯坦布尔了，正住在一家你我从未想象过的豪华酒店里。如果你看到我现在正在给你写信的这张小桃花心木书桌，你一定会为它疯狂的。你还记得小时候，每当我们从那些站在大酒店门口身穿制服的门童身边经过时，你都会揽住我的腰，就好像我们是出访外国的王子和王妃一样吗？我本应该对这次难以置信的旅行十分满意，但我又非常想念伦敦，还有身在伦敦的你。从我记事起，你就是我最好的朋友，即使有时我会质疑我们之间友谊的性质。

我不知道我要在这里做什么，安托，也不知道我到底为什么要来这里。在维也纳的时候，我曾犹豫过要不要登上那架带我离原来的生活更远的飞机。

然而，等我到了这里后，我却有一种奇怪的感觉，这种感觉如影随形，从未离开过我。我总觉得自己好像曾经来过这里，见过这些街道，我记得这个城市的种种声音。而且令我困扰的是，我刚刚乘过的电车，那上面漆木的味道竟也是那样熟悉。如果你现在在这里，我一定会把这一切都讲给你听的，然后我就安心了。但是，你在那么遥远的地方。在我心底深处，我很高兴卡罗尔现在终于可以完全地拥有你。她爱你爱得发痴，而你呢，你这个大傻瓜，你什么都没有感觉到。睁眼看看吧，这是一个多好的姑娘，即使我知道看到你们在一起会让我妒忌得发疯，我也要这样说。我知道你在想什么，你一定在想我肯定是脑子坏掉了，但是你又想怎么样呢，安托？我就是这个样子的。我很想念我的父母，无依无靠永远是我心底无法治愈的孤独的裂口。我明天还会继续给你写信，或者是在这周结束的时候。我会把我在这里的经历都告诉你。如果我把这些信拣一封寄给你，也许你会给我回信，但是谁知道呢。

白天从我房间的窗户向外眺望可以看到博斯普鲁斯海峡，我从这里向你寄去温柔的思念。

照顾好你自己。

阿丽斯

阿丽斯将信纸折了三折，丢进书桌的小抽屉里。然后她熄了灯，脱去衣物，钻入被子底下等待睡眠的到来。

一只手牢牢地把她拉了起来。她把脸埋在衬裙里，闻到上面的茉莉花香味。泪水沿着她的面颊不住地流下来。她很想止住自己的哽咽声，但恐惧的力量太强了。

电车的眼睛出现在黑暗中。有人把她拉到一扇门下。她在暗处蜷缩着身子，看着明亮的电车向着另一个街区驶去。车轮摩擦轨道的声音渐渐远去，街上又一次陷入了死寂。

"来吧，别站在那里。"有个声音说道。

她急匆匆地走去，脚下打滑，时而被人行道不规整的路面绊倒，但只要她快跌倒，就总有一只手拉住她。

"跑过来，阿丽斯，我求你了。勇敢一些吧，别回头。"

她很想停下脚步喘口气。她模模糊糊地看到远处一长队男人和女人正被人押送着。

"别从这里走，你应该找另一条路。"那个声音又说道。

她又折了回来，重新走了一遍那条令她精疲力竭的路。在街道的尽头是一条宽阔的河，月光洒在汹涌的波涛上。

"别去河边，你可能会掉下去的。我们快到了，再加把劲吧，我们很快就能休息了。"

阿丽斯沿着河岸一直走。她绕过一栋房子，那房子的墙基一直延伸到黝黑的河水里。突然远处的地平线模糊起来，她抬起头，一场大雨倾盆而至。

阿丽斯尖叫着惊醒过来。她的叫声近似动物的叫声，好像一个小女孩被最恐怖的景象吓坏了。她坐起身，惊慌失措地重新开灯。

她的心跳过了很久才慢慢平复。她穿上睡袍，走近窗户。窗外是猛烈的暴风雨，密集的雨点砸在伊斯坦布尔城市的屋顶上。最后一班电车沿着特佩巴斯行驶着。阿丽斯重新拉上窗帘，决定第二天告诉戴德利，她希望返回伦敦。

伊斯坦布尔假期

L'étrange voyage de Monsieur Daldry

Chapter 7

最出色的向导

　　我们的人生道路会交错，不正是命运决定的吗?

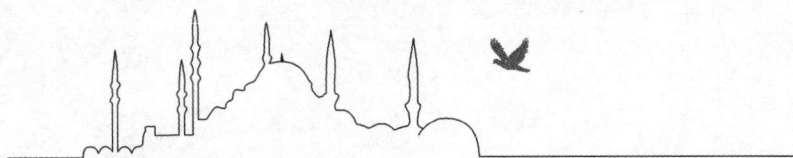

戴德利小心地关上自己房间的门，从走廊上走过。从阿丽斯房间前经过时，他尽力保证自己不要弄出声音。他下楼来到酒店的大厅，穿上自己的大衣，请酒店的门童为他叫一辆出租车。昨天的向导没有骗他，果然只要报出那家糕点店的名字，司机就知道该怎么走。一听到"乐蓬"两个字，司机就直接上路了。路上的车辆不少，戴德利花了十分钟才到达目的地。坎已经在那里等他了。他坐在一张桌边，正读着昨天的报纸。

"我以为你不来了呢，"向导抬起头和戴德利打招呼，"你饿吗？"

"我饿坏了，"戴德利回答说，"我没有吃早饭。"

坎让侍者给戴德利端来很多小碟子，里面分别装着黄瓜卷、辣椒鸡蛋、橄榄、费塔奶酪和青椒。

"我想要茶和吐司，你觉得这在这里能办到吗？"戴德利望着侍者刚刚摆在桌上的食物，面色古怪。

"我可以认为你已经决定雇用我做翻译了吗？"坎问道。

"我刚刚想到一个小问题，请不要见怪……我想问你，你对伊斯坦布尔的熟悉程度要超过你对英语的熟悉程度吧？"

"我在两方面都是最棒的，你为什么这么问呢？"

戴德利观察着坎，然后深深地吸了口气。

"好吧，那我就开门见山地说了，然后再看看我们可以一起做点什么。"

坎从衣袋里取出一包香烟，他抽出一支递给戴德利。

"不过别空着肚子谈。"后者说道。

"你这次来伊斯坦布尔到底是要找什么？"坎划了一根火柴，然后问道。

"一个丈夫。"戴德利咕哝着。

坎咳嗽着吐出了一个烟圈。

"很抱歉，如果是这样的话，你可能没有找对人。我之前遇到过种种稀奇古怪的要求，但这次，这也太离谱了！我从来不做这种生意的。"

"别傻了，我可不是为自己找的。我是为了一位和我有生意关系的女士。"

"什么样的生意关系？"

"房地产方面的。"

"如果你想要买一栋房子或者一套公寓，我可以很容易地就帮你完成任务。告诉我你的预算，然后我就可以告诉你现在有哪些符合你要求的房子正在出售。在这里投资是个不错的主意。虽然目前的经济形势还不是很明朗，但伊斯坦布尔的经济很快就会复苏的。这是一个潜力无限的神奇都市。它的地理位置独一无二，本地的居民也不乏各行各业中的佼佼者。"

"谢谢你的经济学课程，但我不是要在这里买房子，而是在伦敦。我想收购我邻居的一套公寓。"

"多奇怪的想法！如果是这样的话，那你应该在英国完成这桩交易，不是吗？"

"很遗憾，不是。否则我也就不用来到这千里之外，还要负担旅行的花费了。我想要的公寓现在正由一位小姐住着，而她呢，她根本没有打算搬家，直到……"

戴德利把他来到伊斯坦布尔的原因一五一十地告诉了他的向导。坎安静地听着，从不打断他，除了有一次，他请戴德利重复一次布赖顿算命师的话。

"你明白吗？这是一个千载难逢的机会，也是唯一可以让她远离那套公寓的办法，所以现在最好还是想法子让她留在这里。"

"难道你不相信预言吗？"坎问道。

"我接受的教育让我觉得它没有一丝一毫的意义，"戴德利回答道，"事实上，我从未想过这个问题，而且鉴于我自己从未去算过命，所以我也没有理由要问自己这个问题。不过，尽管怀疑，我仍愿小小地助命运一臂之力。"

"你这是白白花了许多冤枉钱。请原谅我这么说，其实你只要提出一个合理的高价，这个女人就没有办法拒绝。相信我吧，所有东西都是有价格的。"

"我知道你觉得这一切很难理解，但问题是她对金钱毫无兴趣。她不是那种可以靠金钱收买的人，当然了，我也不是那种会用金钱收买人的人。"

"因为你不愿意靠这套公寓赢利？"

"根本不是，这不是有关金钱的问题。就像我和你说过的一样，我是一位画家。我想要的那套公寓有一扇很棒的大玻璃窗，那里的光线独一无二。我想把它改成我的工作室。"

"那全伦敦只有这一扇大玻璃窗吗？只要你想要，在伊斯坦布尔我就能给你再找到一间。甚至我还能找到能看到十字路口街景的公寓呢。"

"那是我住的大楼里唯一一间带大玻璃窗的！我的房子、我的街道、我的街区，我一点儿都不想搬家。"

"这我就不明白了。既然你的事业在伦敦，那为什么你要来伊斯坦布尔雇用我呢？"

"因为你可以帮我找到一名智慧、诚实的单身男子，他有能力吸引我刚刚和你提过的那位小姐。如果她和这名男子坠入爱河的话，她就有理由留在此地，而根据我和她的协议，我就能把她的房间改造成我的工作室了。你看吧，问题其实并不复杂。"

"你想说的东西，太折磨人了。"

"你觉得我在这里能够喝到茶、吃到面包和煮蛋吗，或者我应该回伦敦去吃早饭？"

坎回身和侍者交流了几句。

"这是我无偿为你提供的最后一项服务了，"向导重新开口说道，"你的牺牲品，就是那位昨晚我们在吧台分手时出现的小姐吧？"

"你太夸张了！她不是任何人的牺牲品，相反，我觉得我正是在帮助她。"

"通过操纵她的生活？你想让我用钱为她找一位丈夫，然后就可以把她打发到另一个男人的怀抱里去了。如果这就是你对诚实的定义的话，那么恐怕我就不得不向你收取一定的额外费用，而且还得请你先支付一定的金额，因为毫无疑问，为了帮助你实现你的目的，不先预支一定的费用是办不到的。"

"啊？什么费用？"

"就是必需的费用！现在，告诉我这位小姐喜欢什么样的男人吧。"

"这是个好问题。如果你是问她喜欢的男人类型，我现在还不太清楚，但我会想办法尽可能地去了解；在此期间，为了不浪费时间，你就想象那是一个和我完全不同的男人吧，方方面面都与我相反。好了，现在请你告诉我你的提成标准，然后我再决定是否要雇用你。"

坎久久地凝视着戴德利。

"抱歉，我不要提成。"

"这比我想象的更加糟糕，"戴德利叹了口气，"我是说你平时收取的酬金。"

坎再次打量着戴德利。他从上衣的内袋里取出一支铅笔，从餐巾纸上撕下一块，匆匆写下一个数字，然后递给戴德利。后者看清楚那个数字后，又把纸片还给了坎。

"你的要价可真离谱。"

"你的要求也离普通客人的要求很远。"

"你说得太夸张了！"

"你说你对金钱毫不在乎，可现在你却在和我讨价还价。"

戴德利重新拿起那张纸片，又看了一眼上面写的数字，口中抱怨着把它塞进自己的衣袋，然后向坎伸出了手。

"好吧，我同意了，那就成交吧。不过我只会等你真的做出点儿成绩后才会把钱支付给你。"

"成交，"坎握住戴德利的手说道，"我会在恰如其分的时刻帮你找到这位神奇的先生的；因为如果我没有弄错你那出奇复杂的意思的话，在预言实现之前我们还会先遇到其他的人。"

侍者终于为戴德利送上了他期待已久的早餐。

"就是这样的。"他兴高采烈地看着那些煮鸡蛋，"我雇你了。明天我会把你介绍给这位小姐的，不过当然是以翻译外加向导的身份。"

"这本来就是我的职业头衔嘛。"坎大方地微笑着说。

随后坎站起身，和戴德利告别，但是就在他要离开的时候，他忽然回过身。

"也许最后你什么钱都不会付给我，也许这位算命师确实具有超凡的预言能力，也许你不相信她，你就是大错特错。"

"可你为什么要和我说这些呢？"

"因为我是一个诚实的人。难道我就不能是那预言中所说的六个人中的第二个吗？我们的人生道路会交错，不正是命运决定的吗？"

说完，坎就离开了。

戴德利沉思着望着坎离去，直到他穿过街道登上一辆电车。然后他推开自己的餐巾，让侍者过来结账，付了钱后就离开了乐蓬糕点店。

他决定走路回酒店。回到酒店的时候，他看到阿丽斯坐在吧台边，正在读着一份英语报纸。他向她走去。

"你究竟去哪里了？"她一看到他就问道，"我找人去你的房间叫你，但始终没有回音。前台的工作人员最后不得不向我承认你已经出去了。你至少可以给我留个字条的，你让我很担心。"

"你真好，不过我只是出去散了会儿步而已。我想呼吸点儿新鲜空气，但又不想吵醒你。"

"我整夜差不多都没有睡着。你要点儿东西吧，我有话对你说。"阿丽斯语气坚定地说道。

"好极了，我正口渴了。对了，我也有话对你说来着。"戴德利回答道。

"那么你先说好了。"阿丽斯说。

"不，还是你先说。哦，好吧，那就我先说。我考虑了一下你昨晚的建议，我想我们是应该雇一位向导。"

"可我昨晚给你的建议和这正相反啊。"

"啊，太奇怪了，大概是我弄错了你的意思。不过不要紧，我们还有时间。我想了一下，这个季节跑去乡下实在是太傻了，现在还不是鲜花盛开的季节。但找一个向导的话，他可能可以带我们去城里最好的调香师那儿。也许他们的作品也可以带给你一些灵感，你觉得怎么样呢？"

阿丽斯感到自己欠戴德利的太多，她有些不知所措了。

"是的，从这个角度来看，这无疑是个好主意。"

"我很高兴你喜欢这个点子。我这就去通知前台，请他们帮我们和那位向导定一个在今天下午的约会。现在轮到你了，你想和我说什么呢？"

"没什么重要的事。"阿丽斯说。

"是因为床铺的缘故你睡得不好吗？我也觉得我的床垫太软了，晚上睡觉的时候就好像睡在一堆黄油里。我可以请前台帮你换个房间。"

"不，和床没有关系。"

"你又做新的噩梦了？"

"也不是，"阿丽斯撒了个谎，"也许是因为换了个环境，过些时候我就会适应了。"

"你应该去好好休息，我希望我们今天下午开始寻访工作的时候，你的精神会更好些。"

但是阿丽斯脑中还有些别的想法。她问戴德利，在等待向导到来的时候，他们能不能再去昨天走过的那条街道走一趟。

"我不确定我们是否可以再找到那条街，"戴德利说，"不过试试总是没有坏处的。"

不过，阿丽斯清清楚楚地记着昨天的路。一走出酒店的大门，她就毫不犹豫地领着戴德利向那条街道走去。

"我们到了。"她一看到一栋建筑正面突出的部分摇摇晃晃地凌驾于街道之上就说道。

"当我小的时候，"戴德利说，"我常常花上几小时凝视着建筑物正面的外墙，想象在墙壁的后面可能会发生怎样的故事。我不知道为什么，但是他人的生活就是这样令我痴迷，我很想知道它们究竟是和我的生活相仿，还是完全不同。我试着想象和我一样大的孩子们每天的日常生活，他们在房子里玩耍，把房子弄得一团糟，这就是他们的世界的中心。每天晚上，望着那些明亮的玻璃窗，我就总是想象那里有丰盛的晚餐，那里有节日的晚会。这栋房子应该已经被废弃很久了，不然不可能破败成这个样子。里面住的人现在不知道怎么样了，为什么这栋房子会被废弃呢？"

"我小时候差不多干过同样的事情，"阿丽斯说，"我记得我小时候家对面住着一对夫妻，我常常趴在我房间的窗口偷偷看他们。丈夫每天都是晚上六点回家，那个时候我正好开始做功课。我看到他走进他家的客厅，脱去大衣和帽子，倒在一把扶手椅上。他的妻子为他端来一杯开胃酒，顺手拿走男人的大衣和帽子；他打开一份报纸来读，直到他的妻子喊他去吃晚饭。当我再回到我自己的房间时，对面的窗帘已经拉上。我很讨厌这个只知道让妻子伺候自己却不和她说一句话的男人。一天，当我和我妈妈出去散步的时候，正看到他迎面向我们走来。他越走越近，我的心也越跳越快。这男人放慢脚步，和我们打招呼。他笑容满面地望着我，似乎想说：'原来就是你这个不害臊的小家伙每晚在窗口偷偷地看我，你以为我一直不知道你的小把戏吗？'我确定他一定会把这件事告诉我妈妈，我愈加害怕了。于是我假装没有看见他，没有微笑，也没有问好，我拉住了妈妈的手。她责怪我为什么这么不懂礼貌。我问她是否认得这个男人，她回答说我太没有教养，而且记性也不好，这男人就是街角那家杂货店的老板嘛。那家杂货店，我每天都会经过，而且我也进去过，但我印象中收银台后站着的是一个年轻的女子。我妈妈告诉我那是那个男人的女儿；她和她父亲一同工作，在她母亲死后负责照顾父亲的饮食起居。我的自信心受到了很大的打击，我原来一直以为自己拥有非凡的洞察力……"

"当想象和现实相遇的时候，我们常常会大失所望。"戴德利在街道上边走边说道，"我一直觉得在我父母家工作的那个年轻女仆爱上了我，我确信自己甚至已经有了某些证据可以证明她的爱。但事实上她爱的是我的姐姐。我的姐姐会写诗，那个女仆就在私下偷偷地读。她们隐秘地陷入了一场疯狂的恋爱。女仆假装在看到我的时候才会失态，让我母亲不会怀疑到她们之间那说不出口的精神恋爱。"

"你的姐姐爱的是女人？"

"是的，如果不考虑狭隘的道德观的话，这比什么人都不爱来得更光明正大。对了，如果我们现在是去那条神秘的小巷探访，这就是我们来这里的目的吧？"

阿丽斯走进了巷子。那栋黑漆漆的古老的木结构房子好像正静静地窥视着这些入侵者。然而在小巷尽头没有任何阶梯，这和阿丽斯的梦境完全不同。

"很抱歉，"她说，"我让你浪费时间了。"

"一点儿都不，这次短途散步令我胃口大开，我在大街的另一端看到一家咖啡馆，它看起来比酒店的餐厅更有情调。你应该不反对吧？"

"当然不了。"阿丽斯说着挽住了戴德利的胳膊。

咖啡馆里的人很多，香烟绵密的烟雾如云般飘浮在空气中，几乎遮蔽了咖啡馆的天花板。戴德利终于发现了一张小桌子，他带着阿丽斯从人群中挤过去。阿丽斯在长凳上坐下，两人在吃饭的时候继续刚才关于童年的话题。戴德利出生于一个有很多兄弟姐妹的资产阶级大家庭；阿丽斯则是家里唯一的女儿，她父母的经济情况就没有戴德利家那么理想。他们都经历过一段较为孤独的时期，这种孤独无关被爱，无关爱人，只是一种纯粹的孤独。两人都喜欢下雨的时节，都讨厌冬天。两人都曾坐在学校的凳子上做过白日梦，都曾在夏天识得初恋的滋味，在秋天开始的时候尝到分手的痛苦。他痛恨他的父亲，她则崇拜她的父亲。在1951年的1月，阿丽斯使戴德利尝到了生命中第一杯土耳其咖啡。戴德利仔细地看着杯底。

"这里有一个习俗，我们可以通过咖啡的残渣读出未来，我在想你手上的那杯会告诉我们什么。"

"我们也许可以去咨询一位咖啡残渣预言师，然后再看看她的预言和布赖顿的那位是否吻合。"阿丽斯沉思片刻回答道。

戴德利看了一眼自己的手表。

"这一定很有趣，不过不是现在。得先回酒店去，我们和我们的向导有约呢。"

坎正在酒店大厅等着他们。戴德利向阿丽斯介绍了他。

"女士，你现在比远看的时候更加可爱！"坎弯腰红着脸吻了阿丽斯的手背。

"你这么说真是太客气了，我想我们的约会是在这里吧？"她回过身去问戴德利。

"当然了。"戴德利回答道，坎刚刚那自来熟的态度令他有些不快。

但是一看到坎通红的双颊，戴德利又觉得他刚刚的赞美恐怕是真的出于情不自禁。

"请你原谅我，"坎说，"我一点儿都不想令你尴尬，只是日光下的你实在是太美了，你的魅力令我无法抗拒。"

"我想我们已经明白你的意思了，"戴德利干巴巴地说道，"我们现在可以谈谈别的事情了吗？"

"当然可以了，我的先生。"坎结结巴巴地说道。

"戴德利告诉我，你是全伊斯坦布尔最好的向导。"阿丽斯想让气氛变得轻松些。

"正是，"坎回答道，"我随时听候你的差遣。"

"以及最好的翻译？"

"是的。"坎的脸红得好像要滴下血来。

阿丽斯大笑起来。

"至少，在这里我们不会无聊了，我觉得你真是讨人喜欢。"她说着平静下来，"来吧，我们去吧台那边坐坐，然后再来讨论那件把我们三人聚在一起的事情。"

坎抢在戴德利前面跟了上去，后者的目光里满是责备之意。

"我可以帮你和全伊斯坦布尔的调香师预约会面。他们人数虽然不多，但都是一些最优秀的调香师。"坎听完阿丽斯长长的介绍后保证道，"如果你打算在伊斯坦布尔待到开春的话，我也可以陪你去乡下。那里有我们美不胜收的野玫瑰田，山丘上还种满了无花果树、椴木、仙客来、茉莉花……"

"我想我们可能不会在这里待那么久。"阿丽斯回答道。

"别这么说，谁知道未来有什么在等着你呢？"坎刚说完，就被戴德利在桌下踢了一脚。

坎身子一震，随即生气地回头看着戴德利。

"我需要一个下午的时间来帮你安排，"坎说，"我要去打几个电话，明天早上我再来这里找你。"

阿丽斯很兴奋，好像过平安夜的孩子一样。一想到她可以和土耳其的同行们碰面，想到可以研究他们的工作方式，她心里就不禁快活起来。早先想放弃旅行的念头现在已经一扫而空了。

"我很高兴，谢谢你。"她说着和坎握了握手。

坎站起身，问戴德利能不能陪他走出去，他有一句话想单独和他说。

在大厅的转门前，坎向戴德利俯身过去。

"我要提高我的收费标准！"

"为什么？我们不是已经就费用的问题谈妥了吗！"

"那是在你怒气冲冲地踢我之前。因为你，我明天很可能会一瘸一拐，这会妨碍我做事的效率。"

"你还是别惺惺作态了，我只是轻轻地碰了你一下，想让你别再做蠢事。"

坎以十二万分的严肃神情打量着戴德利。

"好吧，"戴德利最后承认了，"我向你道歉，很抱歉我失礼了，即使它是必须的。不过你也得承认你实在是太不机灵了。"

"我暂时不提高收费标准，不过那只是因为你的朋友实在是太讨人喜欢了，这会大大地方便我的工作。"

"你这么说是什么意思？"

"意思是我可以在一天之内找到上百个乐意和她谈情说爱的男人。明天见吧。"坎说完就消失在转门的另一边。

戴德利沉思着，慢慢走回到阿丽斯的身边。

"他和你说了些什么我不能听的话？"

"没什么要紧的，我们在谈他的报酬问题。"

"我希望你可以合计一下你所有的开支，戴德利，包括酒店的费用、我们的餐费、向导的费用、旅行的费用，我以后一并还给你……"

"……不过是用先令支付，我知道，你和我说过很多遍啦。但是不论你愿不愿意，在餐桌上，你始终是我的客人。作为生意伙伴是另一回事，我作为绅士载你回家也是另一回事，在这些方面我是不会放弃自己的权利的。对了，我们再喝点儿别的庆祝一下？"

"庆祝什么？"

"我也不知道，不过必须有个明确的理由吗？我渴了。对了，我们可以庆祝刚刚雇好了一位向导嘛。"

"对我来说时间还有点儿早，我想先回房休息一下，昨晚我差不多一夜没有合眼。"

阿丽斯把戴德利一人留在了吧台边。他望着阿丽斯乘电梯上楼，向着她微微一笑，然后直到彻底看不见她了才向侍者要了一份苏格兰威士忌。

木制浮桥的尽头是一艘小船。阿丽斯爬进船舱，在里面坐下来。一个男人解开系着小船的缆绳。河岸渐远，阿丽斯试着去弄明白这世界究竟是怎么回事，为什么松树高大的树顶在黑夜里仿佛在不断地合拢。

水流湍急，小船摇摇晃晃地穿过另一艘船开过留下的水纹。阿丽斯想攀住船舷，但她的手臂不够长。她把双脚固定在摆渡人所坐的船板上，然后背过身去。这样每次当小船穿过一个浪尖时，她都会更安心些。

北风越吹越紧，吹开了积云。月光不是从天上洒下，反而是从黑暗的水底返照过来。

小船终于靠岸了，水手抓住她的手，把她拉上了岸。

她爬上一个种满柏树的山丘，然后向下走入一个深邃阴暗的山谷。她沿着一条湿漉漉的土路走着，空气中有秋夜凉爽的味道。路的坡度很大，她抓住两旁的灌木攀爬，望着远处摇曳着的一缕亮光。

阿丽斯走过一处旧城堡或是旧宫殿的废墟，那里处处生长着野葡萄。

雪松的味道混合着金雀花，更远处传来茉莉的香气。阿丽斯希望自己永远都不要忘记这些接续而来的气味。前方忽然亮起来了，一盏由铁链吊着的油灯照亮了一扇木门。这是一扇通向有着椴树和无花果树花园的门。阿丽斯想去偷些果子，她饿了。她想尝尝那些鲜红柔软的果肉。她伸出手，摘下两个无花果，将它们藏在自己衣袋的深处。

她接着踏入一户人家的庭院。一个陌生却温柔的声音告诉她别害怕，她在这里没有什么好怕的，她可以好好洗个澡，吃点儿东西，然后睡个好觉。

一段木楼梯通往二楼，楼梯在阿丽斯的脚下吱吱作响，她抓住扶手，希望尽可能将脚步放轻。

阿丽斯走进一个有着蜂蜡味道的小房间。她脱去外衣，将它们叠好，整齐地摆放在一把椅子上。她走近一个铁制的盆子，觉得在水中看到了自己的倒影，但水面的影子很快就模糊了。

阿丽斯想喝点儿水，她很渴，嗓子干得仿佛连呼吸都很困难。她的两颊烧得厉害，头痛欲裂。

"走开，阿丽斯。你不应该回来的。回你自己家去吧，现在还不算太晚。"

❦

阿丽斯重新睁开眼睛，她坐起身，身子烧得滚烫，全身麻木，四肢无力。她觉得想吐，急忙冲向浴室。

回到卧室之后，她颤抖着呼叫了酒店总台，请他们尽快为她找一位大夫，并通知戴德利先生。

医生很快就来了，他坐在阿丽斯的床头，诊断她是食物中毒，为她开了一些药。戴德利马上去药店买药。阿丽斯很快就好起来了。游客常常因为水土不服会产生这样的症状，没有什么可以担心的。

傍晚的时候，阿丽斯房间的电话响了。

"我想我不应该任你吃那些海鲜的，这全是我的错。"戴德利从自己的房间给她打电话。

"这不关你的事，"阿丽斯回答说，"你又没有强迫我。不过也请不要怨我，今晚你只能一人去用餐了，我现在连闻闻食物的味道都不行，甚至和你谈到食物都让我觉得一阵恶心。"

"那么就别说了，今晚我也不去吃饭了，我们有福同享有难同当。我喝一小杯酒，然后就待在床上。"

"你喝得太多了，戴德利，你这是在酗酒。"

"鉴于你自己现在的情况，我想你还没有资格对我的健康问题发号施令。我觉得我现在的状态比你的好多了。"

"就今晚而言，你说得并没有错，但从长远看，我想还是我比较有道理。"

"有道理的应该是你现在就去好好休息，而不是对我指手画脚。能睡多久就睡多久吧，记得吃药。如果医生的诊断没有错的话，我真心希望明天早晨能够再次看到一个活蹦乱跳的你。"

"我们的向导那边有新消息吗？"

"还没有，"戴德利说，"但我正在等他的电话。好了，我想我得挂了，不然他就打不进来了。"

"晚安，伊森。"

"晚安，阿丽斯。"

她放下听筒，一想到要关掉床头灯，又感到一阵恐惧，于是就让灯亮着，随即睡去。这个夜晚，好梦绵长。

坎找到的调香师住在奇哈格。他的家位于伊斯坦布尔市地势较高的街区，房子建在一块空地上，一条挂着衬衣、长裤、衬裤以及一套制服的晾衣绳将它和邻居家的房子连在了一起。在雨天开车沿着石板街道向上行驶并不是一件简单的事情，汽车试了两次才开上去。雪佛兰的车轮打滑，离合器发出一阵烧焦的橡胶臭味，司机把一切都归罪于车子的橡胶轮胎摩擦力不够。他骂骂咧咧的，抱怨自己本不该跑这一趟的，那片奇哈格的高地上又没有什么可供游客们看的。坐在汽车副驾驶座上的戴德利悄悄地塞了一张钞票给司机，他终于停止了抱怨。

在他们穿过那片空地时，坎一直用手挽着阿丽斯，据他说是"为了避免阿丽斯踩进水坑里"。

笼罩着城市的薄雾在白天结束之前都不会打湿地面，但坎还是希望可以未雨绸缪。阿丽斯今天觉得好多了，尽管还有一点儿虚弱。不过这样的话，坎的照顾倒算是很及时的。对此，戴德利不做任何的评论。

他们走进那栋房子，调香师的工作室空间很大。茶炊下面烧着火红的炭，放出的热气模糊了工作室积灰的玻璃窗。

调香师不明白为什么会有两个英国人从伦敦过来拜访他，尽管他对此感到十分荣幸。他为他们上了茶和裹着糖浆的小点心。

"这是我妻子做的。"他对坎说道。坎接着告诉阿丽斯和戴德利，这位太太是奇哈格最好的点心师傅。

调香师带着阿丽斯去看他的工作台。他让阿丽斯闻了几种他配置的香水；他调制的味道格调高雅，但同时又很和谐。这是一些配置技巧无可挑剔的东方香水，不过却没有什么特别之处。

在长桌的一头，阿丽斯发现一个装满小玻璃瓶的小盒子，瓶子里的颜色激起了阿丽斯的好奇心。

"我可以看看吗？"她拿起一个装满古怪绿色液体的小瓶子问道。

坎还没有翻译完阿丽斯的话，调香师就从阿丽斯手中夺过那个小瓶子，将它放回了原位。

坎向阿丽斯解释说："他说这些东西没有什么大的意思，只是一些他配着玩的试验品而已。就是一种打发时间的消遣。"

"我只是很好奇它们的味道究竟是怎么样的。"

调香师耸了耸肩，算是同意了。阿丽斯拔开瓶塞，然后大吃一惊。她取过一根细纸条，将它浸在瓶中的液体里，然后放在鼻子下面闻了闻。她放下瓶子，接着对第二瓶、第三瓶也如法炮制了一番。她目瞪口呆地转向戴德利。

"怎么了？"戴德利直到此时才开口说话。

"真是不可思议，他在这个小盒子里重新创造了一个森林。我从来没有想过还可以这样做。你自己来闻闻吧，"阿丽斯说着将一根新的纸条浸入瓶中，"闻着这个味道，我们简直就像躺在一棵雪松的脚下。"

她将纸条放在桌上，又取过另一根浸入瓶中，然后晃了晃才递给戴德利。

"这瓶是松香的味道，而这瓶，"她说着拔掉了瓶塞，"这是湿润的草地的味道，一种混合了蕨类植物的秋水仙的淡雅香味。再闻闻这个，这是榛子的味道……"

"我可不认为有人愿意喷点儿榛子味的香水。"戴德利咕哝着。

"这不是喷在人体上的香水，这是室内的香氛。"

"你真的觉得室内香氛会有市场吗？还有，室内香氛究竟是什么东西？"

"想象一下当你可以在自己的家中重新闻到大自然的味道时的那种欣喜吧。想象一下我们可以在自己的公寓里喷上不同季节的味道。"

"季节的味道？"戴德利惊讶地问道。

"例如，当冬天到来的时候在自己的家中延续着秋天的味道，在1月的时候让自己的房间散发出春天百花盛开的香味，在夏天喷上雨水的味道。客厅里飘浮着柠檬树的香味，浴室里有橙花的味道，总之就是不是普通熏香的室内香氛，这个主意太棒了！"

"好吧，既然你都这么说了，那么我们现在就剩下去取得这位先生的好感这一件事了。对你刚刚兴奋的反应，他看上去和我一样吃惊。"

阿丽斯向坎转过身去。

"可以请你问问他，他是如何将雪松的'音符'保持得那么持久的吗？"阿丽斯说着又拿起刚刚闻过的纸条。

"哪一种音符？"坎问道。

"问他是如何将自然环境里的香味保持得这么长久的。"

当坎尽力翻译着阿丽斯和调香师之间的对话时，戴德利走近窗户，望着博斯普鲁斯海峡。隔着满是水汽的玻璃窗望去，海峡的景色一片模糊。尽管这一点儿都不符合他来伊斯坦布尔的预期目的，戴德利想着，但也许在这里，阿丽斯有一天可以找到她想要的东西。尽管这么说有些奇怪，不过他一点儿都不在乎。

阿丽斯、坎、戴德利向调香师表示了感谢，感谢他花了一个上午的时间陪伴他们。阿丽斯承诺自己很快会再来一次。她希望他们可以一同工作。调香师从未想过自己私下的爱好居然有一天能够吸引他人的兴趣。今晚他可以大大方方地告诉自己的妻子，他每天在工作室里熬夜到很晚，每个周日爬遍周围的山岭、峡谷、树丛，采集各式各样的花草，这些功夫都没有白费。这不是像她常常责怪他的那样，只是一个老疯子的消遣。它是一项真正严肃的工作，现在已经成功地吸引了一位英国来的女调香师。

"我刚才没有不耐烦，"戴德利走出调香师的家后说道，"只是从昨天中午开始到现在，我一直没有吃东西，我不反对我们一会儿去吃点儿什么。"

"你对这次拜访还满意吗？"坎向阿丽斯问道，他完全无视了戴德利。

"我高兴得快发疯了，这位调香师的工作室是一个名副其实的阿里巴巴山洞。这次拜访你安排得太好了，坎。"

"很高兴你喜欢今天的安排。"坎的脸涨得通红。

"一二，一二三！"戴德利拢着双手大声喊道，"这里是伦敦，听到请回答。"

"对了，阿丽斯小姐，还有一点需要告诉你，刚才在翻译的时候，你说的有几个词我没有听明白。例如，我不明白为什么调香师的工作室会像一件乐器。"坎不理戴德利继续说道。

"对不起，坎，这是我这个行业里的行话，以后我会慢慢把其中的差异都告诉你的，然后你就是伊斯坦布尔香水行业最够格的翻译了。"

"我很喜欢香水这个行业呢，谢谢你，阿丽斯小姐。"

"好，"戴德利低声抱怨道，"我还是不说话的好，很显然没有人听我在说什么！我饿了！你可以告诉我哪家餐馆是阿丽斯小姐吃了之后不会生病的吗？"

坎盯着戴德利看。

"我打算带你去一个你永远不会忘记的地方。"

"他总算注意到我的存在了！"

阿丽斯走近戴德利身边，在他耳边说了几句话。

"你对他可真不友善。"

"不开玩笑地说，你觉得他对我就友善了吗？我饿了，而且我想提醒你我一直坚守着空腹的诺言。不过现在既然你和我们的向导已经开始拉帮结派，那我也就不用继续空腹了。"

阿丽斯难过地望了戴德利一眼，然后向站在一边的坎走去。

他们沿着直上直下的小巷走，最后来到奇哈格地势较低的地方。戴德利拦了一辆出租车，然后问坎和阿丽斯他们是和他同乘一辆出租车走，还是想要另拦一辆。他也不问他们的意见，径直坐在了出租车的后座上。坎没有别的选择，只能坐在副驾驶座上。

坎用土耳其语告诉司机一个地址，随后在整段车程中他都没有再回过头来。

海鸥栖息在港口的栏杆上。

"我们要去那里。"坎指着码头一头的一艘小木船说道。

"我可没有看到那里有餐馆。"戴德利抗议道。

"因为你没有认真观察。"坎客气地回答道，"那不是一个专门招待游客的地方，餐厅也一点儿都不豪华，但你一定会对它满意的。"

"你难道就不能带我们去个同样好吃，但更有情调的地方吗？"

戴德利指了指博斯普鲁斯海峡沿岸的那些建筑。阿丽斯的目光落在其中一家上面，那栋房子的正面外墙呈白色，与周围的其他建筑完全不同。

"这又是你在梦里看到过的一处场景？"戴德利语带嘲讽地问道，"你又做出那种样子了。"

"我之前骗了你，"阿丽斯结结巴巴地说道，"其实那一晚我做的噩梦要比之前的更加真实，在梦里，我看到一栋和这栋房子很像的建筑。"

阿丽斯咬紧牙关，一动不动地盯着那栋白色的房子。坎不明白发生了什么，他的顾客为什么忽然紧张起来。

"这是一些别墅，"他们的向导声音沉稳地说道，"都是奥斯曼土耳其帝国时代的辉煌遗迹。19世纪的时候，人们很欣赏这样的风格。不过现在就不是很时兴了。冬天的暖气费用对屋主来说是一笔很大的开销，而且其中的大部分房子其实都需要重新修缮。"

戴德利抓住阿丽斯的肩，让她转身去看博斯普鲁斯海峡。

"我觉得只有两种可能。一是你的父母去过比尼斯更远的地方，而那时的你还太小，所以你什么都不记得了。二是他们有一本介绍伊斯坦布尔的书，你小时候正好读过，但之后又慢慢忘记了。当然也有可能是这两种情况都有。"

阿丽斯丝毫不记得她的母亲或是父亲曾和她谈起过伊斯坦布尔。她又在记忆深处重新搜索了一遍她父母家的每个房间，但仍是徒劳。他们的房间、铺着灰色毯子的大床、放着小闹钟和皮制眼镜盒的床头柜、装着她母亲相片的银制相框、床脚的箱子、红褐色条纹的地毯、饭厅、桃花心木的桌子和配套的六把椅子、用来存放节日专用但事实上从未用过的瓷餐具的玻璃餐橱、全家听晚间长篇广播时坐的大沙发、小书架、她母亲读的书籍……没有一样东西和伊斯坦布尔有关。

"如果你的父母亲曾经来过土耳其，"坎建议道，"那么也许在政府的档案里会留下痕迹。明天，英国驻土耳其领事馆会组织一场纪念晚会，贵国的大使将特地从安卡拉赶来迎接我国军政界的一个代表团。"坎不无自豪地宣布道。

"你是怎么知道这件事的？"戴德利问。

"因为我毫无悬念是伊斯坦布尔最好的向导嘛！好吧，其实是今天早上的报纸登了一则相关的消息。不过鉴于我是这里最好的翻译，我也被叫去做晚会的翻译了。"

"你刚刚的意思是说，明天晚上你就不能为我们做翻译了，是吗？"戴德利问。

"我的意思是，建议你们也来这个晚会。"

"别自作多情啦，领事馆是不会邀请所有现在在伊斯坦布尔的英国人都参加的。"戴德利反驳道。

"我不知道你所说的自作多情是什么意思，但我会去查查它的意思的。另外，负责拟定宾客名单的女秘书应该很乐意帮我一个忙，将你们两位的名字加上去。她无法拒绝坎的任何要求……我会把邀请函送到你们所住的酒店的。"

"你真是个奇怪的家伙，坎。"戴德利说道。"总之，如果这样做可以让你高兴的话，"他转身看着阿丽斯继续说道，"那我们就去见见大使好了，然后再请他提供领事馆方面的帮助。如果他们不能在我们有需要的时候提供一点儿小小的帮助，那还要这些行政部门做什么！好了，你觉得如何呢，阿丽斯？"

"我想把这一切搞明白，"阿丽斯叹了口气，"我想知道为什么这些噩梦可以如此真实。"

"我向你保证，我会尽力帮你解开这个谜题的，不过在此之前我得先吃点儿东西，不然一会儿就该你来照顾我了。我饿得快晕了，而且还口渴得厉害。"

坎用手指指了一下码头一端由渔民开的餐馆。然后他走开几步，在一根小柱子上坐了下来。

"祝你用餐愉快，"坎双臂交叉，懒洋洋地说道，"我就在这里等你，一步都不会离开这个码头的。"

阿丽斯充满怒火的目光没有逃过戴德利的眼睛，他向坎坐着的地方迈了一步。

"但你坐在这个东西上是什么意思，你不会以为我们会把你一个人留在寒风中吧？"

"我只是不想打搅了二位，"他们的向导回答道，"我知道自己的在场令你很不舒服。所以请你们二位去用餐吧，而我，我已经习惯了伊斯坦布尔的冬季和雨天。"

"啊，请不要乱发脾气！"戴德利抗议道，"既然这是一家本地餐馆，那我怎能在没有本市最好的翻译的陪同下，让侍者明白我的意思呢？"

这个赞美令坎很受用，他接受了戴德利的邀请。

餐馆的服务和质量远远超过了戴德利的预期。等咖啡上来的时候，他忽然变得忧郁起来，这令坎和阿丽斯都很惊讶。在酒精的帮助下，戴德利终于肯承认之前他对这个地方的偏见都是不对的。简单但美味的饮食也可以出现在两堵朴素的"墙"之间。等他喝下第四杯茴香酒时，他发出了一声长长的叹息。

"我很激动，"他说，"这种配着鱼一起吃的调料、这份甜点细腻的口感，我以后会再来品尝的。这太令人吃惊了。请你代我向这里的老板，"他声音颤抖地说道，"转达我最诚挚的歉意，另外也请你尽快带我们去发现像这个餐馆一样的其他地方吧。例如从今晚就开始怎么样？"

　　戴德利向站在过道里的侍者招了招手，请他过来帮他满上酒。

　　"我想你喝得够多了，戴德利。"阿丽斯一边说一边按下他拿着杯子的手。

　　"我承认这种茴香酒有些上头。但这只是因为我们进来的时候我空着肚子，而我又那么口渴。"

　　"那就学着喝水解渴好了。"阿丽斯建议道。

　　"你真是疯了，你希望我变得迟钝吗？"

　　阿丽斯示意坎过来帮她，他们一人抓住戴德利一边的胳膊，把他拉向餐馆的出口；坎向正在看热闹的老板打了个招呼。

　　外面清新的空气令戴德利有些头晕。他坐在一根柱子上，当坎去拦出租车的时候，阿丽斯留在他身边，看着不让他掉到水里去。

　　"也许我该回去小睡一会儿。"戴德利望着海面轻轻地说道。

　　"我想是你必须回去睡一会儿了，"阿丽斯回答说，"我本以为是你陪我出来的，但没有想到现在却是反了过来。"

　　"那就请你原谅我吧，"戴德利咕哝道，"我向你保证：明天，明天我会滴酒不沾的。"

　　"你最好信守这个承诺吧。"阿丽斯严肃地回答道。

　　坎终于成功地拦到了一辆出租车，他走到阿丽斯身边，帮她把戴德利塞到出租车的后座上，然后坐进了副驾驶室。

"我们会护送你的朋友到酒店的门口，然后我再去领事馆搞定你们的邀请函。我会把它们用信封装好再呈送给前台的。"

"是把你的朋友送回酒店的门口，将邀请函装在信封里交给前台。"阿丽斯轻声地说道。

"我也猜我刚刚的英文说得乱七八糟，不过就是不知道具体哪里有问题。谢谢你纠正了它，我以后不会再犯这样的错误了。"

戴德利睡了一路，直到阿丽斯和门童把他弄回自己的房间放到床上时，才醒过来。他过了很长一会儿才慢慢清醒过来。他在房里给阿丽斯打电话，没有人接，于是又打电话问前台是否知道阿丽斯在哪里，然后被告知她早已出去了。戴德利对自己刚刚的失态感觉很沮丧。他写了张小字条塞入阿丽斯房间的门缝里，为自己刚才的行为道了歉，并告诉阿丽斯他还是不吃晚饭了。

阿丽斯利用下午的时间一人去贝伊奥卢散步。酒店前台的工作人员建议她可以去看看加拉塔塔，并为她指出了步行去那里的路线。阿丽斯在伊斯利塔街的店铺里逛了逛，为她的朋友买了一些旅游纪念品。冬季的寒气快将她的身子冻僵了，阿丽斯最后不得不躲进一家小餐馆取暖，顺便在那里吃了晚饭。

傍晚时分阿丽斯回到自己的房间，她坐在写字台前开始给安托写信。

安托：

今天早晨我拜访了一位和我从事相同职业的先生，不过他远比我有才华得多。等我回到英国的时候，我一定要把他所调制的香水的独特之处讲给你听。过去我常常抱怨自己的公寓太冷，但如果你去过这位调香师的工作室的话，你就会对我说再也不要抱怨啦。在去奇哈格高地的时候，我发现了这座城市的另外一种面貌，这和我在酒店房间窗口所看到的完全不同。在远离市中心的地方，当我们远离了那些类似我们在伦敦的废墟上重建的新建筑时，我们看到的是一片毋庸置疑的贫瘠。我今天在奇哈格的窄巷里碰到几个在严冬里光着脚的孩子；而带愁容的街头小贩冒雨站在博斯普鲁斯海峡的码头上；一些妇女为了卖掉些小东西，在雾气蒙蒙的码头上向着路人不厌其烦地游说。和这一切同样奇怪的是，我在这一片忧伤的氛围中居然感到了一种强烈的柔情，一种与这些陌生的地方相联结的情感，一种类似在路过废弃旧教堂时所产生的孤独感。我沿着已经磨损的台阶登上斜坡。在奇哈格的高处，大部分建筑的外墙已经破败不堪，甚至连在路上闲逛的猫也带着一份忧郁的神情。这种忧郁打动了我。为什么这个城市能令我产生这样一种忧郁的情绪？我一走到街上就能感受到它，直到夜幕降临才会消失。算了，还是别管我给你写的东西了。这里遍布着咖啡馆和餐馆，城市相当漂亮，路上的灰尘和泥垢也不足以减损它的宏伟之处。这里的人们如此好客慷慨，我应该承认，自己很受这种已经远去的传统的感动。

今天下午，我在加拉塔塔附近散步，看到在街区中心一处铁栏杆后有一片墓地。我望着墓前的墓碑，不知道为什么会觉得自己是属于这片土地的。在这里每多待一小时，都会令我的心底涌起一种满溢的爱。

安托，请原谅我的语无伦次，这些话大概对你是没有任何意义的。

我闭上眼睛，在伊斯坦布尔的晚上听到你吹奏的小号声，我听到你的呼吸，我猜想你正在一个遥远的伦敦酒吧里吹奏着它。我很想知道关于山姆、艾迪和卡罗尔的消息，我很想念你们大家。也希望你们会有一点点地想我。

　　吻你。现在我正望着这个城市的屋顶，我确定，你一定会喜欢它们的。

　　　　　　　　　　　　　　　　　　　　　　　　　　阿丽斯

伊斯坦布尔假期

L'étrange voyage de Monsieur Daldry

Chapter 8

晚宴

男士们纷纷转身，一些人甚至中断了交谈。女士们则从头到脚地打量着阿丽斯。不论是发型、上衣、晚礼服还是鞋子，她都是时髦生动的代名词。

早晨十点的时候，阿丽斯听到有人在敲她的门。她告诉对方自己正在沐浴，但敲门声仍没有停止。阿丽斯披上一件浴袍，从浴室门的镜子里看到负责自己这一楼层清洁工作的酒店女服务员刚刚离开。她在自己的床上看到一个衣袋、一个鞋盒和一个帽盒。她惊讶地发现衣袋里装了一套晚礼服，鞋盒里是一双浅口皮鞋，而帽盒里的是一顶漂亮的毡帽以及一张戴德利亲自手写的字条：

　　今晚六点，我在大厅等你。

　　阿丽斯欣喜地抛下浴袍，她无法抵抗试穿漂亮衣裳的诱惑。

　　晚礼服完美地衬托着阿丽斯的腰线，裙子的下摆既长又宽。自战争开始之后，阿丽斯就未再见过一件衣裳可以用上这么多衣料。她旋转着，仿佛把那些物质匮乏的年代远远地抛在身后。再见了，僵直的裙子和窄小的上衣。她现在穿的这套晚礼服正好露出她的双肩，收紧的裙身衬得她的腰更纤细、上身更丰满，裙子长长的下摆更是令双腿若隐若现，充满了神秘的感觉。

她坐在床上穿上鞋子，忽然觉得自己高挑起来，这是一双高跟鞋。然后又套上短外套，整了整帽子，打开大衣橱门照镜子。阿丽斯惊讶得不敢相信自己的眼睛。

她整理好所有的东西，静静等待晚上的到来，直到她接到前台的电话。前台的工作人员告诉她，一个门童正在等着陪她去做发型。

"你一定是搞错房间号了，"她说，"我没有约任何发型师。"

"庞黛布丽小姐，我确定你二十分钟后在吉多发型店有预约。等你做完发型，店里的工作人员会给我们打电话去接你的。祝你日安，小姐。"

前台的工作人员说完就挂了电话，阿丽斯望着听筒，仿佛那是一盏随时会变出一个精怪来的阿拉丁神灯。

等阿丽斯洗了头，修完指甲，吉多就开始给她理发，他真正的名字其实是奥努尔。这位理发师曾在罗马学艺，随后再回到伊斯坦布尔开店。吉多师傅告诉阿丽斯，在快中午的时候一个男人过来找他，告诉他很详细的发型要求：梳一个正好在帽子下露出的精巧高贵的发髻。

做发型花了一小时的时间。完成之后，门童如约过来接阿丽斯回酒店。等她走进酒店大厅时，门童告诉她有人正在吧台等她。阿丽斯看到戴德利坐在那里，边喝柠檬水边读报。

"真漂亮！"他抬起头说道。

"我不知道该对你说什么，自今天早晨开始我就觉得自己好像是一个生活在童话里的公主。"

"那太巧了，今晚我们正需要一个公主。我们需要吸引一位大使，这件事可不能靠我了。"

"我不知道你是怎么做到的，但是这一切实在是太奇妙了。"

"我知道虽然看起来不像，但我的确是一个画家，对搭配自然有心得了。"

"你选的衣裳太美了，我从未穿过这么漂亮的衣裙。不过，我穿的时候很小心，明天你一定可以把它完好无损地还回去的。它一定是你租来的，对吧？"

"你知道这套时装的名字吗？'新风格'，来自一个法国时装师的新设计！我们的邻居在战争战术上一无是处，但在服装设计和饮食烹饪方面，我却不得不承认他们无与伦比的天才。"

"我希望你会喜欢我今晚穿着它的样子。"

"这点我毫不怀疑。让你去做发型真是个好主意，它衬出了你修长的脖子，真是太迷人了。"

"你是说这个发型，还是说我的脖子？"

戴德利拿起零食单递给阿丽斯。

"你应该先吃点儿东西，今晚要靠近冷餐台可是得下大力气的，你恐怕打不赢那场战斗呢。"

阿丽斯要了一杯茶和一些点心。随后她回到自己的房间，为晚上的活动做准备。

回房后，她打开衣橱的门，躺在床上，欣赏着她的新装。

一场仿佛史前大洪水的大雨敲击着伊斯坦布尔各家各户的屋顶。阿丽斯走近窗边，远处传来一阵阵的汽笛声，博斯普鲁斯海峡隐藏在暗淡的雾气后。她望着下面的街道，路上的行人匆匆地跑到电车车站下躲雨，还有一些人躲在大楼外侧的屋檐下。人行道上打着雨伞的人摩肩接踵。阿丽斯觉得她原属于她窗户下的那种生活，但此刻，在贝伊奥卢豪华酒店厚厚的围墙中，望着这样漂亮的一套晚装，她忽然觉得自己到了另一个世界，一个今晚她将暂时走近的上等社交世界，一个她还不清楚游戏规则但又已经等不及去见识的世界。

阿丽斯找了酒店的服务人员帮她穿好晚装。戴上帽子后，她走出房间。戴德利在下楼的电梯里遇到了她，她的样子比他想象的更令人倾倒。他伸出手臂挽住她。

"以往我对上流社会总是怀有一种深深的恐惧感，不过今晚我要破一次例，你真是……"

"容光焕发。"阿丽斯接口说道。

"这也是一种看待事物的方式了。有辆车正在等我们，我们的运气很好，雨已经停了。"

出租车不到两分钟就将他们带到了领事馆，领事馆入口的铁门离酒店不过五十米。

"我知道，这很可笑，但我们不能走路过去，这件事事关地位问题。"戴德利解释说。

他走到汽车的另一侧为阿丽斯开门，一位管家已经上前来扶阿丽斯下车。

他们沿着台阶慢慢向上走，阿丽斯很怕穿着高跟鞋的自己会被绊倒。戴德利将邀请函交给门口的工作人员，将大衣寄存在衣帽间，然后陪着阿丽斯走进大厅。

男士们纷纷转身，一些人甚至中断了交谈。女士们则从头到脚地打量着阿丽斯。不论是发型、上衣、晚礼服还是鞋子，她都是时髦生动的代名词。大使夫人也注意到了她，对她友好地微笑了。戴德利向大使夫人走了过去。

他弯腰向大使夫人行了吻手礼，然后根据社交礼节将阿丽斯介绍给她。

大使夫人询问他们为什么远离英国来到伊斯坦布尔。

"为香水而来，我的夫人。"戴德利回答说，"阿丽斯是英国最有天赋的调香师之一。她的一些作品已经在肯辛顿最好的香水商店里上架了。"

"我真有荣幸！"大使夫人回答，"回伦敦后，我一定会亲自去看看的。"

戴德利马上向她保证他们会赠送几瓶给她的。

"你真是太前卫了，我亲爱的小姐，"大使夫人惊呼道，"一位发起香水革命的小姐，你可真有勇气，商场可是男人们的战场啊。如果你在土耳其的时间足够的话，你一定要去安卡拉一次。……我在这里闷得要死，"她轻轻说道，为自己向阿丽斯吐露的秘密感到脸红，"我很愿意把你介绍给我的丈夫认识；只可惜，他现在正忙着和人聊天，我怕他今天整晚都没有空了。真是抱歉，不过很高兴能够认识你。"

大使夫人向他们告辞，然后转身去迎接其他人。不过她和阿丽斯之间的谈话却没有逃过其他人的耳朵。所有人的目光都投在她身上，阿丽斯忽然觉得有些窘迫。

"我真是不能再傻了，居然浪费了这样好的一个机会！"戴德利自责地说。

阿丽斯的视线始终没有离开站在宾客间聊天的大使夫人。她放开戴德利的胳膊，穿过大厅，尽力保持着高跟鞋的平衡。

她走向围着大使夫人的宾客们。

"很抱歉，夫人，这样冒昧地和你开门见山，但是我需要和你单独谈谈，用不了很久的。"

戴德利目瞪口呆地看着这一幕。

"她真是厉害，不是吗？"坎轻声说道。

戴德利吓了一跳。

"你吓了我一大跳，我都不知道你是什么时候来的。"

"我知道，我就是故意吓你的。怎么样，我这个向导的安排还周到吧？今晚的晚会可真盛大，不是吗？"

"这类晚会总是让我感到无聊透顶。"

"这是因为你对别人都没有兴趣的缘故。"坎回答说。

"你知道的，我是找你来当旅游向导，而不是当精神导师的。"

"我以为在生活中多点儿智慧总不是件坏事。"

"我真是受不了你，坎，我答应了阿丽斯今晚滴酒不沾，但这让我的心情很不好，所以你最好不要招惹我。"

"这话我也想对你说，如果你真的想信守承诺的话。"

坎和来的时候一样，悄悄地离开了。

戴德利走近冷餐桌，现在他离阿丽斯很近了，这点儿距离足够让他听清她和大使夫人之间的谈话。

"真遗憾战争带走了你的父母，我很理解你想重新追寻他们过去的足迹的心情。我明天就通知领馆的相关部门，问问他们是否可以帮助你。你觉得你父母具体是在哪一年来到伊斯坦布尔的呢？"

"我不知道，夫人，不过一定是在我出生之前，因为我父母不知该将我托付给谁，也许除了我的姑姑，但她从未和我说过这事。我父母是在我出生前两年认识的，我想他们可能在1909年到1910年之间来这里做了一次蜜月旅行。因为，此后我妈妈就怀了我，她的身体就不允许她再进行这样的旅行了。"

"查询工作应该不复杂，只要奥斯曼土耳其帝国的覆灭和两次世界大战没有损毁相关档案就好了。就像我那已经过世的母亲常常说的那样，'事在人为'，所以别不好意思，尽快和我们的工作人员联系，我回头会把你介绍给我们的领事的。不过作为回报，我要你告诉我你的裁缝是谁。"

"看晚礼服的领标，应该是一位名叫克里斯汀·迪奥的先生，夫人。"

大使夫人保证自己会记住这个名字的。随后她拉起阿丽斯的手，将她介绍给领事认识。她告诉领事这是她的一位新朋友，所以麻烦他将她的请求放在心上。领事向她保证第二天晚些的时候会抽空接见阿丽斯的。

"好了，"大使夫人说道，"现在你的事情已经有着落了，我可以先告辞一下吗？"

阿丽斯急忙向她行了个礼，然后就退下了。

"怎么样？"戴德利走近阿丽斯身边问道。

"我们明天在下午茶的时候和领事先生有个约见。"

"真让人沮丧，每次我失败的时候你总是能够成功。好吧，不过重要的还是结果。我想今晚你一定很开心吧？"

"是的，我总是不知道应该如何感谢你为我所做的这一切。"

"你也许可以考虑暂时放松一下对我的限制，允许我去喝一小杯？一杯就可以了，我向你保证。"

"就一杯，绝不反悔？"

"以绅士的名义保证。"戴德利说着就向吧台冲去。

他回来的时候一手端着一杯给阿丽斯的香槟，一手端着一杯斟得满满的威士忌酒。

"你管这叫一杯？"阿丽斯问道。

"难道除此之外，你还看到了第二杯吗？"戴德利的回答里明显带着口是心非的意思。

乐队开始演奏华尔兹，阿丽斯的眼睛发亮了。她将杯子放在托盘上，望着戴德利。

"可以和我跳一支舞吗？看在我今晚穿的晚礼服的分上，你应该没有理由拒绝我吧。"

"可是……"戴德利望着自己的杯子结结巴巴地说道。

"威士忌还是茜茜公主？你必须二选一。"

戴德利不无遗憾地放下杯子，握住阿丽斯的手，带着她走进舞池。

"你跳得很好。"她说。

"是我母亲教我跳华尔兹的，她爱极了这种舞步；我父亲则对音乐天生有一种恐惧，就更不用说跳舞了……"

"好吧，你的母亲真是一位棒极了的老师。"

"这可是我第一次从你口中听到赞美的话。"

"如果你还想听第二次的话，我可以说你的燕尾服很衬你。"

"很奇怪，我第二次穿燕尾服是在一次伦敦的晚会上，当然也很无趣了，我在那里遇到一位多年未见的女性朋友。她一看到我就说我穿燕尾服的样子真是太帅了，她简直都快认不出我来了。于是我推论，我平时穿衣的风格大概一点儿都不能凸显我的优点。"

"你已经有过一个人了吗，戴德利？我是说一个很重要的人。"

"当然了，但是我现在已经不想再提了。"

"为什么？我们现在是好朋友，你可以和我说啊。"

"我们做朋友的时间还太短，现在把这类秘密告诉你为时太早。更何况吐露秘密这种活儿也不是我的强项。"

"那么一定是她先离开你的！你心里一定很不好受了？"

"我不知道，也许吧，我想。"

"你现在还挂念她吗？"

"有时候会。"

"那为什么你不再去找她复合呢？"

"因为我们以前就从未正式在一起过，这是一个很长的故事，我觉得我以前和你说过自己已经不想再提起它了。"

"我从未听你这么说过。"阿丽斯说着加快了舞步。

"因为你从来不肯听我说话；如果我们继续按着这个节奏跳舞的话，我肯定会踩到你的脚的。"

"我从未在这样恢宏的大厅里，穿着这么漂亮的衣裙跳过舞，更不用说还有这么庞大的一支乐队了。所以我请求你，尽可能快地旋转你的舞步吧。"

戴德利微笑了，他带着阿丽斯翩翩起舞。

"你真是一个古怪的女人，阿丽斯。"

"而你，戴德利，你也是一个古怪的男人。你知道吗？昨天当你醉得不省人事的时候，我一个人去外面散步。我偶然发现了一个肯定会令你疯狂的小十字路口。过马路的时候，我马上就开始想象你会把它画下来。那里有一辆由两匹骏马拉着的马车、许多来来往往的电车、十多辆出租车、一辆旧的美式轿车，估计是战前的型号。行人们无处不在，甚至还能看到一辆手推车，要是你在那里，一定会高兴坏了的。"

"你穿过十字路口的时候想到了我？这个十字路口带给你的联想，真是太有趣了。"

华尔兹的乐曲终于停下来，宾客们纷纷为乐师和舞池中的人们鼓掌。戴德利转身向吧台走去。

"别这样看着我，再喝一杯应该没事，我刚刚只是用嘴唇碰了碰酒杯。好吧，我投降，承诺就是承诺。你说不行就是不行吧。"

"我有一个主意。"阿丽斯说道。

"恐怕是个最糟糕的主意。"

"如果我们现在就离开怎么样？"

"这我倒是不反对，不过我们去哪里呢？"

"出去走走，我们去城里散散步。"

"穿着这身衣服出去？"

"正是。"

"你比我想象的更疯狂，不过既然你喜欢的话，那为什么不呢？"

戴德利去衣帽间取过他们两人的大衣，阿丽斯在台阶的高处等着他。

"你愿意我带你去看看那个有趣的十字路口吗？"阿丽斯提议道。

"晚上去，我想我们看到的景象一定与白天不同；所以我更愿意把这乐趣留到白天。我们还是去坐缆车吧，从那里下到博斯普鲁斯海峡的卡拉科伊一侧。"

"原来你对伊斯坦布尔这么了解，我之前都不知道呢。"

"我也是，不过鉴于前两天我一直待在房间里，我就有时间翻遍了那本放在我桌上的旅游导览手册，两天下来对里面的内容自然是烂熟于心了。"

他们从贝伊奥卢的街道向下走，一直走到连接卡拉科伊和贝伊奥卢的缆车车站。到了隧道广场后，阿丽斯叹了口气，在一个石凳上坐了下来。

"让我们忘了那个要去博斯普鲁斯海峡散步的建议吧，我们一会儿去路上看到的第一家咖啡馆里喝点儿东西。我宣布给你的惩罚已经结束，你可以随心所欲地喝。啊，我看到了一家，虽然从我的角度看还是有点儿远，但这可能是离这里最近的咖啡馆了。"

"你在说些什么啊？缆车离这里不过五十米，而且它还是这世上最古老的缆车之一，乘坐它该是多有趣的事！等一下，你刚刚说什么来着，你是说你取消了对我的惩罚？为什么忽然这么慷慨了？你的鞋子令你做出了牺牲，是吗？"

"穿着高跟鞋沿着石板上坡路走，这简直可以与满清十大酷刑相媲美了。"

"那就扶住我的肩吧。一会儿我们乘出租车回去。"

这家小咖啡馆里的气氛与刚刚领事馆酒会盛大的场面截然不同。在这里，人们玩着牌，又笑又唱。大家不断地干杯，为友谊，为亲友的健康，为过去的一天，为生意更加兴隆的明天，为冬季，尤其是这个如此温和的冬季，为几个世纪以来赋予这个城市活力的博斯普鲁斯海峡。但人们也发牢骚，因为码头长年不散的雾气，因为不断上涨的生活成本，因为总是入侵村镇的流浪狗，因为市政府任凭古建筑被烧毁或是被不知羞耻的开发商拆除；随后他们又再次干杯，为博爱，为游客云集的大集市。

坐在桌边的男人们看到有两个着晚装的陌生人进来，纷纷放下了手中的牌。戴德利无视这些惊讶的目光，径直选了一张视野很好的桌子，要了两杯茴香酒。

"所有人都在看着我们。"阿丽斯轻轻地说道。

"应该是所有人都在看你，我亲爱的，你就当什么都没有看到吧，来，喝吧。"

"你觉得我父母可能也走过这些街道吗？"

"谁知道呢？当然很有可能，不过我们明天就能知道答案了。"

"我喜欢想象他们两人一同参观了这个城市，我喜欢想象自己正踏着他们过去的足迹。也许他们也曾为从贝伊奥卢高地上看到的城市胜景而心动，也许他们也曾从围绕着佩拉葡萄园的街道上走过，也许他们也曾手拉着手沿着博斯普鲁斯海峡散过步……我知道，这很傻，但我真的好想他们。"

"这一点儿都不傻。我告诉你一个秘密吧：我现在也很怀念过去那些指责我父亲把我的生活搞得一团糟的日子。有个问题我一直不敢问你，不过他们是如何……"

"如何去世的是吗？那是一个周五的晚上，是1941年9月，具体说是那个月5日。就像其他周五一样，我回家去和他们一同吃晚饭。那时候我住在他们公寓楼上的一个单间里。我在客厅和我父亲聊天，我母亲在她的房间里休息，她得了重感冒，不是很舒服。这时候警报忽然响了。爸爸让我马上去防空洞，他去帮助妈妈换衣服，他向我保证他们很快就会过来和我会合的。我想留下来帮他，但他求我尽快离开，他说我应该先去防空洞里占个位置，这样如果警报时间很长的话，妈妈也不至于在防空洞里找不到一个舒服一点儿的地方。我听从了他的话。当我穿过马路的时候，第一颗炸弹落了下来。它离我的距离很近，气流马上就把我掀倒在地上。当我重新清醒过来，再往回赶的时候，我们的房子已经陷入了一片火海。吃完晚饭之后我曾想去妈妈的房间拥吻她，但那时我又怕那么做会惊醒她，于是最后还是没有去。谁知道我从此再也没能见到她，也没能和他们道一声再见。我甚至不能帮他们入土为安。当消防员赶来扑灭大火的时候，我几乎找遍了整个废墟。什么都没有剩下，即使是我们曾经在这里生活过的最微小的痕迹，即使是我童年时代的任何印记。我之后就和住在怀特岛的姑姑生活在了一起，我一直待在那里直到战争结束。我需要一些时间疗愈才能重返伦敦，大概是两年吧。那时我在岛上过着隐修士一般的生活，我知道岛上的每一个马戏团、海滩、山丘。然后我姑姑终于腻了每天安慰我的日子，她强迫我出去找一些朋友。我在这个世界上也只有他们了。然后，我们赢得了战争，建起一栋新的大楼，原先悲剧的痕迹——被抹去，就像我父母和其他很多人的存在也都被抹去了一样。现在住在那里的人们一定都不知道这些，大概生活有重新开始享受它自己的权利吧。"

"我真的感到很遗憾。"戴德利轻轻地说道。

"那你呢，你在战争期间干了些什么呢？"

"我在一个军队的后勤部门服务。因为该死的肺病的缘故，我没法上前线。我那时相当生气，一直觉得是我父亲动用了他的关系，好把我留在他身边。我想尽了一切办法希望可以入伍，最终在1944年年中的时候加入了军队的信息部。"

"这么说，你最终还是参加了战争。"阿丽斯说。

"只是整天坐在办公室里，没什么光荣的。不过，我想我们还是换个话题吧，我不想浪费今晚；都是我的错，我不应该这么冒昧的。"

"是我先向你问了冒昧的问题。好吧，现在谈点儿更高兴的事情。她叫什么名字呢？"

"哪个她？"

"那个离开了你，又令你很痛苦的人。"

"你对高兴的定义可真特别！"

"为什么弄得这么神秘的样子呢？她比你小很多吗？来吧，告诉我，她的发色是金色、棕色，还是红棕色的呢？"

"是绿色的，她全身上下都是绿色的。她有一双突出的眼睛，还有一双长着毛的大脚。就是因为这样，我才一直都无法对她忘怀。好了，如果你还要再向我问关于她的问题的话，我就要再喝一杯茴香酒了。"

"是再要两杯，我们干杯吧！"

咖啡馆打烊的时候，时间已经很晚了。隧道广场附近的街道上没有一辆出租车的影子。

"让我想想，总会有办法的。"戴德利说道，这时咖啡馆的玻璃窗在他们身后暗了下去。

"我可以倒立着用双手走回去，不过这样可能会弄坏这件晚礼服。"阿丽斯边说边试着做了个侧手翻。

戴德利眼疾手快地拉住了她，免得她跌倒。

"可你喝得醉醺醺的，说真的。"

"别那么夸张，我只是微醉。醉醺醺可是很严重的话。"

"你听到你自己的声音了吗？这完全不是你自己的嗓音，就好像是一个卖蔬菜水果的小贩一样。"

"好吧，卖四时菜蔬也是一个很美好的职业呢！两根黄瓜、一个西红柿，再来一个春天，哦！我亲爱的先生，我帮你把这些都称好，然后收你比市场里再贵十分之一的价格，这正好够我的车马费。先生你可真是一个精明人，再过一会儿我可就要收摊了。"阿丽斯压低声音装出口音说了这些话，听起来好像她就是一个说土话的伦敦佬。

"越来越厉害，她快要醉死了！"

"她一点儿都没醉，你没有理由教训我的。嗯？你去哪儿了？"

"就在你身边……不，是另外一边！"

阿丽斯向左转了半圈。

"啊，他又出现了。我们一会儿沿着河边走走吧？"她说着靠在一根路灯柱上。

"我很怀疑这件事的可行性，博斯普鲁斯海峡是一道海峡，而不是一条河啊。"

"好吧，我的脚也有点儿疼。现在几点了？"

"现在应该已经过了午夜了，不过今晚是个例外，这次马车没有变成南瓜，倒是公主变得迷迷糊糊了。"

"我一点儿都不想回去，我想回领事馆去跳舞……你刚刚说南瓜做什么？"

"没什么！好了，看来需要下点儿猛药了。"

"你在做什么？"阿丽斯尖叫起来，因为戴德利一把把她扛在了肩上。

"我送你回酒店。"

"你要把我装在信封里交到前台去吗？"

"如果你想的话，我一定可以满足。"戴德利翻着白眼回答道。

"可我不希望你把我留在前台，嗯，你能够答应我吗？"

"当然，好了，从现在起直到我们到达酒店，我们都不说话。"

"你的燕尾服上有一根金色的头发，我在想它是从哪里来的。还有我觉得我的帽子应该是掉了。"阿丽斯咕咕哝哝地说着，然后慢慢地睡着了。

戴德利转过身，看到那顶帽子沿着人行道一路滚下去，最后掉在了一道水沟里。

"恐怕我们还是得买一顶新帽子了。"他含糊地说道。

戴德利爬上斜坡，阿丽斯的气息挠得他的耳朵怪痒痒的，然而对此，他却什么办法也没有。

佩拉酒店的前台工作人员看到他们吓了一大跳。

"这位小姐太累了，"戴德利彬彬有礼地说道，"不知我可不可以也拿一下她的钥匙……"

工作人员建议帮戴德利送阿丽斯上楼，但是他拒绝了。

戴德利把阿丽斯放在床上，替她脱去鞋子，盖上毯子，然后再拉好窗帘。望着沉睡中的阿丽斯，戴德利过了一会儿才关了灯走出去。

他同他的父亲一起散步，和他谈自己的计划。他打算开始着手画一幅大型画作，描绘辽阔的啤酒花田。他父亲觉得这个主意棒极了。不过还得让人把拖拉机也开来，让它也能出现在画布上。他刚刚买了一辆全新的拖拉机，一辆美国制造的刚刚用轮船运抵的弗格森牌拖拉机。戴德利有些迷糊了，他开始想象被风吹倒的麦穗，一大片占据了画布一半空间的黄色，与背景里的天蓝色正好构成强烈的对比。他的父亲似乎是为自己的新拖拉机也可以被画进去而感到高兴……他应该好好考虑一下，也许他可以用一点儿红色在画布的下方来表示这辆拖拉机，然后再在上面加一个黑色的小点来表示它的主人。

天空下的啤酒花田和拖拉机，这真是一个不错的主意。他父亲向着他微笑，挥手，他的脸渐渐隐藏进一大片云中。钟声响起，一种奇怪的钟声，坚持不懈地响着，响着……

电话铃声将戴德利从英国乡村的梦境中拉回了现实，阳光正照着伊斯坦布尔酒店的房间。

"该死的！"他边从床上坐起边叹气道。

他转向床头柜，摘下听筒。

"我是戴德利。"

"你还在睡觉吗？"

"现在没睡了……如果不继续做噩梦的话。"

"是我把你吵醒了吗？我很抱歉。"阿丽斯向他道歉。

"一点儿都不，我刚刚正要去画一幅杰作，有了它我就是20世纪下半叶最伟大的风景画家之一了。不过我还是愿意尽早醒过来。现在是伊斯坦布尔时间的几点？"

"差不多快中午了。我也是刚刚起床，我们昨晚回来得很晚吗？"

"你确定要我提醒你昨夜里你的行为吗？"

"我一点儿都不记得了。对了，你觉得我们在去拜访领事先生之前，先去码头附近吃午饭如何？"

"多呼吸点儿新鲜空气总是没有坏处的。外面的天气如何？我还没有拉开过我的窗帘呢。"

"整个城市都沐浴在阳光中，"阿丽斯回答道，"快点儿起来吧，我们在大厅里见。"

"我在吧台边等你，我需要喝杯咖啡。"

"谁说你会先到的？"

"你不是在开玩笑吧？"

✘

　　戴德利从楼梯上下来时正好看到了坎，后者正坐在大厅里的一把椅子上，目不转睛地望着他。

　　"你在这里已经很久了吗？"

　　"我早上八点到这里的，你自己可以算算，我的先生。"

　　"真抱歉，我不记得我们有约会了。"

　　"我习惯了每天早上出来开工，我的先生还记得曾找我来帮忙的事吗？"

　　"说吧，你是不是打算一直这样叫我来着？这称呼太可笑了，我不喜欢它。"

　　"只有当我生你气的时候。我帮你约了另一位调香师，不过现在已经过中午了……"

　　"我先去喝杯咖啡，我们回头再谈吧。"戴德利说完就扔下坎走了。

　　"你对你的下半天有特别的安排吗，先生？"坎在他背后喊道。

　　"你就不能先安静一会儿吗？！"

　　戴德利在吧台边坐下，但避不开百步之外坐在大厅里的坎的目光。最后他终于忍不住离开了自己的凳子，向坎走去。

　　"我并不想把你的心情搞坏。请原谅我，我只是想告诉你，今天你可以放个假。不论如何，一会儿我会和阿丽斯小姐去吃午饭，然后再去拜访领事先生。我们明天约在这里见面吧，找个大家都方便的时间，上午晚些时候，我们一同去见你的调香师。"

和坎说完这些，戴德利重新回到了吧台那里。

阿丽斯过了一刻多钟才过来找他。

"我就知道，"在她开口之前戴德利说，"我会是第一个到的，不过这倒不是因为我动作快，而是你一点儿赢的机会都没有。"

"我在找我的帽子，因为它我才迟到的。"

"那你找到它了？"戴德利问道，眼里尽是狡黠的意思。

"当然了！它就在我的衣橱里，就放在架子上。"

"好吧，很高兴你重新找到了它！对了，这顿水边的午餐，你准备好走了吗？"

"我想改变一下计划。我刚刚过来找你的时候，看到坎坐在大厅里。他替我们安排了今天参观大集市，他真是太有心了。我快活得快疯了，那个地方我早就梦想过要去。快点儿吧，"她说，"我在外面等你。"

"我也是，"望着阿丽斯远去的身影，戴德利说着咬紧了牙关，"要是运气好的话，我真想找个僻静的地方把这个向导给掐死。"

他们从电车上下来，向着贝雅兹清真寺的北边走去。他们走到一个广场的尽头，然后走进一条逼仄的小巷，路旁尽是旧书摊。一小时过去了，他们仍在集市里淘旧货，不过戴德利什么都没有说。阿丽斯则兴高采烈、饶有兴致地听着坎讲各种逸闻趣事。

"这是世界上最大最古老的露天市场，"他们的向导自豪地说，"集市（bazaar）这个词来自阿拉伯语。过去我们管它叫贝德斯坦（Bedesten），因为贝德斯（bedes）是阿拉伯语中羊毛的意思，而这里正是买卖羊毛的地方。"

"而我就是那只跟着牧羊人走的绵羊。"戴德利咕哝道。

"你刚刚说什么，我的先生？"坎回头问道。

"什么都没有，我正虔诚地听你说话呢，我亲爱的。"

"原先的贝德斯坦位于集市的中心部分，现在我们在那里可以找到一些卖旧兵器、旧青铜器和上好瓷器的铺子。过去它主要是木结构的，但在18世纪初的时候，一场大火将它彻底烧毁。这几乎就是一个有大拱顶的露天城市，你抬头就可以看到它们了。你在这里可以找到任何的东西，首饰、皮毛、地毯、艺术品，当然还有各种复制品，其中不乏相当精美的一些物件，需要专业的眼光将它们挑选出来……"

"从这一大堆乱七八糟的东西里。"戴德利接着挖苦道。

"你究竟是怎么了？"阿丽斯抗议道，"他告诉我们的东西太有趣了，可你看上去却心情很不好的样子。"

"我才没有呢，"戴德利反驳说，"我只是饿了，仅此而已。"

"要想细细地探访这些街道，非得要整整两天不可。"坎接着说，仿佛没有听到戴德利刚刚的话，"为了便于你一会儿在集市里逛几小时，请记住整个集市可以按照维持着原来风貌的街区进行划分，就像你看到的一样，每个街区主要负责一种类别的商品。我们甚至可以在这里找个地方吃午饭，因为只有在这里我们才可能会找到令我们的先生满意的菜肴。"

"他称呼你的方式可真奇怪。注意到了吗，他说'我们的先生'，虽然这个称呼倒是很衬你，但还是挺古怪的，你不觉得吗？"阿丽斯在戴德利耳边悄悄地说。

"是啊，当然是了。不过既然你们俩都觉得它挺好玩的，那我也就不来破坏两位的兴致了，我是不会对你们说这个称呼里带着的讽刺含义令我很不好受的。"

"你们之间发生了什么事情吗？你们的样子看起来就好像要打架的小猫和小狗。"

"才不是呢！"戴德利的神色好像一个站在教室角落受罚的孩子。

"你的性格真是糟透了！坎是一位很尽职的向导。如果你真是饿成那样的话，那我们就去吃饭吧。我可以放弃这次逛集市的机会，如果这样就能令你重新找回笑容的话。"

听到这些话，戴德利只是耸了耸肩，加快脚步，这下坎和阿丽斯就远远地落在后面了。

阿丽斯在一家卖乐器的店铺门前停下脚步，一个铜制的小号吸引了她的目光。她请求店主允许她把它拿在手里看看。

"阿姆斯特朗也有个一模一样的，"店主满心快活地说道，"这件非常独特，我不懂应该怎么吹奏它，但我有个朋友试过，他很想买下它。总之买到赚到。"

坎检查了一下小号，低头对阿丽斯说："这是赝品。如果你想买一个好的小号的话，我知道有一个地方可以去。放下这个，跟我来吧。"

阿丽斯接受了坎的建议，跟着他走了，戴德利看到时翻了个白眼。

坎陪着阿丽斯走进临街另一家卖乐器的铺子。他请店主将他最好的小号都拿出来给他的朋友看，但不要最贵的。然而阿丽斯却一眼看中了玻璃橱窗后的一个小号。

"这真是塞尔玛公司①制作的小号吗？"她指着它问道。

"货真价实，如果不信的话，你可以自己试试。"

阿丽斯敲了敲小号的角。

"一先令才四个音栓，这个价格真是贵得离谱！"

"小姐，在集市里可不是这样讲价的，"店主善意地笑着说，"我这里还有文森特·巴赫公司和史特拉第瓦里公司制作的小号，它们在土耳其也都是只此一家，别无分店的。"

但是阿丽斯的眼里只有塞尔玛小号。她想起了安托，想起了他曾在寒冬里久久地站在巴特西那家店铺的外面望着橱窗里陈列着的小号，就好像一个车迷在捷豹双门跑车或意大利香车前一样目眩神迷。安托给她讲过关于小号的所有知识，例如音栓和音键之间的区别，镀漆和镀银的区别，合金材料对音色的影响。

"我可以以一个很合理的价格把它卖给你。"店主说道。

坎用土耳其语和他说了几句话。

"我可以以一个很好的价格，"这个男人改口说道，"坎的朋友也就是我的朋友。我甚至还可以为你免费提供装小号的盒子。"

---

① 塞尔玛（Selmer），法国的一家乐器制造公司，创立于 1885 年，主要制造西洋管乐器，是世界著名的乐器生产厂家之一。

阿丽斯付了钱，提起她买下的东西扬长而去，扔下戴德利一人若有所思地站在那里。他从未像现在这样严肃过。

"我倒不知道你原来是一个小号方面的专家，"他边跟上她的脚步边说，"你看起来很懂行的样子。"

"那是因为你一点儿都不了解我。"阿丽斯语带嘲讽地回答道，说完加快了脚步。

"至少我从来没有听你吹过小号，天知道我们房间之间的墙可一点儿都不厚。"

"那你呢，你从来都没有弹过钢琴，不是吗？"

"我早就和你说过了，那是楼下的一位邻居弹的。但那又怎么样呢？你不会是要告诉我，为了不打扰到你的邻居，你要去铁道桥下吹奏你新买的乐器吧？"

"我以为你是饿了，戴德利。我这么问你，是因为在我们面前就有一家小饭馆，我说它是小饭馆，是按你惯常的叫法来叫的，尽管它看上去并不坏。"

坎第一个走进餐馆。他无视其他顾客虎视眈眈的眼神，眼疾手快地为他们先占了一张桌子。

"你是集市的股东，还是你父亲是它的创建者？"戴德利坐下后就问道。

"他们只是向导而已，我的先生！"

"我知道，是伊斯坦布尔最好的……"

"你终于肯心甘情愿地承认这一点了，我很高兴。我去帮两位点餐吧，时间过得很快，你们一会儿在领事馆还有约会。"坎说完就向柜台走去。

伊斯坦布尔假期

L'étrange voyage de Monsieur Daldry

Chapter 9

领事先生的线索

他们曾向大使馆申请侨民保护，这样如果遇到麻烦的话，可以随时进入大使馆避难。

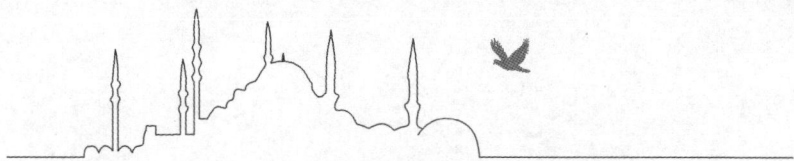

领事馆现在又重新恢复了它平日的面貌；装饰的花束已经撤去，水晶烛台已被收起，通往晚会大厅的门也已经关上。

一位身着华丽制服的卫兵检查了阿丽斯和戴德利的身份证件，然后领着他们登上这栋新古典主义风格大楼的二楼。他们穿过一条长长的走廊，等待秘书过来接待。

然后他们走进领事的办公室；一个男人正神色严肃地等着他们，不过他的声音里充满了善意。

"庞黛布丽小姐，你应该是阁下的朋友吧。"

阿丽斯转过身去看戴德利。

"不是我，"戴德利在她耳边悄悄说道，"他的意思是指大使本人。"

"是啊。"阿丽斯结结巴巴地回答领事。

"既然大使夫人要求我尽快接见一下两位，那我想你们和她的关系应该很密切。不知道有什么可以为两位效劳的呢？"

阿丽斯把她的想法一五一十地告诉了领事，后者一边听一边在手边的一份文件上画着。

"假如，小姐，你父母曾申请过签证的话，那么在当时奥斯曼政府的档案里一定有记录，不过却不是在我们这里。尽管自土耳其变成共和国之后，我们的领事馆也改成了使馆，但我还是看不到任何理由说明他们的文件会交到这里来处理。只有土耳其的外交部才存有你可能会感兴趣的档案。而且我也怀疑，即使这些废弃的文件历经了一次革命和两次大战仍然保存完好，土耳其政府会愿意进行这样工程浩大的查找工作。"

"除非领事馆方面可以向当地政府提出请求，"戴德利说道，"坚持要求他们帮助英国大使夫人的一位密友完成心愿。你可能会惊讶地发现，为了取悦具有经济合作关系的友邦，当局甚至可以移开大山。我知道我在说什么，我自己就有一位叔叔在我们的外交部任职，不夸张地说，贵处也从属于他的部门。他是一个很有趣的人，自从我父亲突然去世后，就对我怀有一种无法估量的深切情感。对这位叔叔，我是会毫无保留地向他说明贵处所给予我们的宝贵帮助的，尤其是你在这件事中所体现出的办事效率。我不知道应该怎么说，"戴德利沉思着说道，"总之，我想说的就是……"

"我想我明白你的意思，戴德利先生。我会和相关部门联系的，也会尽力让他们帮助你。但是，请不要盲目乐观，我怀疑如果只是一份简单的签证申请文件，那它可能不会被一直保留到现在。据你所说，庞黛布丽小姐，令尊令堂可能是在1909年至1910年之间来伊斯坦布尔的？"

"正是。"阿丽斯回答道。戴德利刚刚大胆的言行令她心慌脸红了。

"那就好好享受这次来土耳其的旅行吧，这个城市极为壮美；如果我这里有任何结果，我都会尽快通知两位下榻的酒店的。"领事一边将他的客人们送到门外一边继续说道。

阿丽斯向他表示了感谢。

"我想你的叔叔，是你父亲的弟弟吧，那他应该也姓戴德利？"领事在和戴德利握手时忽然问道。

"不，"戴德利厚着脸皮回答说，"请不要忘记，作为一个艺术家，我选了我母亲的姓作为自己的姓氏，因为我觉得它更有特色。我叔叔姓芬奇，就和我过世的父亲一样。"

从领事馆出来之后，阿丽斯和戴德利回到酒店去喝刚刚领事并未招待他们喝的下午茶。

"戴德利真的是你母亲的姓吗？"阿丽斯坐在吧台边问道。

"不是，我家里也没有人姓芬奇，不过反过来说，在国家部委或是行政部门里，我们总是能找到一个姓芬奇的人。这是一个可怕的大姓。"

"你倒真是什么都不怕！"

"你应该为我鼓掌，因为到现在为止我们的事情都进展得十分顺利，你不觉得吗？"

❦

从巴尔干半岛吹来的风带来了一场雪，这个冬季的温和天气终于结束了。

当阿丽斯睁开眼睛时，人行道和挂在她房间窗边的织花窗帘已经是一个颜色了。而此时伊斯坦布尔的房顶看上去和伦敦的房顶也没有区别。海上的风雪阻碍了轮船出海，博斯普鲁斯海峡陷入一片迷蒙之中。阿丽斯在酒店的小餐厅吃过早餐，就重新坐到书桌旁。她已经习惯了每晚在那里写一封信。

安托：

一月的最后几天，冬季终于降临了，今年的假期也随之开始。昨天我见了这里的英国领事，他告诉我要想知道我父母是否曾来过这里，其实希望很渺茫。我可以坦白地告诉你，即使是我自己，也常常质疑这次寻访的意义。我时常会问自己，究竟是因为一位算命师的预言，是因为我想发现一种新的香水，还是因为你，我才决定离开伦敦的。我今早会在伊斯坦布尔给你写信，这自然是因为我想你了。但是我为什么还要向你隐瞒自己对你的特殊情感呢？也许是因为我怕它会影响到我们之间的友谊。自从我父母去世之后，你就是世上唯一那个还能将我与过去那段日子联系起来的人了。我永远不会忘记，当我躲在怀特岛时每周二定时收到的那些来自你的信。

我好想你可以继续给我写信，好想知道你最近的消息，知道你过得怎么样。现在的我在大部分时间都很快活，戴德利是一个可怕的孩子，但却是一个真正的绅士。而且这里的城市相当美丽，生活中充满了活力，居民生性慷慨好客。我在大集市上买到一件你一定会喜欢的东西，但我暂时不能告诉你，因为我发誓这次一定要守住这个秘密。等我回到伦敦之后，我们可以沿着泰晤士河散步，你可以吹给我听……

阿丽斯停下笔，咬着钢笔的笔帽，在最后几个字上狠狠地画了几道，直到完全看不出它们是什么才罢手。

　　……我们可以沿着泰晤士河的河岸散步，你可以把我不在伦敦那段时间发生的事情都告诉我。

　　不过，我这次来可不是单纯来玩的，我在工作上也有进展，或者可以说我现在有新的计划了。只要天气允许，我就会去香料市场一次。我昨夜决定要开始研究新的香氛，专供室内熏香的那种。不要嘲笑我，这个主意并不是我的原创，我会想到它还多亏了我上一封信里和你说过的那位调香师。昨晚睡觉的时候，我又想到了我的父母，每一个关于他们的回忆都和一种气味联系在一起。我到现在为止应该还没有和你说过我父亲的须后水或是我妈妈的香水的味道，但我和你提过其他种种气味。闭上眼睛，回忆一下这些童年的味道吧，你书包散发出的皮革的味道、粉笔的气味、你妈妈在厨房为你准备的巧克力牛奶的香味，甚至是老师命你去罚站的黑板的味道。在我家，只要妈妈一开始做饭，家里就有一股桂皮的味道，因为差不多每一道甜点她都会加点儿肉桂。它令我回想起那些冬天我父亲在树林里捡回的小树枝，以及它们被塞进壁炉里去烧之后的味道；令我回想起那些春日父亲送给母亲的熏染了整个客厅的野玫瑰的香味。妈妈总是和我说："可你怎么能够闻到这么多味道呢？"她始终不明白我是用这些特殊的气味来标志生活中的每一刻的，不明白它们就是我的语言、是我理解围绕着我的那个世界的方式。我紧紧追寻逝去的每一分钟的气味，就像有些人会因为看到天空颜色的改变而激动一样。我可以区分出数十种味道：雨水沿着叶片流下，沾湿树下的苔藓时留下的气味；仓库里干草和稻草的气味，夏天的时候我们常躲在里面；甚至是你曾把我推进去的肥料堆的气味……以及那朵你送我的丁香花，为了纪念我十六岁生日而送给我的丁香花。

我可以向你一一列举出那些我能想到的气味，让我们一同回忆起从前的点点滴滴。你知道吗，安托，你的双手有一种辛辣的味道，一种混合了铜管乐器、香皂和烟草的气味？

好好保重吧，安托，我希望你也有些想我。

我下周再给你写信。

吻你。

阿丽斯

风雪来临的第二天，雨不住地下着，消融了雪的痕迹。接下去的几天，坎带着阿丽斯与戴德利游览了城市里各种不同的建筑景观。他们参观了托普卡珀皇宫、苏莱曼尼耶清真寺、索李曼和罗克斯莱娜的坟墓，花了几小时在加拉塔塔附近最热闹的街道上散步，还逛遍了埃及集市的每个角落。在香料市场上，阿丽斯在每个摊位前驻足，闻闻各种粉末、干花精华以及小瓶装的香水。而戴德利也很兴奋，因为这是他平生第一次看到鲁斯坦帕夏清真寺无与伦比的伊兹尼克彩陶器，还有圣救世主大教堂的壁画。当他们途经尚未完全被火灾摧毁的老街区街道时，阿丽斯在一处木房子前，忽然觉得不太舒服，只想要远离这个地方。于是她让戴德利自己去参观她之前一个人已经去过的杰诺瓦士塔。不过，这一天中最美妙的时刻，还是莫过于坎带着她穿过摆满鲜花的走道，去逛可以花上一整天工夫的室内市场的时候。中午，他们在附近找了一家随处可见的露天小咖啡馆吃饭。接着周四那天他们又去了多尔玛巴赫切街区，周五则是金角尽头的耶普街区。在参观了先知墓地之后，他们又登上台阶，在皮埃尔·洛蒂咖啡馆前驻足了片刻。从这位作家过去常常凝望的窗口望出去，可以看到下面土耳其式墓葬的石碑以及博斯普鲁斯海峡在远处勾勒出的海岸线。

这一晚，阿丽斯告诉戴德利，也许是时候考虑返回伦敦了。

"你想要放弃了吗？"

"我们来错了季节，亲爱的戴德利先生。我们应该等到繁花盛开的时候再开始旅行的。更何况如果我想要有一天可以偿还这次旅费的话，我就应该早点儿回我的工作室。总之因为你，我才能够经历这样美妙的一次旅行，现在我满脑子都是新的创意，我需要将它们付诸实践。"

"可你知道我们的这次旅行并不只是为了你的香水。"

"我不知道究竟是为了什么我会来到这里，戴德利。或许是算命师的预言？或许是我的噩梦？又或者是你的坚持，你给了我一个暂时逃离我的生活的机会？我很愿意相信我的父母曾来过伊斯坦布尔；一想到我正踏着他们的足迹旅行，我就觉得自己和他们的距离更加近了，可是直到现在为止，我们还是没有从领事馆得到任何消息。戴德利，我想我是时候该长大了，尽管我一直用尽全力不想长大。而你，你也是一样。"

"我不同意你的话。我承认我们也许对领事馆这边的线索寄予了太多的希望，但是想想算命师给你的生活预言吧，想想那个正在路的尽头等待着你的男人。而我，我曾答应过你一定会把你领到他的身边，或者至少要把你领到那作为第二环的男人的身边。我是一个很看重名誉的男人，也是一个信守承诺的人，所以绝对不会在面对困难的时候就举起双手投降的。与你刚刚说的正好相反，我们并没有浪费时间。你已经有了一些新的创意，我相信你在这里还会找到更多的灵感的。而且，或早或晚我们总是会遇到那第二个男人的，然后他会把我们领向第三个，依此类推……"

"戴德利，现实一些吧。我并没有要求你明天就和我回去，但至少我们应该开始考虑我们的归程了吧。"

"我已经考虑过了，不过既然你又提出来了，那我就再考虑一次好了。"

坎的到来打断了他们间的谈话。是时候回旅馆去了，他们的向导这晚还要带他们去剧院看芭蕾舞表演。

日子就这样一天一天地过去了。从基督教教堂到犹太教堂，从犹太教堂到清真寺，从古老的墓地到繁华的街市，从茶庄到他们每日就餐的餐馆，每到一个地方他们每人都会说一段自己的经历，一段关于自己过去的故事。而戴德利也和坎休战了，他们之间最后产生了一种不言自明的默契。他们正在实行一个淘气的计划，一人是主谋，另一人则是帮手。

之后的那个周一，当阿丽斯结束了一天充实的行程回到酒店时，前台的工作人员告诉她，快中午的时候领事馆的一位工作人员给她送来一份电报。

阿丽斯一把抓住这份电报，她激动地看了一眼戴德利。

"那么，就快打开它吧。"他说道。

"这儿不行，我们去吧台那边吧。"

他们在大厅尽头的一张桌子边坐下，戴德利向侍者做了个手势，示意他暂时不用过来。

"怎么说？"他忍不住问道。

阿丽斯拆开电报，读了几行，然后将它放在了桌上。

戴德利看看他的同伴，又看看那份电报。

"我知道如果没有你的允许就自己去看电报，这样实在是很失礼。但是请不要再卖关子了，这对我而言实在是太残忍了。"

"现在几点了？"阿丽斯问道。

"下午五点，"戴德利有些绝望地回答道，"为什么这么问？"

"因为英国驻土耳其领事不久就要过来了。"

"领事先生要来这里？"

"至少电报里是这么说的，他可能有些情况要告诉我。"

"好吧，这样的话，既然他是约了你见面，那我就先撤了。"

戴德利假装要站起来，阿丽斯急忙把手放在他的胳膊上，示意他坐下，戴德利服从了。

领事先生走进酒店的大厅，看到阿丽斯向他走来。

"你及时收到我的信了吧。"他一边脱去大衣一边说道。

他把帽子交给侍者，然后在阿丽斯和戴德利之间抽出一把椅子坐下。

"你要喝点儿什么？"戴德利问道。

领事先生看了看手表，然后表示愿意来一杯波旁威士忌酒。

"我半小时后正好在隔壁有个约会。而从领事馆来这里也不太远，所以我想我还是亲自来告诉你比较好。"

"我真是太感谢你了。"阿丽斯说道。

"就像我之前和你说的一样，从我们的土耳其朋友那里我没有得到任何的回音。不过他们已经尽力了，前天在他们外交部门工作的一位朋友打电话告诉我，他们已经尽全力查找，但是在奥斯曼土耳其帝国时期的入境记录……他恐怕这类信息并没有在政府存档。"

"就是说这条线索断了。"戴德利总结道。

"也不能这么说，"领事回答道，"我之前也随口拜托过我们方面的一位工作人员帮你查找。他虽然年轻，但办事的效率却很高。他告诉我说，他很幸运地发现了你父母中的一位可能曾在这里丢失过护照，或者应该说是被偷了。今天的伊斯坦布尔也不能说是一座完全安全的城市，更不用说是在世纪初的时候了。简而言之，如果这个情况属实的话，那么你的父母在革命爆发之前一定曾前往过英国大使馆，也就是我们今天的领事馆所在地。"

"因为有人偷了他们的护照？"戴德利有些不耐烦地问道。

"也不能肯定，"领事一边转动杯子一边说，杯子里的冰块被碰得叮当响，"但可以确定的是，他们在这里逗留的时候曾去过大使馆！不过他们不是像你以为的那样，是在1909年或1910年来的，而是在1913年年底。你的父亲对药理学很有研究，他来到这里继续亚洲草药的研究。他们曾住在贝伊奥卢的一个小公寓里，那儿离这里并不太远。"

"可你是怎么知道这一切的呢？"戴德利问道。

"1914年8月的那场混乱以及奥斯曼土耳其帝国在同年11月所做的那个该死的决定，两位自然都是知道的。而你的父母作为大英帝国的公民，结果就成了奥斯曼土耳其帝国最痛恨的那一类人。你的父亲考虑到自己和妻子可能会遇到危险，于是就向英国驻伊斯坦布尔大使馆报备了他们的行踪，可能潜意识里还希望可以借此机会由使馆帮助他们回英国去。可惜战事已经爆发，旅行确实多有风险。他们不得不在土耳其又等了很长一段时间，才能够再回到英国去。但是，也正因如此，我们才能够发现他们的踪迹。他们曾向大使馆申请侨民保护，这样如果遇到麻烦的话，可以随时进入大使馆避难。正如两位所知的那样，使馆不论在什么情况下都是大英帝国不可侵犯的领地。"

听着领事先生侃侃而谈，阿丽斯的脸色慢慢变白了。戴德利看到她的样子，很为她担心。

"你还好吗？"他握住她的手问道。

"需要我叫医生来吗？"领事接着说。

"不，我没事，"阿丽斯结结巴巴地回答道，"请继续吧。"

"在1916年春天，英国大使成功地安排了一部分侨民离开土耳其，他们悄悄登上一艘挂着西班牙国旗的货船。那时西班牙仍是中立国，轮船顺利地通过达达尼尔海峡，一路平安抵达直布罗陀海峡。然后我们就失去了你父母的行踪，不过你的存在证明他们应该是安全地回到了祖国的。好了，小姐，这就是所有我所知道的东西了……"

"怎么了，阿丽斯，"戴德利问道，"你的神色看上去不是很对劲啊？"

"没有的事。"她轻轻地说道。

可她的双手正在颤抖。

"小姐，"领事补充道，"请你郑重地考虑一下我刚刚和你说的话……"

"那时我已经出生了，"阿丽斯说，"我正和他们在一起的啊。"

领事望着阿丽斯，面色严肃。

"你说的话令我很惊讶，因为在我们的档案里没有任何一处提到你。你的父亲也许没有向使馆报备你的存在吧。"

"如果她的父亲是去使馆为自己和妻子寻求保护的话，那他怎么可能不提到他们唯一的女儿的存在呢？这种假设同样也很令我吃惊，"戴德利插进来说道，"领事先生，你确定使馆的档案也会记录孩子们的信息吗？"

"戴德利先生，你以为我们是谁？我们是一个文明的国家，孩子的档案当然也一定和他们的父母亲放在一起了。"

"那么，"戴德利回头向阿丽斯说，"这就可能是你的父亲有意向使馆方面隐瞒了你的存在，也许他们觉得使馆会因为他们带着这么小的孩子，而认为此时回国太过冒险。"

"绝不可能，"领事先生激动地反驳道，"在回国的问题上，女性和孩子有着绝对的优先权！我可以证明在这艘返回英国的西班牙货船上，就有其他孩子，他们都是享有优先回国的权利的。"

"好吧，既然如此，那我们就别在这个不值得浪费时间的动机问题上浪费精力了。领事先生，我不知道应该如何感谢你，你刚刚告诉我们的信息远远超过了我们的期待……"

"可是我应该能够记得一点儿什么的啊，"阿丽斯自言自语地打断了戴德利的话，"哪怕是一丁点儿的记忆。"

"请恕我冒昧地问一句，那个时候你多大了，庞黛布丽小姐？"

"1915年3月25日的时候我就四岁了。"

"那么就是说1916年春的时候你该是五岁了。小姐，我对我父母也怀有很深厚的情感，我也感谢他们提供给我的教育和爱，但我一样不记得那么小的时候我所经历的事情。"领事拍了拍阿丽斯的手说，"好了，我想我的任务已经完成。如果你还需要其他的帮助的话，直接来领事馆找我即可，你也知道领事馆的地址。现在我该走了，我想我要迟到了呢。"

"你知道他们在伊斯坦布尔的住址吗？"

"我记在一张纸上了，我之前就想到你可能会问这个问题的。请等一下，"领事在上衣的内袋里翻找了一会儿，"找到了……他们住的地方离这里不远，在佩拉大街——现在已经改名为伊斯克里塔尔大街——的一栋房子里，具体地说是在鲁米尼亚城的三楼，正好临着著名的鲜花走道。"

领事说完吻了一下阿丽斯的手，就向他们起身告辞。

"对了，戴德利先生，不知你是否可以陪我走到酒店门口呢，我有几句无关紧要的话想和你说。"

戴德利起身跟上穿上大衣的领事先生。他们穿过大厅，领事在酒店前台的地方停了下来。

"在帮你的朋友查找她父母信息的同时，我也因为纯粹好奇的缘故，在外交部的名单上查找了一下那位芬奇先生。"

"啊？"

"嗯……然后唯一符合芬奇这个姓的是一位在传达室工作的实习生，我想他应该绝不可能是你的叔叔吧？"

"我想也不是。"戴德利低头望着自己的鞋尖说道。

"这也正是我所想的。好了，祝你在伊斯坦布尔待得愉快，芬奇-戴德利先生。"说完，领事就消失在酒店大厅的转门里了。

伊斯坦布尔假期

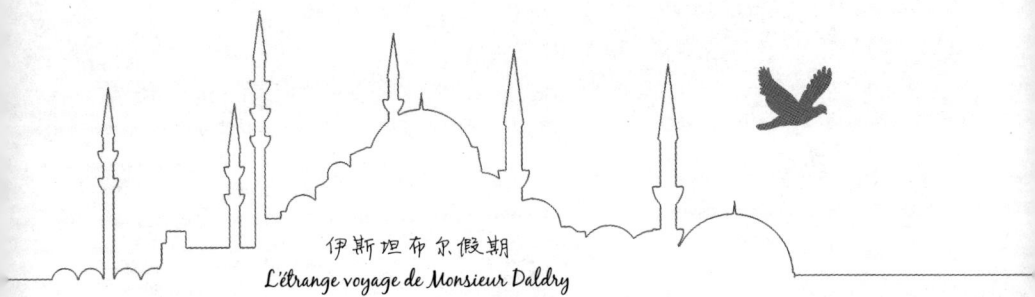

L'étrange voyage de Monsieur Daldry

Chapter 10

心慌意乱

　　"如果我爱上了一个像她这样的女子，"
他举起酒杯接着说道，"我能向她做出的唯一
的爱的证明，就是离开她，远远地离开，即使
是要我去到世界的尽头。"

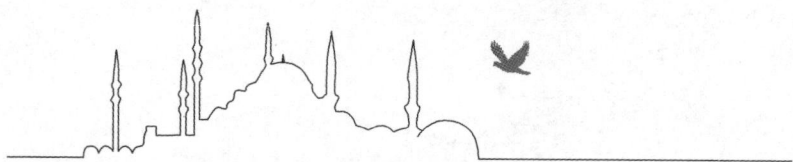

戴德利回到吧台去见阿丽斯。他在她身边坐了半个钟头，可阿丽斯却一直望着角落里的一架黑色钢琴不出声。

　　"如果你愿意的话，也许明天我们可以去鲁米尼亚城那栋楼的楼下转转？"戴德利建议道。

　　"为什么他们从来没有和我说过这段经历呢？"

　　"这我就不知道了，阿丽斯，也许是出于想保护你的考虑？他们在这里的那段日子应该过得相当焦虑。也许这对他们来说是一段太沉重的回忆，所以谁都不愿意再次提起。我父亲也曾参与过第一次世界大战，可他从来都没和我提过它。"

　　"那他们为什么不向大使馆报备我的存在呢？"

　　"也许他们报备了，是使馆负责登记的工作人员那里出了个小错。在那个动荡的年代里，可能一些档案资料都失散了。"

　　"你用了许多个'也许'，你不觉得吗？"

"是的，我是用了许多个'也许'，否则我还能说些什么呢？我们那时又不在场。"

"不，那时我在。"

"如果你愿意的话，那我们就去查查好了。"

"怎么查？"

"我们可以问问周边的邻居，说不定有人还记得你父母呢？"

"在差不多四十年后？"

"至少可以试试。我们有伊斯坦布尔最好的向导，我们去找他帮忙吧，接下来的日子一定很有趣……"

"你想把坎也拉进来？"

"为什么不？总之事不宜迟，等演出结束，我们可以请他一起吃饭。"

"我不想出去了，你自己去吧。"

"今晚不能把你一个人留在这里。不然你会做出千百个猜想，然后今晚你就不用睡了。来吧，我们去看芭蕾表演，然后在吃晚饭的时候和坎好好聊聊。"

"我一点儿都不饿，而且没我在，你们还能更快活些。我向你保证，我只是想一个人静一静，我需要好好想想今天发生的事。"

"阿丽斯，我知道刚刚的事对你的震动很大，但事实上它们对你的生活并没有任何影响。你的父母，就你告诉我的情况来看，他们始终都很爱你。虽然他们从未告诉过你他们在伊斯坦布尔的这段经历，但我想他们一定是有自己的理由的，没有什么可担心的。可是你现在的样子看起来如此伤心、如此沮丧。"

阿丽斯望着戴德利，向他微笑。

"你说得对，"她说，"但是我今晚真的不会是一个好的伙伴。去和坎一同看演出吧，然后和他一同吃晚饭。我向你保证我今夜绝对不会让失眠破坏我的夜晚的。我只是需要稍稍休息一下，明天，我们再决定到底要不要玩那个侦探游戏。"

这时坎正好也刚刚走进大厅。他敲了敲自己手表的表盘，向阿丽斯和戴德利示意该走了。

"去吧。"阿丽斯望着还在犹豫的戴德利说道。

"你确定自己不去吗？"

阿丽斯用一个友好的手势示意戴德利快走。他转身和她告别，然后向着坎走去。

"阿丽斯小姐今晚不和你在一起吗？"

"不，事实上应该说是她不和我们一同去……我预感这会是一个难忘的夜晚。"戴德利抬头望着星空叹了口气。

❧

第二幕开始的时候戴德利彻底地睡了过去。每当他的鼾声太大干扰周围的观众时，坎就用手肘捅醒他，但戴德利醒来后很快又会睡过去。

伊斯克里塔尔法国剧院舞台的大幕终于落下，坎带着戴德利前往奥利弗街上的雷让斯餐厅吃晚饭。餐厅的菜色相当精致，戴德利胃口大开，饭后连饮三杯方才放松下来。

"阿丽斯小姐为什么不和我们一起来呢？"坎问道。

"因为她有点儿累了。"戴德利回答说。

"你们之间喊了一架？"

"你说什么？"

"我是说你们之间是不是闹矛盾了？"

"我们一般会说吵了一架，不，我们之间没有闹矛盾。"

"那就好了。"

但是坎看上去显然不相信这个解释。戴德利于是为两人满上酒，告诉他就在他来到酒店之前，阿丽斯刚刚得知的那个消息。

"真是难以置信！"坎高声喊道，"是领事先生亲口告诉你们这些的吗？我现在明白为什么阿丽斯小姐看上去那么六神无主了。换作是我，我也会这样的。那么你们现在打算怎么办呢？"

"如果可以的话，帮她弄明白事情的真相。"

"只要有坎在，在伊斯坦布尔就没有办不到的事。请告诉我如何才能帮到阿丽斯小姐。"

"重新找到当年的邻居或是同住一个街区的其他人，他们可能知道关于阿丽斯父母的其他情况。"

"这很好办！"坎喊道，"我这就去想办法，我们一定可以找到还记得他们的人，或是知道他们情况的人。"

"那就拜托你尽力去办了，不过在事情没有弄明白之前先不要和阿丽斯说。她现在已经够乱的了。这件事就靠你了。"

"你说得对，没有必要把事情搞得更加模糊。"

"你作为向导我没有什么可说的，但是你的翻译才能，老实说，实在是无法恭维，我的伙计。"

"我可以向你提一个问题吗？"坎垂下眼睛问道。

"请问吧。"

"你和阿丽斯小姐之间发生过什么别致的事情吗？"

"你的意思是……"

"我刚刚是想说，你们之间有什么特别的东西吗？"

"这和你又有什么关系？"

"好吧，我已经得到你的答案了。"

"不，我刚刚没有回答你的问题，我的向导先生，你以为自己什么都知道，但其实你什么都不知道！"

"你看吧，你冲着我发脾气了，那我该是触动了你的某根敏感神经了。"

"我是不会因为你以为的那个原因冲着你发脾气的！而且我刚刚也没有冲你发脾气，因为我根本想不出我有什么理由要这么做。"

"不管怎么说，你还是没有回答我的问题。"

戴德利倒上酒，然后一饮而尽。坎也照做了。

"我和阿丽斯小姐之间只是彼此有单纯的好感而已，如果你愿意的话，你也可以说这是一种友谊。"

"你真是一位古怪的朋友，如果考虑到你在她身边扮演的角色。"

"我们只是彼此帮忙而已，她想要改变生活，而我呢，我想要一间画画的工作室。就是一桩合理的交易，一桩朋友间的交易。"

"当两人都知道这是一桩交易……"

"坎，你的说教可把我惹烦了。"

"你喜欢她吗？"

"她不是我喜欢的类型，我也不是她喜欢的类型。你看，我们的关系就是这样。"

"那她身上的什么东西你不喜欢呢？"

"告诉我，坎，你该不会是在为了你自己摸底吧？"

"这种事情既荒唐又不光彩。"坎看起来似乎有些喝醉了。

"真是越来越糟了，我还是换个你能够明白的说法吧。你刚刚是在向我暗示，你对阿丽斯一见倾心吗？"

"我还没有开始调查呢，我怎么可能有办法了解'哪件情形'？对了，究竟什么是一见倾心？"

"别以为我是个傻瓜，你装糊涂其实是因为被我说中了吧。你喜欢阿丽斯，是或不是？"

"啊，对不起，"坎激动地说道，"这问题是我先问你的！"

"可我已经回答过了。"

"根本没有，你刚刚糊弄过去了。"

"你都没有好好向我提问，我又怎能给你回答！"

"撒谎！"

"我不允许你这么说。还有，我从来都不撒谎。"

"你撒谎，你向阿丽斯撒谎。"

"你看，你藏不住了。你刚刚叫了她的名字，而没有叫她的姓。"

"因为我刚刚忘了加上'小姐'这个词，这又能够证明什么呢？一时口误而已，毕竟我有点儿喝醉了嘛。"

"只是一点儿吗？"

"你的状态也不比我好到哪里去！"

"这点我同意你的话。好了，既然我们都醉了，那就该走了。你该不会想要在漫漫长夜里在街上游荡吧？"

"这取决于你对漫漫长夜的定义。"

"等我们喝完下一瓶酒，或是下下瓶，我也不太确定。"

戴德利要了一瓶陈酿的白兰地。

"如果我爱上了一个像她这样的女子，"他举起酒杯接着说道，"我能向她做出的唯一的爱的证明，就是离开她，远远地离开，即使是要我去到世界的尽头。"

"我一点儿都不明白为什么这就是爱的证明。"

"因为这样，她就不会遇上一个像我这样的家伙。我一个孤独的人，一个固执的单身汉，有自己古怪的脾气和秉性。我害怕声音，她则喜欢热闹。我讨厌拥挤，但她就住在我家对面。更何况即使是世界上最美好的情感也会被时间湮灭，变得一文不值。不，请相信我，在一个爱情故事里，必须得趁早抽身，不然就太晚了；而对我来说呢，'免得太晚'就意味着不要开始。你为什么笑了？"

"因为我刚刚发现我们终于在一点上达成了共识，我们两人，你和我，都觉得对方不顺眼。"

"我就是我父亲的翻版，即使我常常自称是个和他完全相反的人。

我在他的影子底下长大，每天早晨看着镜子里的那个人，我清楚地知道自己在和谁打交道。"

"你的母亲和你的父亲在一起就从来不觉得幸福吗？"

"这个问题，我的伙计，要想回答它，我们就得先把这瓶酒干了。真相总是藏在我们无法企及的深渊里。"

三杯白兰地过后，餐馆就打烊了，戴德利请坎再找一家酒吧。坎建议和他一起去城里地势较低的地方，去一个直到清晨才关门的酒吧。

"没错，这就是我们要的！"戴德利高喊道。

他们沿着街道向下走，靠着电车的轨道引路。坎在轨道的右边，戴德利在轨道的左边，两人走得跌跌撞撞的。当有电车开过时，尽管司机远远地就开始摇铃，他们还是等到最后一刻才从轨道边跳开。

"如果你在我母亲和阿丽斯一样大的时候遇到她，"戴德利说道，"那你就会发现一个世界上最幸福的女人。我母亲很有演戏的天赋，她全身心地投入到这项活动中去。她在舞台上本应该很成功的，可惜只有每逢周六的时候，她才能真正地做回她自己。是的，我觉得只有周六的时候她才体验到真正的幸福。"

"为什么是周六？"坎边问边在一张长凳上坐下来。

"因为只有这天我父亲才会去看她的表演，"戴德利说着也坐下了，"别误会，他不是故意只找这天去的，而是因为他周一的时候又要离家。为了弥补罪过，于是就装出很感兴趣的样子。"

"什么罪过？"

"这个我们过一会儿再说。刚刚你问我为什么是周六，而不是周日，的确如果是周日的话，大概更合逻辑一些吧。嗯，其实是因为周六的时候我母亲的状态还更自如一些，因为周六的时候她还不会想到他的离去。等全家做完弥撒一走出教堂的大门，她的心就紧紧地拧住了。而且随着时间的推移，越拧越紧，周日晚上是最难过的时刻。"

"周一究竟有什么事那么严重呢？"

"洗漱完毕后，他穿上自己最好的衣服，套上背心，打好领结，系上怀表，理理发型，喷上香水，然后让人备好马车准备赶去城里。他每周一下午都和自己的生意伙伴有约。这晚他会睡在城里，因为赶夜路回来似乎太危险了，他要等到第二天白天再回家。"

"但事实上，他是赶去看他的情妇，是吗？"

"不，他的确是和他生意上的律师，同时也是他过去的同学有约，他们会一起过夜，不过我想这是同一码事。"

"那你的母亲知道吗？"

"知道她丈夫因为一个男人欺骗了她？是的，她知道，马车夫也知道，女佣、厨娘、管家、管事，所有人都知道，除了我，除了我这个一直以为他只是有了一个情妇而已的儿子以外；我真傻。"

"在苏丹的时代……"

"我知道你要和我说什么，谢谢你。但是在英国，我们只有一个国王一个王后，我们有的是我们自己的王宫，而不是你们土耳其式的后宫。我不是想批判什么，只是想说这是一个风俗的问题。另外，不妨和你说，我父亲的卑鄙其实和我一点儿关系都没有，我无法忍受的是我母亲的痛苦。因为这一点，我是不会弄错的。我父亲不是全英国唯一一个和妻子以外的人相好的男人，但问题是他欺骗的人是我的母亲，他玷污了她的感情。当我终于有一天鼓起勇气去和她谈的时候，她满眼都是泪水，但却冲着我微笑。我在她身上看到一种可以令人血液凝固的崇高气质。在我面前，她为我的父亲辩护，向我解释事情其实并不出格。他也是身不由己，而她呢，她并不怨他。但这天她在舞台上的表现却很失常。"

"既然你讨厌你父亲对你母亲的所作所为，那你为什么还要步他的后尘呢？"

"因为我见过我母亲的痛苦，所以我知道对男人而言，爱一个女人就意味着采摘她的美，将它置于温室，细心呵护……直至时间令它褪色，男人再动身去采撷其他的心灵。所以我曾立誓，若是有朝一日，我爱上一个女子，真的爱上了她，我就会好好珍惜它，绝不将它摘下。好了，我的伙计，借着酒精的作用，我已经和你说了太多不该说的话。我明天一定会后悔的。但要是你敢把其中任何的一字一句告诉阿丽斯的话，我就亲手把你溺死在博斯普鲁斯海峡里。现在的问题是怎么才能回到酒店，我可是一点儿都站不起来了，我怕我真是喝多了！"

坎的状况并不比戴德利好多少，他们相互搀扶着，重新沿着伊斯克里塔尔街向上走，跌跌撞撞的就像是两个醉鬼。

❧

为了让服务员整理房间，阿丽斯来到大厅的吧台边坐下。她又在写一封永远不会寄出去的信了。通过挂在墙上的镜子，她看到戴德利走下大楼梯。他倒在她身边的一张扶手椅里。

"你今早这个样子是因为昨晚喝了整个博斯普鲁斯海峡吗？"她头也不抬地问道。

"我不明白你的意思。"

"你上衣的扣子扣错了，胡子也只刮了一边……"

"好吧，我昨晚是喝了一点儿。我们很惦记你呢。"

"这我倒是不怀疑。"

"你在给谁写信？"

"给一个在伦敦的朋友。"阿丽斯边说边折好信纸放入衣袋中。

"我头痛得厉害，"戴德利轻轻地说，"你可以陪我去外面散散步吗？还有这个朋友是谁？"

"好主意，我们出去散散步吧。我刚才还在想你不知道要到什么时候才会再出现，我一大早就起来了，刚刚开始觉得无聊。我们一会儿去哪儿？"

"去看看博斯普鲁斯海峡吧，也许它能令你想起些什么……"

在路上的时候，阿丽斯在一个鞋匠的摊位前驻足了一会儿，望着砂轮的皮带转动。

"你有鞋子需要换鞋底吗？"戴德利问道。

"没有。"

"那为什么你一言不发地盯着这位先生看了五分钟？"

"你有没有遇到过某些寻常的事物，你只要盯着它们看心情就会平静下来，虽然你根本不明白这背后的原因？"

"既然我是一个专以十字路口为题材的画家，我就很难反驳你了。我可以花上一整天的时间，看公共汽车来来往往。我喜欢听它们引擎的发动声，听它们刹车的摩擦声，还有司机在开车时打的铃声。"

"你向我描述的景象，真是一首诗，戴德利。"

"你是在取笑我吗？"

"有点儿吧，是的。"

"因为也许鞋匠的橱窗比它更浪漫，是吗？"

"这位工匠的双手里就盛着一种诗的形式，我从小到大都喜欢看鞋匠工作，还有胶水和皮革的味道。"

"这是因为你喜爱鞋子的缘故。我，比方说我，我可以花几小时站在面包店的橱窗外面，而我呢，我不用告诉你这是为了什么……"

他们继续沿着博斯普鲁斯海峡的码头走了一会儿，然后戴德利在一张长椅上坐下。

"你在看什么？"阿丽斯问道。

"那个靠着栏杆的老妇人，正在和牵着棕毛小狗的主人说话呢，这真迷人。"

"就因为她喜欢小动物吧，你觉得哪里迷人了？"

"仔细看，然后你就明白了。"

老妇人和小狗的主人说了几句话，然后走向另一只小狗。她弯下身，向着小狗伸出手去。

"看到了吧？"戴德利侧身向阿丽斯耳边轻轻说道。

"她在抚摸另一只小狗？"

"你一点儿都不明白她在干什么，她感兴趣的不是小狗，而是拴小狗的绳子。"

"是绳子？"

"准确地说，是那位正在钓鱼的主人手上牵着的绳子。所以绳子只是个引子，目的是想和人聊聊天。这位老妇人一定很寂寞，才想出了这个策略可以和其他人说几句话。我相信她每天都会来这里，还是同一个时候，就是为了找到一点儿人与人之间的温情。"

这次，戴德利猜得没错。正在钓鱼的狗主人忙于盯着水面上的浮子看，没有工夫搭理她；于是她在码头上又走了几步，从大衣的衣袋里掏出一些面包屑撒给鸽子们。很快，她又向着下一个目标找话说了。

"很奇怪的孤独，不是吗？"戴德利说道。

阿丽斯转过身，认真地盯着他看。

"为什么你会到这里来，戴德利，为什么你会做这次旅行？"

"你知道得很清楚。因为我们之间的契约，我帮你找到那个生命中的男人，或者说我帮你走上寻找的路，然后在此期间我就可以在你的大玻璃窗下画画了。"

"这真的是唯一的理由吗？"

戴德利的目光迷失于斯屈达尔港口的后面，仿佛在凝视着位于博斯普鲁斯海峡亚洲大陆岸的米赫里马赫苏丹清真寺一样。

"你还记得伦敦那家大街尽头的酒馆吗？"戴德利问道。

"当然记得了，我们在那里吃过一顿早饭。"

"每天，我都拿着报纸坐在同一张桌子边。有一天当我读厌了报纸上的文章时，我一抬头在镜子里看到我自己。我忽然对我生命中剩下的那些日子感到一种深深的恐惧。我，我也需要换换空气。不过现在我又有些想念伦敦了。世上没有十全十美的事情。"

"你在考虑回去吗？"阿丽斯问道。

"几天前你不也是吗？"

"但现在不了。"

"因为算命师的预言似乎应验了，现在你有了一个目标，而我呢，我也完成了我的使命。我想我们在领事馆遇到的领事先生，应该就是那第二个男人，或者甚至可能是第三个，如果我们把坎也考虑进去的话。"

"你打算扔下我了吗？"

"这是我们之间的约定啊。别担心，我会把你在接下来的三个月内的酒店费用和坎的费用都结清的。他现在对你很忠心，我也会给他涨点儿工资的。至于你，我为你在罗马银行里开个账户，他们的办事处就在伊斯克里塔尔街上，替外国客户办理委托业务是他们的强项。我每周都会寄钱过来的，这点你不用担心。"

"你想要我在伊斯坦布尔再待三个月？"

"要完成预定的计划，你还有不少事要做呢，阿丽斯。而且你也不想错过土耳其接下来的那个春季吧。想想那些你所不知道的各色异国花卉，想想你的香水……还有稍稍考虑一下我们的合伙生意。"

"你什么时候决定走的？"

"今天早晨，在我醒来的时候。"

"如果我希望你再多待几天呢？"

"其实你不必请再我多待几天，因为下一班航班要到周六才有，在这之前，我们还有大把的时间。别这个样子；我母亲的身体不太好，我不能把她一个人就那样留在英国。"

戴德利站起身，向刚刚那位老妇人靠着的栏杆走去，后者正小心翼翼地向着一只大白狗靠近。

"请小心，"他走过她身边时说道，"这种狗可能会咬人的……"

坎在下午茶的时候回到酒店。他看起来心情很好。

"我有一些激动人心的好消息要告诉两位。"他走向吧台边的阿丽斯和戴德利说道。

阿丽斯放下她的杯子，全神贯注地听坎说话。

"你父母亲曾住过的地方附近有一栋大楼，我在那里遇到一位认识他们的老先生。他答应我们可以去他家找他。"

"什么时候？"阿丽斯望着戴德利问道。

"就是现在。"坎回答说。

Chapter 11

泽米尔利先生

奥古·泽米尔利一定是布赖顿算命师口中
的第三个人，要不然就是第四个。

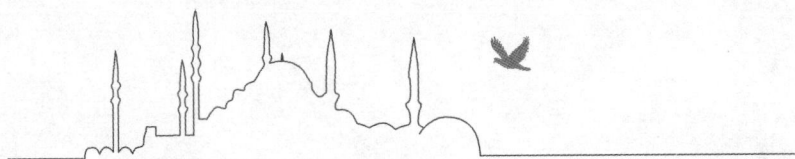

泽米尔利的公寓位于伊斯克里塔尔街一栋中产阶级风格的大厦的三楼。进门处的门厅里沿墙角堆着成摞的旧书。

　　奥古·泽米尔利穿着一条法兰绒长裤、一件白衬衣，外头罩着丝质睡袍，戴着两副眼镜。一副架在额头上，一副立在鼻梁上。奥古·泽米尔利根据不同的远近需要，随时更换眼镜。他的脸刚刚刮过胡子，但下巴上仍有几根漏网的灰白胡子。

　　他请他的客人们在客厅坐下，那里有法式和土耳其式的各式家具，然后走去厨房，回来的时候，身边跟着一位体态丰腴的女士。她为客人们倒上茶，端上东方式的点心。泽米尔利先生对她说了声谢谢，她随即就告退了。

　　"这是我的厨娘，"他说道，"她做的糕点极为美味，请用一些吧。"

　　戴德利没有客气。

　　"这么说，你就是科麦尔·艾扎西的女儿了？"老者问道。

"不，先生，我父亲的姓是庞黛布丽。"阿丽斯说完，看了戴德利一眼。

"庞黛布丽？我想他没有这样和我说过……不过也许是我的记忆出了错吧。"

这次轮到戴德利向阿丽斯看了一眼，好像他也在怀疑这位主人的头脑是否还清醒；他已经开始怨恨坎把他们带来这里了，因为坎让阿丽斯再一次燃起了可以知道当年真相的希望。

"在这个街区里，"泽米尔利先生接着说，"我们不叫他庞黛布丽先生，尤其是在那个时代，我们管他叫科麦尔·艾扎西。"

"这个词的意思是'慷慨的药剂师'。"坎帮他们翻译。

听到这个词，阿丽斯觉得自己的心跳加速了。

"这就是你的父亲吗？"老者问道。

"很有可能，先生，因为我父亲的职业和品格完全符合这个词。"

"我至今还清楚地记得他，还有你的母亲，一个很有性格的女人。他们一起在药学院工作。跟我来。"泽米尔利先生说着艰难地从扶手椅上站起身来。

他向着窗边走去，把对面那栋大厦二楼的一间公寓指给他们看。阿丽斯看到"鲁米尼亚城"几个大字被刻在大门上方的铭牌上。

"在领事馆的时候，我听说他们是住在大厦的三楼的。"

"那我，我可以告诉你他们其实住在二楼，"泽米尔利先生坚持道，"你可以选择相信你的领事馆，但是这套公寓是我姑姑租给他们的。你看，就在那里，在左边，是他们家的客厅，另一扇窗子后面是他们的房间，小厨房朝向庭院，就和我这栋大厦的结构完全一样。来吧，请坐，我的腿有些疼。事实上我是因为你的母亲，才认识你父亲的。我会把我知道的一切都告诉你的。那时候我还很年轻，就像许多青少年一样，我最喜欢的游戏是每天放学后去扒电车……"

这种说法非常贴切，因为在伊斯坦布尔，为了不花钱乘电车，这里的很多孩子会跳上行驶中的电车，然后骑坐在电车尾部的支架上。但是有一个雨天，奥古失手了。他被电车的转向架给挂住，在地上拖了几米。外科医生们尽全力替他缝合了伤口，想办法保住他的四肢。奥古因此没有去服兵役，但是此后的每个雨天他的双腿都会经受剧痛的考验。

"那时候药品相当昂贵，"泽米尔利先生解释道，"即使是去药房购买仍然是很贵。你的父亲从医院带回一些，免费送给我和其他街区里有需要的人；在战争爆发之后，他还送了许多药品给生病的穷人。你的父母在这套小公寓里开了一个秘密的地下诊所。每当他们从药学院下课回来时，你的母亲都会照料候诊的病人，替他们换药；而你的父亲呢，就把他能够找到的药物和写好的药方发给大家。冬天的时候，许多孩子生病发烧，我们有时可以看到前来就诊的母亲和祖母一直排队到街的另一头。街区的管理者也知道这件事，不过鉴于这家诊所开着对本地居民有益无害，所以警察们也就睁一只眼闭一只眼了。没有一个穿制服的警察愿意因为逮捕了你的父母而回家之后被自己的妻子臭骂一顿。你的父母在这里住了差不多两年，如果我没有记错的话。有一个晚上，你父亲比平时送了更多的药物给大家，每个人得到的量差不多比平时都多了一倍。第二天他们就不见了。我姑姑又等了两个多月，才敢用她的钥匙开门进去看看里面发生了什么。房间整理得十分干净整齐，盘子餐具一件不缺；在厨房的桌子上她发现了剩余的房租和一封信，信里说他们已经回英国去了。看到你父亲亲笔写的信，住在这里的很多居民都松了口气，因为他们都很担心科麦尔·艾扎西先生和他妻子的安危。街区的警察们也长长地松了一口气，因为之前大家都怀疑因为他们，你父母才失踪的。你看，三十五年过去了，每次我去药店拿药，好让我这条该死的腿消停些的时候，我还是会在走出家门时抬头看看。我总觉得对面的窗户里会再次出现科麦尔·艾扎西先生那张微笑的脸。我可以和你说，今晚能够在我家里再次看到她的女儿，我实在是太高兴了。"

阿丽斯看到泽米尔利先生厚厚的镜片后面的眼睛慢慢变红，她不再为自己控制不住流泪而感到不好意思了。

这种情绪同样感染了坎和戴德利。泽米尔利先生从衣袋里取出一块手帕，擤了擤鼻涕。他俯下身替大家重新斟上茶。

"让我们为纪念贝伊奥卢慷慨的药剂师干杯，为他妻子的健康干杯。"

所有人都站起身来碰杯，不过是用薄荷茶碰杯。

"那我呢，"阿丽斯问道，"您还记得我吗？"

"不，我不记得我曾见过你了。我很想告诉你我见过你，可是这就是向你撒谎了。那时候你几岁了？"

"五岁。"

"那就很正常了，你父母亲要工作，你自然是在学校了。"

"这倒是很符合逻辑的。"戴德利说道。

"您觉得我会在哪里上学呢？"阿丽斯继续问。

"你一点儿都不记得了吗？"泽米尔利先生反问道。

"一点儿都不记得了，从这时到我们返回伦敦为止，我的记忆中仿佛有一个巨大的黑洞。"

"啊，我们刚开始记事的年纪！你知道的，这因人而异。有些人可以比别人记得更多的事情。不过，到底是他们自己记住的，还是因为别人给他们讲过他们才以为是自己记住的，这也很难说。我，我就对我七岁之前的事情一点儿印象都没有。当我告诉我母亲这件事时，她生气地大喊道：'我辛辛苦苦照顾你这些年，你全部都不记得了？'不过现在你的问题是关于一所学校。你父母很可能安排你去圣米歇尔小学上学了，它离这里不太远，学校开有英文课程。这是一所教学严格的著名小学；他们应该存有当时的档案，你也许可以过去看看。"

泽米尔利先生忽然显出疲态来。坎轻轻咳嗽了一下，示意阿丽斯和戴德利该走了。阿丽斯站起身，再次向老者表示感谢，感谢他殷勤的招待。泽米尔利先生将手放在心口说：

"尽管你父母只是最普通不过的人，但他们的行为却是需要极大勇气的英雄行为。我很高兴现在我可以确信他们已经平平安安地回到他们的祖国，更高兴还能够认识他们的女儿。如果他们从未向你说起过这趟土耳其之旅，我想那一定是因为他们都十分谦逊的缘故。如果你在伊斯坦布尔待的时间足够长的话，我想你一定会明白我的意思的。一路顺风，科麦尔·艾扎西·米妮·科兹。"

等他们重新走在大街上时，坎告诉他们"科麦尔·艾扎西·米妮·科兹"的意思就是"慷慨药剂师的女儿"。

现在去圣米歇尔小学太晚了。坎表示明天早上他就去为他们定一个预约。

阿丽斯和戴德利在酒店的餐厅吃晚饭，他们几乎没有说什么话。戴德利尊重阿丽斯的沉默。虽然有时他也试着讲些自己过去的有趣经历，希望让她快活些，但是阿丽斯的思绪却始终在别的地方，她只是配合着勉强笑笑。

最后当他们在走廊上分手时，戴德利告诉阿丽斯，她没有理由不好好享受这次短暂的居留经历。奥古·泽米尔利一定是布赖顿算命师口中的第三个人，要不然就是第四个。

阿丽斯关上房门，又过了一会儿，她才在窗前的书桌边重新坐下。

安托：

每晚，当我踏进酒店大厅的时候，我总希望前台的工作人员能够交给我一封你的信。这样的等待的确有些傻，可是为什么你不给我写信呢？

我刚刚做了一个决定。我鼓起勇气才对自己保证，或者应该说我鼓起勇气要求自己能够真的做到。等我回到伦敦的那个晚上，我就来你家，我会把这些信放入我在集市上买的那个小匣子里，所有的信，所有我写给你、但始终没有勇气寄给你的信。

也许你会在夜里读到它们，然后第二天你就会来我家找我。不过它的前提是许多的"也许"，尽管一段时间以来，"也许"就是我生活的一个部分。

举个例子吧，我"也许"终于找到了困扰我的噩梦的根源。

布赖顿的那个算命师说得对，至少有一点她说对了。我的童年是在这儿度过的，在伊斯坦布尔一栋房子的二楼。我在那里住了两年，我应该常常在一条通往大阶梯的小巷里玩耍。关于这些我自己是一点儿印象都没有了，但在夜晚那些属于另一种生活的画面逐渐浮出水面。为了弄明白我小时候那段神秘的过去，我决定留在这里继续调查。我可以猜到我父母不告诉我的原因。如果我自己也是母亲的话，我也不会告诉我的孩子的。这些回忆太沉重了。

今天下午，有人把我们住过的房间的窗子指给我看，在那里，我母亲应该就是站在那里去看街上发生的一切的。还有一个小厨房可以供她做饭，以及一个客厅，我常常在那里坐在我父亲的腿上。我原以为时间已经抹去了我的伤痛，但事实上不是，我还是不能忘记他们。

我很愿意有一天可以陪着你一同在这个城市里走走。我们可以沿着伊斯克里塔尔街散步，当我们走到鲁米尼亚城时，我就把我五岁时住过的那个地方指给你看。

我们还可以找一天去博斯普鲁斯海峡走走，你可以吹吹小号，远山都能够听到它的声音。

明天见，安托。

吻你。

阿丽斯

阿丽斯在清晨醒来；她看着初升的太阳把银灰色的晨曦洒在博斯普鲁斯海峡上，忽然有一种马上离开房间的冲动。

酒店的餐厅还没有什么人，穿着条纹制服的侍者刚刚整理好餐具。阿丽斯选了一张角落里的桌子，她顺手取过一份昨天的报纸。在伊斯坦布尔的酒店餐厅里读一份英国报纸，阿丽斯的思绪忽然飘得很远，报纸从她的手中慢慢滑下去。

她想到了卡罗尔，她现在一定沿着阿尔伯马尔街往下走，然后到皮卡迪利大街去乘公共汽车。她会在帝国剧院的下一站下车，跳上车站站台后，再和检票员瞎扯几句，以保证对方可以忘了查票。她一般会和对方说他的脸色不太好，然后再自我介绍一番，请对方有空了一定要来医院看看，一般来说她两次里可以有一次机会不用花钱就到了医院。

她也想到了安托，想到他可能正把包搭在肩上，即使是在寒风猎猎的冬天，也总敞着风衣领子，额前有一缕不服帖的头发，睡眼蒙眬地走着。她看到他穿过工作室的院子，在他的位置上坐下来，数数他的雕刀，再擦擦他的刨子，然后朝时钟的巨大指针望一眼，微笑着开始工作。还有山姆，从后门走进卡姆登书店，脱掉外衣，套上灰色的工作衫。然后在等待顾客光临的时候，清扫灰尘，或清点库存。最后，她想到艾迪，他一定还蜷着身子躺在床上打呼噜。一想到这儿，阿丽斯不禁微笑了起来。

"我妨碍你吗？"

阿丽斯一惊，随即抬起头，看到戴德利正站在她对面。

"没有，我正在看报纸。"

"那你的视力一定很好了！"

"为什么这么说？"阿丽斯问道。

"因为你的报纸掉在地上啦，就在你的脚下。"

"我刚刚走神了。"她只好承认道。

"你刚刚那么出神在想什么？"

"想到伦敦的许多地方。"

戴德利向吧台转过身去，希望侍者能够注意到他。

"今晚我要带你去一个意想不到的地方吃晚饭，去伊斯坦布尔最棒的餐厅之一。"

"是为了庆祝什么吗？"

"在某种意义上可以算。我们的旅行从伦敦最好的餐厅之一开始的，我觉得对我来说以同样的方式结束，也挺合适的。"

"但是你不会这么快就走吧，在……"

"……在我的飞机起飞前！"

"可它不会提前起飞……"

戴德利举起手，向着侍者的方向又招了招，这次终于有人过来了。他点了一份丰盛得惊人的早餐，并请侍者尽快上菜，因为他快饿坏了。

"既然今天我们白天没事，为什么不去集市那边吃晚饭呢？我想我得给我母亲买份礼物，如果你可以给我点儿建议的话，那就是帮了我的大忙了。现在我可是一点儿主意都没有。"

"你也许可以为她选一件首饰？"

"她可能会觉得我选的不符合她的眼光。"戴德利回答说。

"或者一瓶香水？"

"她只用自己选的。"

"那就买一样漂亮的古董？"

"什么样的古董？"

"例如一个首饰匣，我那天曾见过一个嵌满螺钿的漂亮匣子。"

"为什么不呢，不过她也许告诉我她只喜欢英国工匠制作的。"

"要不就是一件精美的银器？"

"她只喜欢瓷器。"

阿丽斯向戴德利俯身过去。

"你应该在这里再多待几天的，你可以为她画一幅画，例如加拉塔桥入口处的那个十字路口。"

"是的，这是一个很吸引人的主意。我可以先画一些速写草图，记下大致情况，然后等回到英国之后再正式开始工作。这样，我也就不用带着画布乘飞机了。"

"是的，"阿丽斯叹了口气道，"你也可以这样做。"

"那么，就这样说定了，"戴德利说，"我们现在去加拉塔桥那边散步吧。"

等他们吃完早餐，阿丽斯和戴德利就乘电车到卡拉孔，然后沿着大桥的入口走，这座大桥横跨金角地区，一直通往艾米诺努。

戴德利从口袋中掏出一个缎面的本子和一支黑铅笔。他仔细地画下眼前所见的一切，画下出租车停靠站，勾出停泊着许多喷着蒸汽、将开往卡迪孔方向的船只的码头，描下驶向摩达岛和于斯屈达尔的轮船，以及在另一侧供渡轮靠岸的小码头和供从贝贝克和贝伊奥卢开来的电车停靠的圆形小广场。

他在本子上涂涂画画，还绘下许多人的面容，例如站在摊位后面卖西瓜的小贩、坐在木凳上擦鞋的人、赶着驴车的工人。然后是由垂着大肚子的骡子拉着的小车，两只轮子卡在人行道上的抛锚的小汽车，它的司机正一头扎进车头，忙着修理出故障的发动机。

"好了，"差不多一小时过去后，戴德利开始收拾他的本子，"我已经把最主要的景物都画下来了，其余的我也记在了脑中。来吧，现在我们去集市随便逛逛吧。"

他们登上了一辆出租车。

他们在大集市的街巷里淘了大半天的古董。阿丽斯买了一个饰有螺钿花边的木质盒子，戴德利则找到一个嵌着天青石的戒指。他的母亲喜欢天蓝色，也许她会喜欢戴上这个戒指的。

随后他们找了一家烤肉摊吃午饭，并在下午一点多的时候回到酒店。

这时坎正在大厅里等着他们，他的脸色很不好看。

"我很难过，我的工作进展得很不利索。"

"他究竟想说什么？"戴德利在阿丽斯耳边轻轻问道。

"他的意思是他的工作进展得不是很顺利。"

"是的，但他根本没有说清楚自己的意思，我怎么知道他的意思是什么？"

"习惯了就好。"阿丽斯微笑道。

"就像我答应两位的一样，今天早晨我去了圣米歇尔小学，并拜访了那里的校长。他待我颇具社交风范，也很愿意帮我们在档案里查找一番。于是我们差不多翻遍了那两年间所有的册子，一个班接一个班。这活儿可不简单，笔迹已经开始褪色，纸张上也满是灰尘。我们打了许多的喷嚏，但还是坚持查完了所有的册子，一条入学记录都没有错过。唉，但可惜，我们的努力没有得到任何的回报。一点儿都没有！没有任何关于庞黛布丽或是艾扎西这个名字的记录。我们满怀失落的情绪，只能分手，我很悲痛地前来通知你们，小姐应该从来没有在圣米歇尔小学就读过。校长先生的结论应该是不能推翻的。"

"我真不知道你是怎样保持你的冷静的。"戴德利轻声说道。

"那就想想如果把他刚刚说的话用土耳其语再说一遍会是怎样，然后我们就可以知道谁更有语言天赋啦。"阿丽斯回答道。

"不管怎样，你总是帮他说话。"

"也许我当时是在另一所学校里注册的？"阿丽斯转向坎问道。

"这也正是我和校长先生分手时所想到的。因此，我打算列一张单子。今天下午我会去拜访卡迪孔的查泽多伊小学的负责人，如果还是没有任何发现的话，我明天就去圣约瑟夫小学，它也在同一个街区内。当然还有一种可能，就是你是尼赞塔斯女子学校的学生。你看，我们还有许多其他可能的，现在就以为我们已经失败了，这还为时过早呢。"

"既然他要去那么多学校，你就不能建议他同时再回去好好上上英文课吗？现在就以为'已经失败了，这还为时过早呢'，不是吗？"

"好了，戴德利，我觉得是你应该回到学校去重新学学。"

"我？我可没有自称是伊斯坦布尔最好的翻译……"

"但你现在的样子看起来好像只有十岁……"

"没错，就是我刚刚说的，你总是帮他说话。不过这样也好，至少等我走了以后，你不会太想念我，你和他应该可以处得很好。"

"这句话倒是像个大人说的，很聪明，你慢慢开始成长了呢。"

"你知道吗？下午你其实应该和坎一同去那个查泽多伊小学，也许旧地重游的时候，你会想起别的东西来。"

"你这话是气话吗？你的性子可真是难缠啊。"

"一点儿都不。因为我还要去城里买几样东西，和我待在一起，你应该会腻烦的。让我们各自搞定各自的事情吧，然后晚上一起吃饭。如果你愿意的话，就把坎也叫上。"

"你这是在妒忌坎吗，戴德利？"

"关于这点，我亲爱的姑娘，请允许我说，其实可笑的那个人是你来着。妒忌坎？不，一点儿都不，你居然会想到这么荒唐的话！"

戴德利和阿丽斯约定晚上七点在酒店大厅见，然后就头也不回地走了。

❧

一道铁门、一片围墙、一个种着一棵无花果树的方形小院子、几张年代久远的长椅。坎敲了敲传达室的大门，要求拜见校长先生。门房将校长办公室指给他们看，然后接着读他的报纸。

阿丽斯和坎走过一道长长的走廊，两侧的教室内学生坐得满满当当的，他们正全神贯注地听着老师讲课。学监请他们在一个小办公室里稍等片刻。

"你感觉到什么了吗？"阿丽斯忽然轻轻地对坎说。

"没有，我应该感觉到什么？"

"他们用来清洗窗户的纯酒精、粉笔灰、地板蜡，这就是童年的味道啊。"

"我的童年和这些没有一点儿关系，阿丽斯小姐。我的童年是提前下班的人们低着头，耷拉着被工作压垮的肩膀，还有土路上昏暗的光线，贫民窟肮脏的气味。在我的记忆里，没有酒精，没有粉笔灰，也没有地板蜡。不过我倒不是要抱怨什么，我父母都是世上最好的人，我的一些朋友就没有那么好运了。对了，我还可以告诉你，其实我的英语比戴德利先生想象的好多了，我是故意想看他生气的样子，才那样说的。"

"我保证不会告诉他的。"

"嗯，我相信你。"

学监用铁尺在桌上敲了几下，让他们安静些。阿丽斯立即从椅子上站起身，然后站得笔直。坎急忙用手捂住嘴，才没有笑出声来。这时校长来了，他请他们一同去他的办公室。

校长很高兴终于有机会可以一显他优异的英语水平，于是坎就被彻底忽视了，他向阿丽斯眨了眨眼：不管怎么说，结果最重要。阿丽斯将事情的始末原原本本地告诉了校长，校长告诉她，1915年的时候学校还不招收女孩。他很遗憾，但这就是事实。然后他将阿丽斯和坎送到学校门口，和他们一一告别，说如果有可能的话他很愿意去英国旅行，也许就在他退休之后。

随后阿丽斯和坎又去了圣约瑟夫小学。接待他们的神甫是一个神情严肃的人。他耐心地听完了坎的话，然后站起身，双手背在背后，在房里来回地踱步。他走近窗户，望着学生们在院子里进行课间活动。

"为什么他们总是打闹不休？"他叹了一口气，"你认为鲁莽暴力也是人类天性的一部分吗？我可以在课上的时候问问他们，这该是个很好的话题，你觉得呢？"神甫继续发问，目光仍是没有从那些孩子身上挪开。

"应该是的，"坎说道，"这该是个好方法，可以让他们好好反思一下自己的行为。"

"不，我是在问这位小姐。"神甫纠正了坎的话。

"我想，这可能还是没有什么用的，"阿丽斯毫不犹豫地回答道，"我觉得答案很明显，就是男孩子们喜欢打打闹闹，是的，这是他们天性中的一部分。但是只要他们进一步地进行学习，这种倾向就会慢慢开始减弱。莽撞暴力只是一种挫折感的结果，因为他们找不到合适的词来表达自己的愤怒，所以在没有恰当的语言的情况下，他们只能诉之于拳头了。"

神甫向阿丽斯转过身来。

"你在上学的时候，成绩一定很好。你喜欢学校吗？"

"尤其是当每天傍晚可以离开它的时候。"阿丽斯回答道。

"我可以想象。不过，我得告诉你，我自己没有时间帮你调查，我这里也没有其他人能够帮助你完成这项工作。我唯一能向你建议的就是，你可以待在自修室里，然后一人慢慢翻阅那些学籍记录。当然，自修室里必须保持安静，不然可能会被马上赶出去的。"

"这是当然了。"坎急忙回答说。

"刚才这些话还是对这位小姐说的。"神甫补充道。

坎低下了头，开始欣赏涂了蜡的木地板。

"好了，跟我来吧，我陪你过去。等门房一会儿有空了，他就会把所有入学记录登记册都搬过来。你可以在这里待到晚上六点，所以请好好利用吧。就到六点整，一分钟也不能多待，明白了吗？"

"你可以相信我们。"阿丽斯回答道。

"那么就来吧。"神甫说着，向办公室门边走去。

他打开门侧身让阿丽斯先走，然后转向仍一直待在椅子上不动的坎。

"这位先生，你是打算在我的办公室里度过这个下午，还是马上开始工作？"他有些不快地问道。

"我可不知道这次你是在和我说话啊。"

自修室的墙一半涂成灰色，一半涂成天蓝，天花板上安着两排日光灯。室内的大部分学生都是因为犯了错误被关进来的，他们看到阿丽斯和坎进来时都开始窃窃私语。但神甫跺了跺脚后，他们马上安静下来，并一直保持这种状态到神甫离开。不久门房就为阿丽斯与坎搬来了两个黑色的文件夹，上面用丝带扎着。他告诉坎，入学、退学、期末记录所有文件都在这里了，每一项都是按照班级来分的。

每项文件都由一条中线一分为二，左边的学生姓名用拉丁字母写，右边的是用土耳其文。坎用手指点着，一行一行地读下来，一页一页地翻着记录册。当时钟指针指向五点半的时候，他合上了第二本记录册，神情沮丧地望着阿丽斯。

他们一人夹着一本册子，然后找到门房把它们还给了他。走出圣约瑟夫小学大门的时候，阿丽斯转过身，向站在办公室窗口的神甫挥手致意。

"你怎么知道他正在看着我们？"走到大街上后，坎问道。

"因为我在伦敦读中学的时候，遇到过一位一模一样的老师。"

"明天我们一定会成功的，我确定。"坎接着说。

"那我们就期待明天吧。"

就这样一路说着，坎把阿丽斯送回了酒店。

戴德利在马尔基兹预定了座位，但是等他们来到餐馆门前时，阿丽斯却又犹豫了。她不想要一顿过于正式的晚餐。夜色微凉，她提议不如沿着博斯普鲁斯海峡走走，而不是待在嘈杂且雾气腾腾的餐馆里度过一个晚上。如果他们饿了，可以随时找个地方停下来吃饭。戴德利同意了，他也不是很有胃口。

河岸边有几个和他们一样的散步者，还有三个钓鱼人正在把鱼钩扔进黑乎乎的水里试试运气，一个卖报小贩在减价甩卖早晨的早报，以及一个擦鞋人正全神贯注地为一个士兵擦着靴子。

"你看上去好像心事重重的。"阿丽斯望着博斯普鲁斯海峡那一头的于斯屈达尔港口说道。

"我在想一件事，不过没什么要紧的。下午还顺利吗？"

阿丽斯把在圣约瑟夫小学的大致情况告诉了戴德利。

"你还记得我们从伦敦去布赖顿的那次经历吗？"戴德利说着点燃了一支烟，"在回来的路上，不论是你，还是我，我们都不愿意相信这个给你算命、说你有着神秘过去的老妇人。尽管你并没有说，但我也想得到你心里一定在想我们为什么要跑上这么多路，为什么我们的平安夜要冒着风雪坐在一辆暖气基本坏了的汽车里度过，还要冒着车子打滑出车祸的风险。但是，从那以后，我们又跑了多少的路啊，又有多少你过去觉得不可能的事情发生了？我愿意继续相信，阿丽斯，我愿意相信我们的努力没有白费。美丽的伊斯坦布尔已经为你揭开了那么多你从未想象过的秘密……谁知道呢？也许在接下来的几周内，你就会遇到那个令你成为世上最幸福的女人之一的男人了。对了，关于这点，我该向你承认，我也应该负一定的责任的……"

"但我很幸福，戴德利。因为你，我经历了平生最难以置信的一次旅行。过去我总是待在工作桌前，绞尽脑汁，还是因为你，我脑中现在充满了新鲜的点子。我根本不在乎这个荒诞的预言是否会成真。老实说，我甚至觉得它很讨厌，如果不用粗俗这个词的话。她让我觉得自己好像就是个在追逐幻梦的女人，我不喜欢这样。至于那个改变我一生的男人，我想其实我已经遇到了。"

"是吗，他是谁？"

"奇哈格的那个调香师。他让我想到了一些新的计划。那天在他家的时候其实我还是弄错了，我想要做的不只是室内香氛，而是关于某个地点的香水，可以帮助我们回想起某个重要时刻的香水，某个独一无二、无法重现的时刻。你知道吗？嗅觉的记忆是永远不会褪色的。我们爱过的那些面容可能会随着时光的流逝逐渐淡去，他们的声音我们也可能忘记，但是气味，却永远不会被遗忘。如果你是一个爱好美食的人，那么一道童年时菜肴的香味就会让你回想起过去所有的一切，回想起每个细节。去年，有个男人喜欢我调配的一款香水，他问到我的地址，上门来找我。他随身带着一个铁盒子，打开后里面有一段编好的细绳、一个掉漆的小铅人、一块玛瑙以及一面旧旗子。他关于童年的所有记忆都在这个小铁盒里了。我问他，有什么我可以帮他的吗。他告诉我说，在闻过我的香水之后，他身上发生了某种奇妙的情况。在回家之后，他突然觉得必须得尽快从仓库里把这些被遗忘了的宝贝找出来。他想请我在一切都消失之前，再做出一款盒子气味的香水。那时我傻傻地告诉他，这一切是不可能的。不过在他走后，我还是把盒子里的味道一一记在了纸上。盒盖内锈蚀的金属、细麻绳、小铅人、上色的油彩、做玩具用的橡木、小旗子蒙尘的丝料，还有玛瑙弹子，我把这一切都写在一张纸上，尽管我并不知道要用它做什么。但是，现在我知道了。我知道应该怎么做了，就像你在十字路口做的一样，我必须多观察，然后尽力炮制出一种可以包容数十种材质的香水。你对色彩与造型特别敏感，而我则是对文字和气味。我会再去拜访一次那位奇哈格的调香师，请他允许我可以在他身边多学习一阵子。我们可以交换我们的知识、我们的技巧。我想要复活那些消失了的时刻，唤醒那些沉睡的地方。我知道这些话在你听来一定很奇怪，但是，如果换了是你不得不留在这里，是你十分想念伦敦的话，你应该可以想象重新找到那种熟悉的雨水的气味对你意味着什么吧。我们居住的街道都各有各的气味，清晨傍晚各不相同；每个季节，每一天，每一分钟，在我们的记忆中都有只属于自己的独特气味。"

"这真是一个奇怪的想法，不过说真的，我也很想重新找回属于我父亲书桌的味道。你说的，仔细想想的话，它的确比看起来的要复杂许多，因为其中还混合了壁炉中燃烧着的木材的味道、我父亲吸的烟斗的气味以及他坐的扶手椅的皮革味。我无法向你描述出它具体是怎样的，但我知道其中还有铺在他书桌前的地毯的味道。我小时候常常坐在那里玩，我可以花上几小时摆弄那些铅铸的士兵，让他们进行激烈的战斗。带红色条纹的是拿破仑手下的军队，带绿色条纹的则是我们的人。这片战场上有一种落了灰的羊毛的味道，只要一闻到它，我的心好像就平静下来了。我不知道你的点子是否能够帮助我们致富，我甚至怀疑地毯气味或是雨后街道气味的香水可能根本没有人会买，但是，我可以感觉到这其中有一种诗意。"

"也许不是一种街道气味的香水，而是一种童年味道的香水……就在我来找你之前，我曾跑遍了整个伊斯坦布尔，想找到一瓶有着初秋海德公园气味的香水。也许这项工作要花很久的时间，"阿丽斯接着说，"我才能做出令自己满意的作品。老实说，这是我第一次在事业上遇到挫折，我开始对自己过往的工作产生怀疑。所以，我应该好好地谢谢你，戴德利，也要谢谢那位算命师，是你们一路推着我来到了这里。至于我们所发现的关于我父母的谜一般的过往，我想说这是一种极令我困惑的感觉，是一种混合了思乡、柔情、悲伤和欢笑的快乐。在伦敦的时候，每次当我重新路过我们曾居住过的那个地方时，我都再也认不出那里。我认不出我们住过的大楼，认不出我常常帮我母亲去买东西的小店，因为过去的一切都消失了。现在，我终于知道这世上还有另外一处地方是我和我父母曾经一同居住过的；伊斯克里塔尔街的气味、石砌的房子、有轨电车还有成千上万种其他的东西，从今往后它们都是属于我的。即使我的记忆记不住这些时刻，我也知道它们曾经发生过。每晚，当睡意袭来的时候，我就不会再想着他们已经离我而去了，我只想着他们曾和我一同住在这里。我可以向你发誓，戴德利，对我来说这一切已经足够了。"

"不过你不会就这样放弃你的香水发明吧？"

"不，我向你保证，即使我知道等你走后事情可能会变得不一样。"

"我希望你能够做到！即使我的理性告诉我其实这不太可能。你和坎相处得很不错，如果说有时候我表现得好像是要和他对着干的话，事实上我只是觉得这样很好玩。尽管这家伙的英语说得很糟糕，但我还是得承认，他是一个出色的向导。"

"刚才你是不是有什么秘密要告诉我？究竟是什么呢？"

"没什么要紧的，我想，我自己已经都忘了。"

"你什么时候离开伊斯坦布尔？"

"很快。"

"这么急吗？"

"是的，我很抱歉。"

两人沿着码头继续走着。当最后一艘蒸汽船也放下缆绳时，戴德利的手偶然间擦到了阿丽斯的手，后者顺势就抓住了它。

"两个朋友间总可以拉拉手吧，不是吗？"

"我想当然是的。"戴德利回答说。

"那么，我们就再多走一会儿吧，如果你也愿意的话。"

"这是个好主意，我们再多走一会儿吧，阿丽斯。"

伊斯坦布尔假期

L'étrange voyage de Monsieur Daldry

Chapter 12

分别

　　你轻轻地拂过我的灵魂，你改变了我，你让我忽然产生了爱人与被爱的渴望，我怎么能够原谅你呢？

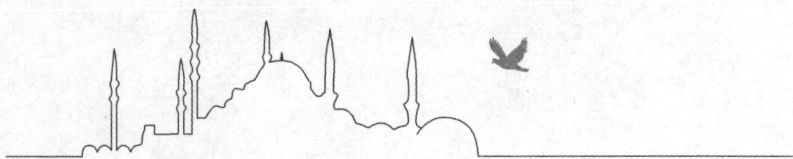

阿丽斯：

　　我希望你可以原谅我的不告而别，因为我不想我们之间还要再多经历一次分别的场面了。这周的每个晚上我都在想应该如何和你告别，我从你房门前经过时，只要一想到我要提着行李在酒店的大厅中和你说再见，我心里就很不好受。昨天我本想和你当面说的，但我怕这样就会毁了我们之间最后一起度过的美妙时刻。我还是更希望我们可以一同保留关于在博斯普鲁斯海峡边最后一次散步的回忆。你看上去是那么幸福，我也是，在一次旅行快结束的时候，我们还能要求的比这更多吗？我发现你是一个迷人的姑娘，能成为你的朋友，我与有荣焉，至少我希望我已经是你的朋友了。朋友，是的，对我而言，你就是我的朋友，这次和你一同在伊斯坦布尔度过的日子将是我一生中最美好的回忆之一。我衷心希望你也可以实现你的梦想。你的爱人如果可以适应你的性格（我想以一个朋友的身份这么说，你应该不会生气吧，不是吗？），那么他就可以在身边多一个好姑娘做伴，她的笑声可以为他驱走生活中的任何阴霾。

我很高兴能够和你做邻居，我甚至已经知道，当我写下这几行字时，我就开始想念你的陪伴了，尽管你平时是个那么喜欢叽叽喳喳的姑娘。

一路顺风吧，科麦尔·艾扎西的女儿，请不要犹豫地奔向属于你的幸福吧。

你忠诚的朋友
戴德利

伊森：

我今天早晨看到了你的信，给你的回信下午就会寄出。我不知道要过多久你才能收到它。早上的时候当你把信从门缝里塞进来，信封擦着门缝发出簌簌的声音时，我就已经醒了。我知道你马上就要走了，我赶快跑到窗边，正好赶上，我看到你坐上出租车。但当你抬头望向我房间的方向时，我又退了一步，也许我这样做的理由和你的一样。但是，当我看到你乘坐的出租车慢慢沿着伊斯克里塔尔街远去时，我是多么想大声地向你说一声再见，亲口谢谢你为我所做的一切。和我一样，你的性格也糟透了（一个真正的朋友这样说，你应该不会生气吧？），但是你也是一个优秀的人，慷慨、有趣、才华横溢。

你和我成为朋友的方式很不同寻常，也许这段友谊只是在伊斯坦布尔维持了几天或几周的时间，但是今天早晨当你离去的时候我忽然也有一种不同寻常的感觉，我感觉到我需要你。

我完全理解你这次不告而别的原因，我甚至觉得你这样做很有道理，我自己也不喜欢分离的场面。从某种角度说，我很羡慕你马上就可以回到伦敦了。我很想念我们那栋维多利亚式的大楼，还有我的工作室。我会在伊斯坦布尔待到春天到来。坎答应我，只要天气一放晴，他就带我去你和我曾经没有去成的王子岛。我会把我看到的每一处景物都写给你的，如果我发现了一处你可能会感兴趣的十字路口，那我就会把它详详细细地说给你听。据说在那里时间似乎停止了，当我们在那里散步时，我们总会觉得自己好像回到了17世纪。那里不准机动车通行，只有驴车和马车。明天，我和坎会去拜访奇哈格的那位老调香师，我回头会把经过都写给你，把我在工作上的进展随时告诉你。

我希望你的回程没有太辛苦，你的母亲也身体健康。好好照顾她，还有你自己。

祝你和她过得愉快。

你的朋友
阿丽斯

亲爱的阿丽斯：

准确地说，你的信在路上走了六天才到达我家。今天早晨我不在家时，邮差终于把它送到了。我想它也是乘飞机来的，不过信封上的邮戳没有显示它乘坐的航班号，我也不知道它是否在维也纳转机。回到伦敦的第二天，在收拾完自己的房间后，我就去了你的公寓。我可以向你保证，你房中的所有东西我都没有动过，我只是清扫了一下灰尘，然后把我的画具在你的工作室里安顿下来。你可以想象我围着围裙戴着头巾，一手提着水桶和扫帚的样子，你大概是会笑话我的。不过，这应该也是我楼下的邻居正在做的事情。是的，就是不时地用她的钢琴声破坏你的安宁的那位邻居，我在下楼倒垃圾的时候很不幸地和她打了一个照面。现在你的房间已经整整齐齐，我相信明媚的春光不用我们等太久，就会马上光临。告诉你英国现在还是笼罩在一片阴湿的氛围下，应该都是多余；虽然这的确是我最喜欢的话题之一，但我还是不要用它来浪费你的时间了。总之，从我回到伦敦后，雨水天气就没有停止过。我每天中午仍旧是去餐馆吃饭，听那里的人说，过去的整整一个月都在下雨。

现在博斯普鲁斯海峡和它那令人惊讶的暖冬似乎已经离我很远了。

昨天我沿着泰晤士河散了散步。你说得对，在这里我找不到当时我们在加拉塔桥上散步时你曾描绘给我听的任何一种气味，即使是马粪的味道也是不同的。写到这里的时候，我又想了一会儿，不知道我选择的例子是否恰当地表达了我的意思。

没有和你说一声就不辞而别，对此我心里一直很内疚，但是那天早晨我的心情实在是太沉重了。请理解我的苦衷吧，请想想你对我所做的事吧。你也许永远都不会明白，它对我来说意味着什么，但是不管怎么说，我们在伊斯坦布尔散步的那最后一个晚上，你终于是我的朋友了。就像歌里唱的一样，你轻轻地拂过我的灵魂，你改变了我，你让我忽然产生了爱人与被爱的渴望，我怎么能够原谅你呢？你用一种很特别的方式，使我成为一个更好的画家。请不要弄错了，这并不是说我对你怀有什么迷乱的情感，只是一份诚挚的友谊宣言。这样的事情也是可以发生在朋友间的，不是吗？

我很想念你，亲爱的阿丽斯，把我的画架安放在你的大玻璃窗下只会让我的思念加倍。因为在这里，面对着墙边这一整排香水，面对这些你教我辨认的小罐子，我有时会觉得你好像就在我身边，它们鼓励我画下我们曾一同研究过的伊斯坦布尔的某个十字路口。这是一项需要雄心壮志的工作，我已经画了不少草图，但仍有不足之感。所幸我知道自己有足够的耐心。

多保重吧，也替我问候坎。不，算了，还是不要问候他了，把我所有的祝福都留给你吧。

戴德利

亲爱的戴德利：

我刚刚收到你的回信，谢谢你信中那些热情洋溢的祝福。在刚刚过去的那一周里发生了许多事情。你走的第二天，坎和我乘电车从塔斯米出发，途中经过尼赞塔斯，最后到达艾米干。我们访遍了当地的所有小学，但遗憾的是，还是没有任何收获。每次都是同样的经历，或者应该说都是差不多的经历；每个学校都有相似的庭院和草地，我们连续几小时翻阅学生登记册，但总是找不到我的名字。有时我们待的时间更短，因为学校里根本没有登记记录保存下来，或者又是学校在帝国时期根本不招收女生。我开始相信，当我们住在伊斯坦布尔时，我父母应该从未送我进过学校。坎觉得可能是战争的缘故，所以他们更希望我留在家里。但是，我在任何地方，不论是领事馆的记录，还是学校的学籍登记册，都找不到关于我的记录，这一点有时让我开始怀疑自己是否真的存在过。我知道这个想法没有任何意义，但前天我最终决定停止调查，这一切太难了。

之后，我们就去拜访了奇哈格的调香师，我和他待在一起的那两天比之前的日子过得都有意义、有收获多了。多亏了坎精湛的翻译技术，自从你走后，他的英语水平稳步上升，我向调香师完整地说明了自己的计划和想法。开始的时候，他觉得我是不是疯了，但我用了个小计策就说服了他。我告诉他，我的许多同胞暂时没有办法来伊斯坦布尔参观，他们没有办法来到奇哈格这里，没有办法在通往博斯普鲁斯海峡的石砌小道上散步，他们只能在明信片上看看月色下汹涌的水流的银色反光，他们更没有办法听到于斯屈达尔蒸汽船的声音。我对他说，如果可以在一瓶包含了伊斯坦布尔所有魅力的香水中让他们了解这个城市的魔力的话，那就太棒了。显然我们的老调香师爱他的故乡胜过一切，于是他不再取笑这个计划，而是认认真真地开始倾听。我在一张纸上记下了所有我在奇哈格街区发现的特殊气味，坎一一做了翻译。看得出这位老人已经被震动了。我知道这个计划有点儿疯狂，但是我已经被这个白日梦给深深迷惑。想想能够在肯辛顿或是皮卡迪利大街上的一家香水店里找到一瓶名为"伊斯坦布尔"的香水。我请你，戴德利，不要笑我，我已经成功地说服了这位奇哈格的调香师，我还需要你在精神上的支持。

我和他的工作方式很不一样，他做事是一个完美主义者，而我做事则是药剂师的思路。但他的风格却可以帮助我单刀直入，这是我以前从未想过的方式。我们每天都可以彼此取长补短。毕竟发明一种香水不等于简单地把一些成分混合在一起，而是要根据直觉记下嗅觉所给我们的指示，记下它印刻在我们记忆中的所有印象，就好像唱片机的磁针在密纹唱片上记下一首曲子一样。

当然，我亲爱的戴德利，我告诉你所有这些事情，并不只是想和你谈谈我自己，尽管这的确是一项很符合我个人口味的工作，但同时我更想知道你的工作进展得如何了。

我们是合伙人，毫无疑问除了我之外，你应该也开始工作了。如果你还没有忘记我们在伦敦某家无与伦比的餐厅中定下的那份契约的话，你就应该记得你应该完成的那部分工作。你曾说你要画下伊斯坦布尔最美的十字路口，以证明你的才华。如果在你的下一封来信中，我可以读到那天你在加拉塔桥上所记下的所有景物的话，那我就太高兴了。那一天我们所经历的种种至今还在我的眼前，我希望对你来说也是，因为我不想你的作品上缺少了什么。就像回答考试问卷那样回复我吧，对了，不要翻白眼……尽管我猜想你可能已经这样做了。这段时间以来，大概我去学校的次数也是太多了。

如果你愿意的话，不妨认为这个要求其实是一次向你提出的挑战，我亲爱的戴德利。当我回到伦敦的时候，我保证可以把那瓶新发明的香水交给你，你一打开瓶盖，就可以马上回想起你曾有过的所有记忆。而作为回报呢，我希望你也可以将那幅完成的画作送到我的面前。它们会有一个共同点，它们都将以自己的方式讲述我们在奇哈格和加拉塔度过的那段时光。

现在轮到我向你请求你的原谅了，请你原谅我要以这样迂回的方式让你了解，我还要在此地再多待一段时间。

因为我真的感觉有必要，也真的很想要这样做。现在我很幸福，戴德利，真正的幸福。我觉得自己比过去都更加自由，我甚至相信我可以说自己从未感受过这样令人沉醉的自由。但我并不希望自己会成为耗尽你遗产的罪魁祸首。你每周寄来的钱、你为我提供的生活条件实在是太优厚了，我想我不需要这样的奢华或是舒适。尽职的坎已经为我在于斯屈达尔找到一个很不错的小房间，就在离他家不远处。他的一个姑姑就是房东。我快活极了，明天我就会搬离酒店，进入一种真正的伊斯坦布尔生活。每天早晨我要花一小时到我们的调香师那里，晚上的话，则可能要更久一些，但是我不会抱怨的，正相反，每天能够乘蒸汽船两次穿过博斯普鲁斯海峡，远远比湮没在伦敦地铁的黑暗里要好多了。坎的姑姑在于斯屈达尔区开有一家餐馆，她打算雇用我做女招待的工作，那是当地最好的一家餐馆，有越来越多的外国游客光临。因此对她来说，有个说英语的员工会是一个很大的优势。坎将教我认菜单，以及一些简单的餐饮用语，例如那些由当地首屈一指的厨师坎爸爸精心烹调的菜肴原料。我每周周五、周六、周日是工作日，所得工资应付生活所需绰绰有余。当然这种生活和我们之前过的豪华生活自然是不可比的了，但你知道我过去是已经习惯了简朴的生活方式的。

我亲爱的戴德利，伊斯坦布尔已经夜深了，这是我在酒店住的最后一夜，我将好好利用这个在豪华房间里度过的夜晚。每晚，当我经过你曾住过的房间时，我都会和你说晚安；等我搬到于斯屈达尔后，我会保留这个习惯的，因为我的房间窗户正对着博斯普鲁斯海峡。

我会把我的新地址写在这封信的背后，我急切地等待着你的回信，我希望里面会有那份我要求你写的清单。

多保重。

吻你，以一个朋友的身份。

阿丽斯

阿丽斯：

既然上级有令……

以下是关于电车的文字：

内部铺有木地板，表层磨损，嵌着蓝玻璃的车门隔开驾驶室和乘客车厢，司机使用铁质手柄，两盏灰白的顶灯，时代久远的奶白色涂料，有几处已经剥落。

关于加拉塔桥：

桥面铺有石板，中央安有两条平行铁轨，不过技术远未及格；人行道弯弯曲曲，两侧安有石砌桥栏及黑色铸铁扶手，扶手上遍生铁锈，其与石栏连接处已有锈蚀的迹象；桥上有五位垂钓者，其中那个小朋友还是应该去学校上课，而不是旷课来这里钓鱼。一位卖西瓜的小贩站在由红白条雨布遮盖的小车后；卖报小贩背着帆布褡裢，歪戴鸭舌帽，口里嚼着一段烟草（过了一会儿他才把它吐掉）；一个摆摊卖小玩意儿的小贩望着博斯普鲁斯海峡，似乎正在寻思拿起他的货物吆喝是不是更好些；一个扒手，或者至少是一个凶神恶煞的家伙也在闲逛着；在人行道的对面，一个商人该是因为生意一直不好而面露沮丧的神情，他穿着一件深蓝色的外衣，头戴白色礼帽，脚穿白色皮鞋；两个女人肩并肩走着，两人的容貌极像，看样子是一对姐妹；距她们十步之外的地方，有一个看上去知道自己已经戴了绿帽子的丈夫；更远处，一个水手正沿着扶梯走向岸边。

既然我已经说到岸边了，那么再补充一下，那里还有两座浮桥，两旁停着一些漆得五彩斑斓的小船，有些船头绘有红色条纹，另一些则是水仙黄色。码头上有五个男人、三个女人以及两个孩子在等待船舶靠岸。

如果我们仔细观察的话，还可以看到远处的街道通往地势更高的街区，有一家花店的门面在其中若隐若现；更远处是连着的几家文具商店、烟草店、蔬果店、杂货店和咖啡店；之后街道的走向转变，我的视线就够不着它了。

至于天空中万般的色彩，我就暂时先留在自己的记忆中，你会在我的画面上直接看到它们的。还有博斯普鲁斯海峡，我们一同久久地凝望过它，我想蒸汽船扰动的水波光影对你来说一定还历历在目。

更远处是于斯屈达尔的山丘以及建造在那里的房子，现在我会更加用心地描绘它们，因为你正住在那里；从那里可以看到清真寺的尖塔、成千上万艘在海湾间出没的船只、小艇和帆船……我应该承认，这一切似乎有些混乱，但是我仍希望我已经成功地通过了我的考试。

我会将这封信寄到你的新地址去，希望它可以成功到达那个我尚未有幸拜访过的街区。

你忠实的

戴德利

又及：你不必替我向坎转达问候，更不用向他的那个姑姑转达问候。还有我忘了，这周的周一、周二和周四都在下雨，周三稍有缓和，但周五却是个大晴天……

戴德利：

转眼已是三月末了。上周我没能找到时间给你写信，因为在奇哈格工作室度过的白天和于斯屈达尔餐馆打工的晚上之外，我基本一回到家就倒头睡着了。现在我每周都去餐馆上班，你可以为我感到骄傲，因为我已经掌握了端盘子的高超技术，我可以每只手拿三个，失手的概率也很小……坎妈妈——所有人都这样叫坎的姑姑，她对我很好。如果我吃完了她给我的所有食物的话，等我回到伦敦的时候，一定会胖得连你都认不出我的。

每天早晨，坎都会来我住的地方的楼下等我，然后我们一起去码头散散步。虽然只有十五分钟，但只要没有强劲的北风，还是相当怡人的。因为最近几周有时天气忽然变得比你在的时候要更冷一些。

乘渡船过博斯普鲁斯海峡总是一桩很美妙的经历。每次我都想象自己是在欧洲工作，而晚上则回到我住的亚洲去。上岸之后，我们搭乘公共汽车，如果时间比较赶的话——往往是因为我的缘故——我就会用前一天晚上得到的小费搭一辆出租车。

到了奇哈格后，我们还需要沿着街道向上走一段路。我每天的作息相当规律，因此常常能够在那里遇到一位鞋匠，每次他都是正要从家里出门，身上背着一个巨大的木箱子，看起来似乎和他本人一样重。我们彼此会打个招呼，然后他唱着歌向下走，而我呢，我就沿着这条街向上走。不远处还有一位妇人，她每天站在家门口看着自己的孩子背着书包出门上学；她的目光一直跟着他们，直到她的孩子的背影完全消失在街道的转角处。当我从她身边经过时，她会冲我微笑，但在她的目光中我仍可以感到一种焦灼的情绪，这种情绪不到晚上孩子们平安回家是不会消失的。

另外每天早晨还有一位食品杂货铺的老板会要我在他的铺子里挑一个水果，他对我说，我的肤色太白，吃点儿水果有益健康。我想，他该是很喜欢我吧，当然我对他也很有好感。中午的时候，调香师会去接他的妻子，坎就和我一同去那家杂货铺买点儿吃的。然后，我们两人会到一片街区的墓地间，坐在一棵大无花果树下的石凳上。我们望着墓碑上的文字，想象那些长眠于地下的人们的过去。之后我回到工作室，调香师为我也安排了一个工作台。我自己买了所有必需的材料。研究一切顺利。现在我正在尝试制造出尘土的味道。请你不要笑我，因为尘土的味道在我的回忆中无处不在，它身上混合了土地、墙壁、石路、盐、泥，以及朽木的气味。调香师也把他的几种发明教给了我，我们之间现在有了一种真正的默契。等到晚上，坎则和我一同回去。我们仍旧是搭乘公共汽车，在码头上等待蒸汽船有时要很久，尤其是当天气寒冷的时候，但是我已经彻底地融入了当地人的生活。随着时间的推移，这种感觉越来越强烈。我自己也不明白这是为什么，但就是这样。我按照这个城市的节奏生活，我也喜欢这种节奏。如果我想说服坎妈妈让我以后每晚都去上班的话，那是因为我真心喜欢这种生活，我从中感受到一种幸福的感觉。我喜欢在客人中拐来拐去，喜欢听到厨师因为我手脚不够麻利而大声嚷嚷，我喜欢同事们在看到坎妈妈用手敲敲她丈夫想让他安静点儿时的会心一笑。到餐馆打烊的时候，坎的叔叔就会用他的大嗓门把我们都召集到厨房。我们一同在大木桌子周围坐下，他为我们铺上桌布，然后端上美味的晚餐。这些都是我现在生活中最微不足道的细节，但是它们却令我感受到从未有过的幸福。

我也不会忘记这一切都应该要感谢你，戴德利，感谢你，也只有你。我好想有一天能够看到你推开坎妈妈餐馆的大门，看到你——发掘这些令人涌起泪意的菜肴的滋味。我常常想念你。我希望很快能够收到你的消息，不过别再列清单了。你的上一封信里除了清单外，什么都没有，我是多么想知道你的近况啊。

你的朋友

阿丽斯

阿丽斯：

邮差今天早晨把你的信交给我了，不，交这个词其实并不准确，老实说他是把你的信劈面丢给我的。这个男人的脾气很不好，他已经有整整两周没有和我说一句话了。说真的，一直没有收到你的消息令我有些焦虑，我担心你那里是否发生了什么意外，为此我每天都在诅咒万恶的邮政机构。为了确认你的信件没有被邮局遗忘在某个角落里，我后来又去了好几次。结果就和邮局窗口的工作人员弄得有些不愉快，但我可以发誓这事一点儿都不能怪我。一切都是因为他不能接受我对他们工作质量的质疑。说得好像女皇陛下的邮局永远不会丢件似的！这个问题我也当面问过邮差，而他也很火大。这些穿制服的工作人员如此易怒，简直是到了可笑的地步。

因为你，我现在不得不去向他们道歉。所以我拜托你，如果你的工作并不是让你无法分出一丝一毫的时间给我写信的话，我拜托你至少可以花几分钟给我写几句话，告诉我你最近太忙没有时间给我写信。只要几行字就足够了，我也就不用无谓地为你担心。请你理解我的心情吧，我始终觉得把你一个人留在伊斯坦布尔这件事，我需要负一定的责任。我需要保证你在那里安全健康。

我很高兴在信里读到，你和坎的默契日益增加，你现在和他一同吃午饭，还是在一片墓地里，虽然在我看来这地方一点儿都不像是个适合用餐的地方，但是不管怎么说，看到你说自己现在很幸福，那我也就没有什么可以说的了。

老实说，你的工作很令我惊诧。如果你真的正在尝试制作出尘土的气味的话，那待在伊斯坦布尔是没有用的，你应该马上回到你伦敦的家中。在这里你会发现你的房间完全符合你的需要。

你希望我把自己的近况也告诉你……和你一样，我也正在专心地工作着，加拉塔桥已经在我的笔下初具雏形。最近几天我正在绘制桥上人物的草稿，然后我会进一步地完善于斯屈达尔那片房屋的细节。

我还去了一趟图书馆，在那里我发现了许多古老的木刻画，它们重现了博斯普鲁斯海峡亚洲一侧的美丽景致，它们给了我很多的启发。每天快到中午的时候，我都会离开我的工作室，前往街尽头的小饭馆吃饭。那个地方你也去过，所以我想我就不必向你再描述它了。你还记得那个有一次曾坐在我们身后独自用餐的老妇人吗？我有个好消息要告诉你，我觉得现在她的孝期已满，而且她可能已经遇到了某个人。昨天，一个年龄和她相仿的老先生走进餐馆，和她一同吃了午餐。这位老先生虽然穿着邋遢，但总的来说面相和善。我希望他们的故事可以有个好的结局。世上没有什么可以阻止人们相爱，不管我们已经多大了，我们仍是有相爱的权利的，不是吗？

下午的时候，我会去一趟你家，稍稍整理一下房间，然后就开始在画布上工作，直到晚上才停止。你的大玻璃窗采光很好，我从未在这么好的状态下工作过。

每周六，我仍会去海德公园散步。鉴于每个周末都是阴雨连绵，一路上我一个人都没有遇到，我很喜欢这种感觉。

另外，在这周开始的时候我曾在路上遇到了你的一位朋友。某位卡罗尔小姐，她看到我后主动跑过来向我自我介绍。当她提到我去你家敲门的那个晚上时，我忽然对她的脸有印象。借此机会，就让我顺便说一句，那天的事情我很抱歉。不过你的朋友倒不是为了指责我才过来和我说话的。而是因为她知道我们一同出门旅行，所以她看到我的时候原以为你也回到伦敦了。我和她一同去喝了杯茶，其间我把你的情况告诉了她。不过，不是全部，因为没过多久她还要回去医院上班；她是个护士。这样写出来其实挺白痴的，因为这是你最好的朋友之一，但我也很讨厌涂改。我们在伊斯坦布尔的故事让卡罗尔很激动，我和她约好了下周一起吃一次晚饭，这样她就可以把我们完整的经历告诉其他朋友。不用担心，对我来说这事儿并不讨厌，你的朋友是个迷人的姑娘。

好了，亲爱的阿丽斯，就像你读到的一样，我的生活远远没有你的那么丰富多彩，但是和你一样，现在我很幸福。

你的朋友
戴德利

又及：你上一封信里总是提到这位亲爱的坎，你说"每天早晨，坎都会来我住的地方的楼下等我。"你是在暗示伊斯坦布尔已经变成"你的家乡"了吗？

安托：

我有个坏消息要告诉你。上个周末泽米尔利先生在他的公寓里去世了，是他的厨娘发现的，他在他的扶手椅里永远地睡着了。

坎和我决定一同出席他的葬礼。我原以为来参加的人不会很多，加上我和坎两人也不算多。但事实上那天来墓地的人数多达百人，我想这位老人在某种程度上已经成为街区记忆的一个部分了；尽管小奥古为了驯服电车而落下了残疾，但他的一生仍是相当精彩的。在场的所有人都一同分享了那些笑泪交织的记忆。在下葬仪式进行的过程中，有个男人不住地看我。我不知道坎是怎么想的，但他坚持让我和那位先生打个招呼。于是我们三人在葬礼之后又一同去贝伊奥卢的一家糕饼店喝了茶。这位先生是故去的泽米尔利先生的侄子，他看上去心情很低落。不过事情也真的很巧，因为我们之前其实已经见过面了，他就是我去买小号的乐器店的老板。好了，关于我的事情就是这样。你在信里说你遇到了卡罗尔？太好了，她是个善良的姑娘，选的职业也很适合她。我希望你和她的晚餐用得愉快。下个周日，如果天气允许的话，我会和坎以及泽米尔利先生的侄子去王子岛野餐；我上一封信里应该已经和你提过了。坎妈妈强烈要求我每周休息一天，我只好答应了。

我很高兴知道你在你的工作上进展顺利，我的大玻璃窗也很令你满意。我也很愿意想象你在我家中，一手拿着画笔的样子，不过我还是希望每晚你临走时，可以稍稍收拾一下你的颜料和激情（就把这当作朋友间的恭维吧）。

我时常很想给你写信，但是每天工作的疲乏却不得不令我放弃了这个计划。我必须结束这封短信了，虽然我还有许多事情想告诉你，但我的眼皮已经开始打架了。请相信我始终忠于我们间的友情，以及我每晚在睡前，仍会从我于斯屈达尔的房间窗口向你致以最热烈的祝福。

吻你。

阿丽斯

又及：我决定开始学习土耳其语了，坎是我的老师。我的进步很令他吃惊，他说我的土耳其语基本没有什么口音，他很为我自豪。我希望你也会为我骄傲。

最亲爱的苏泽：

别惊讶……虽然我的名字是伊森，你过去又常常称我为"亲爱的戴德利"，但是你在上一封信里开始管我叫安托。

你在写信的时候想到的那个安托是谁呢？

如果我不是特别讨厌涂改的话，我一定会把上面那段话都涂掉的。不然你看了大概又会觉得我是个坏脾气的朋友了。但这话也没有错，因为我很不满意最近几天的工作成果。于斯屈达尔的房子，特别是你现在居住的那一栋让我觉得很郁闷。请想象一下吧，从我们当时所处的加拉塔桥望过去，它们看起来是很小的，但现在既然知道你正住在那里，我就极想将它们处理得更高大好认些，让你一眼就可以认出你住的那一栋。

在你的上一封信里，我注意到你一点儿都没有提到你的工作。当然这话我不是作为一个忧心忡忡的合伙人说的，而是作为一个好奇的朋友。你现在的进展如何了？你已经成功地将那种尘土的气味付之于现实了吗？或者说你希望我从伦敦给你寄一包过来？

我的老朋友奥斯汀也归西了，虽然没有泽米尔利先生的葬礼那么哀伤，但是我认识它的时间要比泽米尔利先生长多了，我不想向你隐瞒我不得不把它留在车库里时内心的难过之情。不过从另一个正面的角度说，就是我终于可以进一步挥霍那笔遗产了，谁让你现在都不肯帮我挥霍了呢。下周我决定要去买一辆新车，我希望（如果哪天你回来的话）可以有幸让你也试试它。你在伊斯坦布尔待的日子似乎越来越长了，我决定向我们共同的房东直接付清你房间的房租，请不要对我说不，既然现在只有我一人使用你的公寓，那由我来付也是情理之中的。

我希望你的王子岛之行不会令你失望。至于我，这个周末我将会陪你的卡罗尔去看一场电影。这完全是她的主意，因为我，我可是从来不去电影院的人。

我现在还不能告诉你将上演的电影的名字，因为这是一个惊喜。下一封信里我会详细地告诉你的。

我即将离开你的公寓回家度过这个夜晚。从它的窗口，我也向你致以最热烈的思念。

再见，亲爱的阿丽斯。我很期待我们在伊斯坦布尔的晚餐，以及你关于坎妈妈和坎爸爸餐馆的故事，它们令我胃口大开。

戴德利

又及：你的语言天赋的确令我惊喜。不过，鉴于坎是你唯一的语言老师，我还是觉得有必要请你找一本字典——核实他上课所讲的内容。

当然了，这只是个建议而已……

戴德利：

我刚刚从餐馆回来，因为失眠所以就在半夜时分给你写信。今天，我遇到了某件让我极为困扰的事情。

坎和每天早晨一样，都来我楼下找我。我们一同从于斯屈达尔区向着博斯普鲁斯海峡的方向走。但就在前一晚，一栋老房子因为失火的缘故，整面墙坍塌下来倒在我们每天走的路上。于是我们不得不绕开火灾现场，周边的街道上也全是人，我们只能绕了很大一个圈子。

我是不是在有一封信里曾和你说过，有时只要再闻到一种气味，我们就能找回关于某个已经消失了的地方的回忆？当我沿着爬满蔷薇的铁栅栏走的时候，我忽然停了下来；我闻到了一种奇怪的熟悉香味，一种混合了椴树和野蔷薇的味道。我们推开铁门，发现在巷子的尽头有一栋被时间遗忘了的房子，或者说一栋被一切遗忘了的房子。

我们在院子里慢慢走着，一个老先生正在仔细地修剪那里新生的花木。我猛然间记起了这蔷薇的香气，记起了沙砾、石灰墙以及椴树下石凳的气味。关于这个地方的回忆一下子涌现出来。我好像看到这个院子里挤满了孩子，我认出了石阶上的蓝色大门。这些被遗忘了的记忆重新回到了我的眼前，就好像是在梦境里一样。

那位老先生走过来问我们要找什么。我就问他这里过去是否曾经是一所学校来着。

"是的，"他激动地说道，"一所规模不大的小学，但这已经是很久以前的事情了，现在只有园丁住在这里。"

这位老先生告诉我，他在18世纪初的时候曾是这所小学的老师，学校的校长是他的父亲。由于革命的关系，1923年的时候小学关门，之后就再没有招过学生了。

他戴上眼镜走到我身边，以一种老师独有的专注表情，细细地打量着我。然后他放下他的铁耙，对我说：

"我认得你，你是小阿努歇。"

我起先的时候以为他可能是糊涂了，但是我很快记起我们在泽米尔利先生的葬礼上见过面。所以我打消了那个偏见，告诉他他应该是弄错了，我叫阿丽斯。

可他仍是坚持自己的意见。"那个迷路小姑娘的目光，我是不会弄错的。"说着，他邀请我们去他家喝杯茶。我和坎刚刚在他家的客厅里坐定，他就一把抓住我的手哽咽着说道：

"我可怜的阿努歇，我真为你的父母感到难过。"

他怎么可能知道我父母已经在伦敦轰炸中去世了呢？我把自己的疑问说了出来，然后发现他看起来越来越迷惑了。

"你是说你的父母最后成功地逃到了英国？阿努歇，你在说什么啊，这是不可能的事情。"

他的话完全不合情理，但他仍继续说道：

"我父亲认识你的父亲。那时候的年轻人太野蛮太疯狂了，真是一个悲剧啊！我们不知道你的母亲最后如何了。你知道，那时候你不是唯一一个身处危险的孩子。学校不得不关门，多少也是因为人们想要忘记这一切。"

我完全不明白他到底在说些什么，一点儿都不明白，戴德利，但是他的嗓音又是那样真诚，我开始有些犹豫了。

"你是一个好学勤奋的孩子，即使你那时从不说话。任何人都没法让你发出一个音来，这件事令你的妈妈很绝望。但是你和她实在是太像了，刚才在小路的尽头看到你时，有一瞬间我真的以为那是她。但是这是不可能的，太多年过去了。那时候她有时候会陪你来学校，看到你能够在这里上学，她是那么高兴。我父亲是唯一肯接收你的校长，其他人都觉得你执意不肯说话会是个大问题。"

我又问了这位老先生许多问题，为什么他觉得我母亲的命运就会和我父亲不同呢？事实上我亲眼看到他们一同消失在炸弹之下。

他望着我，神情难过地说道：

"你知道，你的乳母后来一直住在于斯屈达尔区，过去我去买东西的时候有时还会遇到她。不过我的确也有一段时间没有看到她了，大概她现在也已经过世了吧。"

我问他，他口中的乳母究竟是谁。

"你一点儿都不记得伊玛泽太太了吗？她是那么疼你……你欠她的真是太多了。"

我在记忆深处努力搜寻相关的记忆，但是毫无结果。这种无力感使我自己对自己生气，自从听到这位用另一个名字叫我的老先生的话后，我愈发沮丧了。

随后他带我们参观了他的房子，把我学习过的教室指给我看。现在那里是一个小阅览室了。他很想知道我现在在做什么，我是否已经结婚，我有孩子了吗。我把我的职业告诉他，但他看起来一点儿都不惊讶，还补充说：

"大部分的孩子，当我们交给他们一件东西时，他们会先把它放进嘴里尝尝；但你呢，你则是会去闻它。这是你决定取舍的独特方式。"

他把我们一直送到铁栅栏那边。我抚摸着树荫可以盖住大半个庭院的那棵椴树，忽然重新记起这种气味，这绝对不是我第一次闻到这种味道，也绝对不是我第一次来到这里。

坎和我说，我应该来过这所学校，但那位老先生的记忆也不行了，他应该是把我和另一个孩子弄混了，记忆在他的头脑中混成一片，就好像我平时混合香料那样。他又说，既然我已经可以记起一些东西，那么不久我应该可以想起更多的其他事情。只要耐心，只要相信命运的安排就好。今天如果不是那栋老房子失火，我们也不会经过栅栏后的这所小学。虽然我知道坎这么说是为了安慰我，但我想大概他说的也没有错吧。

戴德利，这么多没有答案的问题扰得我无法入睡。为什么那位老先生要叫我阿努歇呢？他说的那次野蛮又疯狂的行为指的到底是什么？我的父母至死都没有分离，为什么他口里的意思又是相反的呢？他看上去是那样肯定、那样悲伤。

请原谅我给你写了那么多无意义的话，但这些就是我今天的经历了。

明天，我会回奇哈格的工作室工作；不管怎么说，我现在已经掌握了主要的信息了。我在这里住了两年，然后不知道因为什么，我父母把我送去了一所在博斯普鲁斯海峡另一端的学校，在于斯屈达尔区一条小巷的尽头，也许平时还有一位名叫伊玛泽太太的乳母陪着我。

我希望你那边一切顺利，你的画作逐渐成形，每天对着你的画架，你的快活不断翻倍。为了帮助你的工作，我可以告诉你，我现在住的房子高三层，外墙涂成淡玫瑰色，百叶窗则是白色的。

吻你。

阿丽斯

又及：请原谅我弄错了你的名字，我那时一定是走神了。安托是我的一个老朋友，我们有时会通信。对了，既然我们谈到了彼此的朋友，你和卡罗尔去看的那部电影又是什么呢？

亲爱的阿丽斯：

（当然阿努歇也是个很好听的名字……）

我相信这位老先生是把你和另一个过去在这里上学的女孩子弄混了。你不必为了这位老先生一时混乱、毫无理性的回忆而困扰。

不过好消息是，你终于找到自己在那两年内在伊斯坦布尔就读的学校啦。你还知道了，即使是在最困难的时候，你的父母都始终没有忽视过你的教育。这些还不够吗？

我也考虑了一下你那些没有答案的问题，我觉得我似乎找到了一个还说得通的逻辑。在战争期间，考虑到你父母的处境（想想他们为贝伊奥卢的居民带来的帮助吧，我想这不是全无风险的），很可能你的父母更希望自己的孩子可以在另一个街区的学校学习。而且那时他们两人都还在药学院学习，因此很可能他们必须找一个乳母来帮忙。这就是为什么在泽米尔利先生的记忆里没有任何关于你的部分。当他们出去寻找药品的时候，你那时候就在学校上学或是由伊玛泽太太照料着。一切问题这样都可以解释得通了，你可以安心去工作，我希望它已经取得了很大的进展。

至于我这边，画作的进展没有我想象的那么快，但是我相信自己还是可以搞定的。至少这是我每晚离开你的房间时心里所想的，虽然第二天再来的时候又会觉得事情完全不是这样。但是又能怎么样呢，这就是画家的艰难生活啊，希望和幻灭，我们以为自己已经把握了自己想表现的题材，但事实上却是那该死的画笔在随心所欲地指挥着你。尽管现实情况大概会更加复杂一些，指挥你的可能还不只是画笔……

另外，既然从你的信里看，伦敦似乎已经不再让你怀念了，而我呢，有时也常常怀念我和你在伊斯坦布尔喝过的那种茴香酒的味道，因此有几个晚上我开始想，要是来坎妈妈的餐馆里吃顿晚饭也是一个不错的主意；我很愿意有朝一日可以到那里找你，即使我知道这是不可能的，这段时间我还必须要继续工作。

你衷心的
戴德利

又及：你已经去王子岛野餐过了吗，你觉得它名副其实吗？

亲爱的戴德利：

你可以向我抱怨我给你回信回得太迟，但请不要怨我，因为这三周来我一直马不停蹄地工作着。

我最近取得了很大的进展，不只是在土耳其语方面。我与奇哈格的调香师一道，我们的努力已经快有成果了。昨天我们第一次调出了一种和谐的味道，当然春天的到来对此也功不可没。我亲爱的戴德利，要是你知道自从天气放晴之后，伊斯坦布尔改变了多少，那该多好啊。上周末坎带我去了周边的乡村，我在那里发现了许多从未闻过的气味。城市的周边已经被玫瑰包围，上百种不同的玫瑰的香味。桃树与杏树都已经开花，博斯普鲁斯海峡两岸的犹太树则呈现出一片紫色的风致。

坎告诉我不久之后就是金雀花、天竺葵、九重葛、绣球花以及其他许许多多花木的花期。我想我真的是发现了一个属于调香师的人间天堂，能够住在伊斯坦布尔实在是太幸运了。你在上一封信里问我关于王子岛之行的情况，岛上植被繁盛，而我住的于斯屈达尔区也不遑多让。每天工作结束后，我常常和坎一同去藏在伊斯坦布尔中心花园里的小咖啡馆喝一杯。

一个月后，这里的气温会继续上升，我们可以去海滨游泳。你看，我是如此快活，几乎已经有些等不及了。眼下还是仲春时节，而我已经开始期待夏天的到来。

亲爱的戴德利，我不知道应该怎样感谢你，感谢你让我有机会体验这样令我沉醉的生活经历。我喜欢和奇哈格调香师一同度过的时光，喜欢我在坎妈妈餐馆里的工作，她对我这样好简直就好像是我的亲人一样。每天当我回家时，伊斯坦布尔傍晚温和的感觉简直就是一个奇迹。

我很希望你可以再来伊斯坦布尔和我见面，即使只有短短的几天，这样的话我就可以和你一同分享所有我在这里发现的美景了。

天色已晚，整个城市都已沉睡，我也要去休息了。

吻你，只要一有机会我就会再给你写信的。

你的朋友

阿丽斯

又及：请告诉卡罗尔，我很想念她，很希望可以知道关于她的消息。

Chapter 13

真相

　　这个晚上，她趁着夜色将给戴德利的信寄
出。戴德利一周之后收到了这封长信。他没有
告诉阿丽斯，在读信的时候，他也哭了。

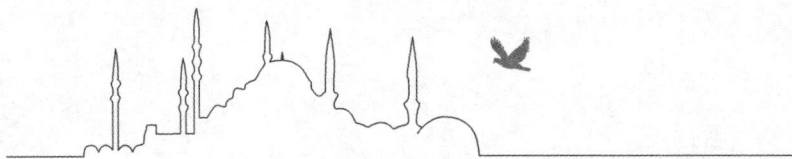

阿丽斯在去餐馆打工的路上顺便把给戴德利的信寄了出去。等她踏进餐馆时，听到坎妈妈和她的侄子正在激烈地争吵。但是等她走近他们时，坎妈妈却忽然闭嘴了，她还冲坎使劲做了个表情，让他也别再说了。这一切都被阿丽斯看在了眼里。

　　"发生了什么事吗？"阿丽斯一边穿上围裙，一边问道。

　　"没有。"坎回答道，但他的眼神却出卖了他。

　　"你们的样子看上去似乎不是很高兴。"

　　"做姑姑的在和侄子发生分歧时，应该享受对方足够的敬意，做侄子的不得翻白眼。"坎妈妈提高了声音说道。

　　话音刚落，坎就一把把门关上，走出餐馆，甚至都忘了和阿丽斯说再见。

　　"似乎有些严重啊。"阿丽斯一边走近坎爸爸的炉子边，一边接着说。

坎爸爸转身递给阿丽斯一把餐刀，让她尝尝炖肉的味道如何。

"很好吃。"阿丽斯说。

坎爸爸在围裙上擦了擦手，然后一言不发地走向旁边的小房间去抽根烟。他临走关门时的目光里似乎也带着怒气。

"今天的气氛可真好啊。"阿丽斯说道。

"这两个家伙老是和我对着干，"坎妈妈开始发牢骚了，"等我哪天死了，客人们最好还是跟着我去墓地，别留在这里和这两个驴脑袋的家伙打交道。"

"如果您能够告诉我刚刚发生了什么，也许我能帮上忙，二比二，在数目上至少还会公平一些。"

"我那个笨蛋侄子真是个太好的老师了，你呢，你也学得太快了。坎还是应该去搞定他自己的事情，你也是。所以，别像根柱子似的杵在这里了，你看到这里有客人吗？没有一个，所以去吧，他们正在餐厅里等着呢，还有你可别再摔门了！"

听到这话，阿丽斯没再多待一秒钟，她从身边最近的一个架子上取下一摞盘子，然后手里拿着点菜单，向人越来越多的餐厅走去。

厨房的门刚刚关上，就听到坎妈妈冲着她的丈夫大喊，让他快点儿掐灭烟马上回炉子边工作。

除了这个小插曲外，这个晚上的一切都很顺利，只是每次当阿丽斯经过厨房时，她都会看到坎妈妈和她丈夫之间还是一句话都不说。

每周一的晚上，阿丽斯的工作都不会弄得太晚，最后一批客人大概在十一点左右也都散尽了。阿丽斯清理完餐厅，除下围裙，和还在低声抱怨的坎爸爸、其他同事以及神情古怪地看着她的坎妈妈——道别。

坎正在门外等她，他坐在一堵矮墙上。

"你今天去哪里了？你走的时候，那样子就好像是个小偷。你和你姑姑之间出了什么事，才会搞到这个地步呢？就是因为你，我们今晚都过得糟透了，她的脾气实在是太坏了。"

"我姑姑的脾气比驴还犟，我们只是吵架了，就是这样而已，明天应该就会好多了。"

"我可以知道你们是因为什么缘故吵架吗？不管怎么说，今晚最后为你们的争执埋单的还是我来着。"

"如果我把这件事告诉你，只怕我姑姑会更加生气，明晚的情况会变得更加糟糕。"

"为什么呢？"阿丽斯问道，"因为这件事和我有关？"

"我不能说。好了，我们也聊够了，我送你回去吧。天晚了。"

"你知道的，坎，我已经是大人了，你其实不必每天陪我回家。这几个月来，我已经认得每天来回的路了。我住的地方其实就在这条街的尽头。"

"你这是在取笑我了，我既然收了戴德利先生的钱，就要负责照顾你。我只是在完成自己的工作而已，就像你每天在餐馆完成你的工作一样。"

"什么，你这是收费的？"

"是啊，戴德利先生每周都付我薪水。"

阿丽斯久久地望着坎，然后转身就走，一句话都没有说。坎急忙追上去。

"当然我这样做也有部分是出于友谊的考虑。"

"别和我说，因为考虑到大家是朋友，所以你还收费。"阿丽斯说着加快了脚步。

"这两者并不是不能兼容的啊，晚上的路可能没有你想象的那么安全。伊斯坦布尔是个巨大的城市。"

"但是于斯屈达尔这个地方住的大家彼此都认识吧，这话你已经说过上百遍了。现在，让我一个人安静安静，我认得自己的路的。"

"好吧，"坎叹了口气，"我会写信给戴德利先生的，告诉他我不能继续收他的钱了，这样你就满意了吧？"

"我希望的是你可以早一点儿把他付你薪水这件事告诉我。我已经给他写信说不需要他的帮助了，但现在看来他根本没有放在心上。我生气的就是这一点。"

"为什么知道有人在帮助你，你反而会生气呢？"

"因为我根本没有请他帮忙啊，而且我也不需要任何人的帮忙。"

"这样说难道不是更加荒唐吗？在生活中没有人可以不需要别人的帮助吧？任何人都不可能完全独立地完成一件大事。"

"好吧，但对我来说，就是这样的！"

"好吧，就算是你，也不能例外！如果没有奇哈格的那位调香师，你难道就能自己调对香水的味道吗？要是我没有带你去他的工作室，你就能自己找到他吗？你就能遇到领事先生、泽米尔利先生和学校的老师吗？"

"别太夸张了，至少小学老师是我自己找到的。"

"那又是谁选了从学校门口的路上走过呢？是谁呢？"

阿丽斯停下脚步，转身对着坎。

"你还真是执着。好吧，没有你，我就不会遇到领事先生，不会遇到泽米尔利先生，我就不会在你姑姑的餐馆里工作，我也不会在于斯届达尔住下来。我很可能已经离开伊斯坦布尔了。这一切都是拜你所赐的，这样你满意了吧？"

"你还忘了说，没有我，你也不会从那所小学的门前经过！"

"我已经向你道歉了，我们不会整个晚上都还要继续讨论这个问题吧。"

"我不知道你是什么时候向我道歉的。但我可以说，如果不是因为戴德利先生付我薪水的话，你就不会遇到以上任何一个人，不会在我姑姑的餐馆里找到工作，更不会找到她现在租给你的房子。你的道歉清单可以再加长一倍，你也还得再好好谢谢他，至少在心里。我相信他应该是可以感应到的。"

"我会在给他的信里都写到的，不过老实说，你这么说，大概还是为了让我不要在信里请戴德利解雇你吧。"

"随你的便。我为了你已经把能做的都做了，如果这样你还打算要我失业的话，那我也没有什么话好说。"

"这就是我想说的意思，还有你可真是固执。"

"你也是，就和我姑姑一样倔强。"

"好了，坎，我想今晚我们已经吵够了，大概把这个月余下的份额都提前用完了。"

"好吧，那我们去喝杯茶吧，然后就此停战。"

阿丽斯跟着坎来到小巷尽头的一家咖啡馆前，门口的露天座位上还有不少的客人。

坎点了两份茴香酒，阿丽斯说她还是更愿意喝茶，但是坎没有接受她的要求。

"戴德利先生从来不怕喝酒。"

"因为你觉得喝得醉醺醺的是件很有面子的事情？"

"我不知道，我可从没有这样想过。"

"好吧，在我看来醉酒其实是一种愚蠢的自我放纵。但现在为了顺着你的心意，就让我们干杯吧，不过你得把你和你姑姑吵架的原因告诉我。"

坎犹豫了一下，但阿丽斯的坚持让他终于让步了。

"是因为所有我帮你找到的人，领事先生、泽米尔利先生、学校的老师，包括最后这位老师，即使我告诉她在这件事上我并没有出什么力，我们只是偶然间路过而已。"

"她为什么要指责你呢？"

"因为我掺和了和我无关的事情。"

"可这和她也没有关系啊？"

"她的意思是当我们太关心别人的生活时，即使是为了对方好，我们最终也可能会给他们带来不幸的。"

"好吧，明天我会去和坎妈妈谈谈的，告诉她你到现在为止带给我的只有好运，她大可以放心。"

"你可千万不要这样和我姑姑说，这样的话她就会知道我把事情告诉你了。她一定会更加生气的。再说，她的话也不是完全没有道理，如果我不把泽米尔利先生介绍给你认识，那当他去世时你就不会那么伤心。如果我没有带你走那条小巷，你也就不会遇到那位小学老师，也就不会因为他的话而困扰了。老实说，我还从未见过你那个样子。"

"你得确定一下情况才好吧，要不就是你的向导天赋帮我们找到了这位老师，要不就是你在这件事上什么都没有做，只是纯粹凭借运气和偶然！"

"好吧，但事实上是两种情况兼而有之，偶然烧毁了那栋老房子，而我呢，则带你走进了那条小巷。这件事上偶然和我的作用是不可分的。"

阿丽斯推开她面前的空杯子，坎又帮她满上了。

"现在这个样子倒让我想起了过去和戴德利先生一起的日子。"

"你难道不能暂时忘记一下戴德利先生吗？"

"不，我想不太可能吧。"坎想了想回答说。

"你和你姑姑是怎么吵起来的？"

"在厨房里。"

"我不是问你，你们在哪里开始吵架的，而是怎么吵起来的。"

"啊，这个啊，我不能说。坎妈妈让我发誓不能说的。"

"好吧，那我来替你解开这个誓言的束缚好了。一个女人可以让一个男人违背他对另一个女人许下的誓言，只要当事双方都达成共识，且不对任何一方不公平即可。你难道没有听说过吗？"

"这是你刚刚发明的吧？"

"算是即兴吧。"

"果然和我猜得没错。"

"坎，告诉我为什么你们会说到我吧。"

"你为什么这么想知道呢？"

"那你设身处地地为我想想吧。想象一下当我和戴德利正在因为你吵架的时候，你忽然闯进来撞破了，难道你就不会想知道我们吵架的原因吗？"

"一点儿都不会。我想戴德利先生肯定又是在批评我，而你呢，你则是在为我说话，然后他又一次因为这个缘故指责了你。这一点儿都不神秘，你看吧。"

"可真的要让我生气了！"

"好吧，那我的话，就是我姑姑真的令我因为你而生气了。现在我们扯平了。"

"好吧，那么这样吧，我在下一封给戴德利的信里对关于雇用你的事只字不提，然后你告诉我这次争执的起因是什么吧。"

"你这是在要挟我，是在逼着我背叛我姑姑啊。"

"那我，我不告诉戴德利你的事情，难道不也是背叛了我自己的独立原则了吗？你看，现在才是真的扯平了。"

坎看了看阿丽斯，又为她倒上了酒。

"先喝了这杯吧。"他望着阿丽斯的脸说道。

阿丽斯一口气喝干了杯子里的酒，猛地把杯子搁在桌上。

"说吧！"

"我想我已经找到伊玛泽太太了。"坎说道。

望着阿丽斯惊讶的神情，他继续说：

"你的乳母……我知道她住在哪里。"

"你是怎么找到她的？"

"因为坎是伊斯坦布尔最好的向导，博斯普鲁斯海峡两岸都是他熟悉的地盘。这一个多月来，我陆陆续续地到处打听。我基本上已经快把于斯屈达尔的地界翻过来了，最后终于找到了某个认识她的人。就像我和你说过的那样，于斯屈达尔的人们彼此都认识，或者应该说，这是一个所有人都彼此或直接或间接认识的地方……于斯屈达尔是个小地方。"

"那我们什么时候可以去看她？"阿丽斯激动地问道。

"当时机成熟的时候，必须瞒着坎妈妈行动！"

"但这件事和她又有什么关系！为什么她不愿意你把这件事告诉我？"

"因为我姑姑对世上的万事万物都有一套自己的理论。她认为过去的事情就应该永远地留在过去，唤醒沉睡的往事不是件好事。我们不应该揭开时间尘封的过去，她觉得如果我带你去找伊玛泽太太的话，就是在带给你不幸。"

"可这又是为什么？"

"这个，我也不知道了，也许等我们去了就知道了。现在我希望你可以答应我，你会耐心地等待，直到我完全安排好这次会面为止。"

阿丽斯答应了，坎请她允许自己送她回家，因为现在他还有义务照顾阿丽斯的安全。鉴于两人之前喝下的茴香酒数量，他们最好尽快上路回家。

第二天晚上，阿丽斯从奇哈格的工作室回来，然后马不停蹄地换衣服，准备七点去餐馆上班。

坎妈妈的餐馆似乎已经恢复了往日正常的秩序。坎爸爸负责在炉子边忙碌着，坎妈妈坐在收银台后面看着全场。只有熟客来的时候，她才会暂时离开一下去和他们打招呼，然后用目光示意伙计们按照客人的重要程度为他们安排座位。阿丽斯记下客人们的点餐，在厨房和客人们之间忙碌地跑来跑去，大家都尽力做到最好。

快九点的时候，餐馆里的生意达到一天中最好的时候，这时连坎妈妈也放弃了她的柜台，加入到伙计们的队伍中去了。

坎妈妈仔细地观察着阿丽斯的一举一动，后者正尽全力希望自己的行为没有泄露坎的秘密。

当最后一位客人离去的时候，坎妈妈锁好门，拉开椅子，在桌边坐了下来，但她的眼睛还是没有离开正在整理餐具的阿丽斯。

"我亲爱的姑娘，来帮我们泡一壶薄荷茶吧，然后再帮我拿两个杯子。"

阿丽斯也正想休息一下，喘一口气。于是她走进厨房，再出来的时候手上就端着泡好的茶。坎妈妈让伙计关上送菜口的窗户，阿丽斯放下托盘，坐在了坎妈妈的对面。

"你在这里高兴吗？"坎妈妈一边倒茶，一边问道。

"是的。"阿丽斯有些困惑地回答道。

"你很勇敢，"坎妈妈继续说，"就和我当年一样，我从来都不怕工作。说起来，现在你和我们家的关系还真是有趣呢，你不觉得吗？"

　　"什么关系？"

　　"白天我侄子为你工作，晚上呢，你就来我这里上班。这几乎是家庭式的工作方式了。"

　　"这我倒从没有想过。"

　　"你知道，我丈夫平时话不多，他说这完全是因为我太爱说了，我一个人说的话就是两个人的量。但是，他还是很欣赏我，尊敬我的。"

　　"我也是，我也喜欢这里的每一个人。"

　　"那我租给你的房间，你喜欢吗？"

　　"我喜欢那里宁静的氛围，房间的视野也很好，我晚上睡得很好。"

　　"那么坎呢？"

　　"不好意思，您说什么？"

　　"你难道不明白我的意思？"

　　"坎是一个很出色的向导，毫无疑问是伊斯坦布尔最好的向导；我和他相处的时间越长，就越觉得他是一个难得的朋友。"

　　"我的姑娘，你和他相处不止几天了，而是好几个月了吧。你难道没有意识到你和他在一起的时间吗？"

　　"您究竟想和我说什么，坎妈妈？"

　　"我就是想请你多注意一下他。你知道，一见钟情，这种事情都是书上写写的。现实生活中，两人间的情感是日积月累、慢慢建立的，就好像我们造房子，一块砖一块砖地往上垒。我和我那厨师丈夫的第一次见面，你根本无法想象。但是在四十年的相处之下，我对他有一种奇怪的爱意。我学会了如何欣赏他的优点，习惯他的缺点，当我对他生气的时候，就像昨晚的情况那样，我会一个人走开，去好好冷静地想想。"

"那您想到了什么？"阿丽斯打趣地问道。

"我想象一个天平；在一头我放上他身上我喜欢的东西，在另一头放上令我生气的东西。然后我发现天平差不多是平衡的，甚至还向好的那一方面倾斜一些。这是因为我找了一个可以衡量优缺点的丈夫。坎是个比他姑父更聪明的男人，而且与他不同的是，坎还是个英俊的小伙子。"

"坎妈妈，我从来没有想过要吸引您的侄子。"

"我知道，但是我和你说的是他。他已经打算为了你彻底回到伊斯坦布尔来了，难道你不知道吗？"

"很抱歉，坎妈妈，我从来不知道……"

"我知道，你努力工作基本没有心思想到其他的事情。你知道为什么我让你周日不要再来上班吗？就是为了让你的脑袋一周里有时间可以好好休息一下，让你找到一个心动的理由。但是我也看得出，坎不是你喜欢的类型，那么就放过他吧。现在你已经认识了去奇哈格的路了，以后的天气会越来越好，你完全可以一个人去的。"

"我明天就和他说。"

"不用这样，你只需和他说你不再需要他的帮助就可以了。如果他真是伊斯坦布尔最好的向导的话，他应该很快就能找到下一个顾客的。"

阿丽斯望着坎妈妈的眼睛。

"您也不希望我继续在这里工作了吗？"

"我可没有这么说，你为什么会这么想呢？相反我很欣赏你，客人们也是；如果每晚都可以看到你，我会很高兴的；如果你不再来的话，我想我会想念你的。所以还是继续来这里上班吧，你那视野很好、睡得又安稳的房间也可以留着，然后白天好好在奇哈格工作吧。一切都会好的。"

"我明白了，坎妈妈，我会好好想想的。"

阿丽斯脱掉围裙折好，然后把它放在桌子上。

"昨天晚上为什么您会和您的丈夫生气呢？"她走向餐馆大门时又问道。

"因为我和你一样，我亲爱的姑娘，我的性子很犟，我向他提了太多的问题。明天见吧！现在我也要关门了。"

❤

坎正坐在门外的长椅上等待阿丽斯。当阿丽斯从他面前走过时，他急忙站起身来和她打招呼。阿丽斯被吓了一大跳。

"我刚刚都没有发现你。"

"对不起，我无意吓到你。你的神情看上去好奇怪，餐馆的工作有什么不对劲的地方吗？"

"没有，一切都恢复正常了。"

"这倒是，坎妈妈的脾气就和暴风雨一样，虽然猛烈却不持久。来吧，我送你回家。"

"坎，我得和你谈谈。"

"我也是，来吧。我这边有些新消息要告诉你，我想我们还是边走边说吧。那位小学老教师说自己在市集上再未遇到过伊玛泽太太，其实是因为她现在已经离开了伊斯坦布尔。她回自己的家乡养老了，她现在就住在伊兹米，我甚至还有她家的地址。"

"那个地方离这里远吗？我们什么时候能够去看她？"

"离这里大概一百公里吧，乘火车一小时左右。我们可以趁机也去看看海，不过我还没有完全安排好这件事。"

"你还在等什么？"

"我希望可以确保你去了就一定可以见到她。"

"那是当然，但有什么人让你犹豫来着吗？"

"我不知道，我姑姑也许说得对，过去的事情就过去了，不应该再把它们翻出来。既然现在你很幸福，那为什么还要去寻找过去呢？还不如一切向前看，好好想想未来的事情。"

"我并不害怕过去，而且我想我们每一个人都应该知道自己过去的故事。我总是在想，为什么我父母一定要向我隐瞒这一段经历。如果换了是你，难道你就不想知道吗？"

"但如果说他们是有自己的理由的，他们是为了保护你呢？"

"保护我？"

"保护你，让你可以忘记那些不愉快的回忆。"

"我那时只有五岁，而且我什么都不记得了。再说世上还有比什么都不知道更令人焦虑的事情吗？如果我可以知道事情的真相，不管它是什么，我想至少我还可以找到一个理由说服我自己。"

"我想，你父母乘船回国的这趟旅途中应该发生了什么可怕的事情，于是你的母亲请求上天让你最好什么都不记得了。这应该就是她一直什么都不说的原因。"

"我也这样想过，坎，但这只是一个假设。老实说，我很希望能够从别人口中听到他们的故事，即使对我来说是最寻常不过的东西。每天我母亲是怎样穿着打扮的，我去学校前她会和我说些什么，我们在鲁米尼亚城的日常生活如何，每周日我们会做些什么。和别的方式一样，这只是为了再和他们产生联系而已，即使只是在和别人的谈话中。我对他们的思念之情，自他们过世后，从未减弱。"

"明天我们不去奇哈格的工作室了，我带你去拜访伊玛泽太太，但是切记不要和我姑姑提一个字，你可以答应我吗？"说着两人已经走到了阿丽斯住的楼下。

阿丽斯专注地望着他。

"坎，你在生命中遇到过某个人吗？"

"我在生命中遇到过许多人的，阿丽斯小姐。各种朋友，许多亲戚，甚至对我来说也许是太多了一些。"

"我的意思是你有没有遇到过你爱的人。"

"如果你是想知道我心里是否住着一个女人的话，那我可以告诉你，于斯屈达尔的所有姑娘每天都会来这里拜访一次。暗恋既不费钱，又不会伤害别人，不是吗？对了，那你呢，你是否在爱着某个人？"

"等等，明明是我在向你提问啊。"

"我姑姑到底和你说了些什么？为了让我不再为你工作，她可真是无所不用其极啊。她就是这样的人，当她脑子中有了一个主意之后，就不管三七二十一，一定要实现它。她一定是告诉你，我打算向你求婚了是吧。好吧，那我可以向你保证，我根本没有这样的打算。"

阿丽斯握住了坎的手。

"我可以向你保证，我也没有相信过坎妈妈的话。"

"别这样。"坎叹了口气，抽出自己的手。

"这只是朋友间的握手而已。"

"也许吧，但是性别不同的人之间可是没有纯粹的友谊的。"

"这点我不同意，我最好的一个朋友，就是一个男人，我们从小就认识了。"

"那你不想念他吗？"

"不，当然会想念他了。我每周都会给他写信的。"

"那他给你回信吗？"

"没有，但那是有理由的，因为那些信我从来没有寄出去过。"

坎冲着阿丽斯笑了，然后倒退着走了几步。

"你难道没有想过自己为什么从来不把这些信寄出去吗？我想我该回去了，现在天很晚了呢。"

亲爱的戴德利：

　　我给你写这封信的时候，心绪很乱。我想是时候结束这次旅行了，不过今晚我给你写信，却是想告诉你我暂时还不能回去。接着读下去，你就会明白原因了。

昨天早晨，我去看了我小时候的乳母。坎带我去了伊玛泽太太家。她住在一条石砌小巷的尽头，过去那里曾是一条土路。我想我得告诉你，这条小巷的尽头也有一段大楼梯……

这天就和往常一样，坎和阿丽斯很早就离开了于斯屈达尔，但坎告诉阿丽斯他们得先去哈达巴萨火车站。火车九点半发车，阿丽斯把脸贴在车厢的玻璃窗上，心中暗想不知道她的乳母长得什么样，她的样子是不是会让自己想起一些小时候的事情。一小时后，火车到达了伊兹米，坎招手拦了一辆出租车，让司机带他们去这里最古老的街区。

伊玛泽太太的家和它的主人一样上了年纪。房子是木结构的，向着一边倾斜，仿佛随时准备倒下去一样。墙面外护墙板的钉子已经脱落，窗户被海风中的盐粒锈蚀，窗框已经摇摇欲坠。阿丽斯和坎敲了敲这所破旧的房子的正门。当那个他们以为是伊玛泽太太的儿子的男人过来开门时，阿丽斯忽然闻到了壁炉里传来的树脂气味、散发着凝固的牛奶的旧书气味、带着干土味道的地毯气味以及留有水汽味道的旧皮靴的气味。

"她在楼上，"那个男人指了指楼上，"我什么都没有告诉她，只是说有客人来看她。"

阿丽斯爬上摇摇晃晃的楼梯，忽然注意到一种混合了薰衣草、用来擦拭栏杆的亚麻油、闻得出面粉味道的上浆床单以及伊玛泽太太房里的樟脑丸的气味。

伊玛泽太太正坐在她的床上读书。看到阿丽斯和坎出现在她门口时，她取下了眼镜，望着他们。

她屏着呼吸打量慢慢走近的阿丽斯，然后长长地叹了一口气，泪水涌上了她的眼睛。

而阿丽斯，在她眼里，只看到一个奇怪的老妇人。直到伊玛泽太太哽咽着一把抱住她，把她紧紧地抱在自己的怀里。

……我的头搁在她的肩上，这时我忽然辨认出了我童年时那股熟悉的味道，一种完美的气味，这是每晚去睡觉前晚安吻的味道。我听到，童年时每天早晨窗帘被拉开的声音，还有我乳母的喊声："阿努歇，快起床了，港口有艘漂亮的小船，快来看看吧。"

我认出了那种厨房里热牛奶的气味，我又看见了樱桃木的桌脚，我过去常常在那里躲猫猫。我听到楼梯在我父亲的脚下发出声响，我忽然在一幅水墨画上看到了两张已经被我遗忘的面孔。

我有两个母亲，两个父亲，戴德利，只是现在我都失去了。

过了好一会儿，伊玛泽太太才慢慢擦干眼泪。她用手抚摸着我的脸颊，不住地吻我。她不停地喊着我的小名："阿努歇，阿努歇，我的小阿努歇，我的小太阳，你终于回来看你的老妈妈啦。"我也哭了，戴德利，为我竟然忘记了自己的亲生父母，为他们从未有机会看我长大而哭，也为深爱我并抚养我长大的人是为了救我才收养我而哭。我不叫阿丽斯，在到英国之前，我叫阿努歇。在成为一个英国人前，我其实是一个亚美尼亚人，我真正的姓氏也不是庞黛布丽。

五岁时，我还是一个沉默的孩子，一个不知道为什么不愿意和人说话的孩子。我的世界里只有气味，它们就是我的语言。我的父亲是一位制鞋商，他拥有一间很大的作坊，在博斯普鲁斯海峡的两岸各有一间铺子。伊玛泽太太告诉我，他是那时伊斯坦布尔最有名望的人之一，各乡各地的人都会从外地赶来拜访他。我父亲负责佩拉商号，而我母亲则负责卡迪孔的那家。每天早晨，伊玛泽太太送我去上学，学校就在于斯屈达尔一条小巷的尽头。我父母的工作很忙，但是每到周日我父亲都会带我们乘马车出去散步。

在1914年年初的时候，一位医生告诉我父母，我不愿意说话这个情况是可以治疗的，某些草药可以帮助我夜里不做噩梦，只要晚上睡好了，我就可以慢慢恢复说话的能力。我父亲的顾客中有一位英国药剂师，他帮助过许多有困难的家庭。因此，每周伊玛泽太太也会送我去一次伊斯克里塔尔街。

当我见到这位药剂师的妻子时，我竟用清亮的嗓音叫出了她的名字。

药剂师先生的药很有效。六个月后，我夜里已经睡得和天使一样安宁，也越来越愿意说话了。生活重新开始变得幸福，直到1915年的4月25日。

这天，伊斯坦布尔的众多公务员、知识分子、记者、医生、教师，以及商人都被逮捕了。大部分人没有经过审判就直接被处决，侥幸活下来的那些人则被送去了阿达纳和阿勒颇的集中营。

这天快傍晚的时候，大屠杀的风声传到了我父亲的工作间里。一些土耳其朋友过来通知我父亲，请他尽快带着家人避难。因为当时有人指控亚美尼亚人私通土耳其人当时的敌人俄国人。尽管事实并非如此，但爱国主义的狂热令许多人失去了理智。很多凶手至今还逍遥法外。

我父亲马上赶回家和我们会合，但在路上他遇到了一支巡逻队。

"你父亲是个好人，"伊玛泽太太反复和我说，"他夜里赶来通知我们，最后在港口附近被抓捕了。你父亲也是最勇敢的男人，当那些浑蛋走了之后，他还是勉强支撑着站起来。尽管他那时已经受伤，他还是走了许多路，想办法渡过了海峡。那时候暴乱还没有波及卡迪孔地区。

"我们在半夜看到他鼻青脸肿、浑身是血地走进来，我都快认不出他的样子了。他走进你们的房间看了看正在熟睡的你们，然后请你母亲不要哭，因为那样就会把你们给吵醒了。他把我和你母亲都叫到客厅，把城里发生的一切告诉了我们，屠杀、抢掠、焚烧，总之就是一切失去人性的人能够做出来的事情。他告诉我们，不论如何首先还是要保证你们的安全，马上离开伊斯坦布尔，坐小车去，到了乡下应该就会安全了。你的父亲求我带你们去我家，也就是这里，你们在伊兹米的这栋房子里又待了几个月。当你母亲流着泪问他，为什么他的言下之意就是他不会和我们一同走时，你父亲回答说，我到现在还记得他说这话的样子，'我先坐一会儿，我有些累了。'

"他身上有一种骄傲，就是不论在什么情况下都要站得笔直，直得像一根铁矛。

"他坐在椅子上，闭上眼睛。你母亲半跪在他身边抱着他。他伸出一只手抚摸着她的脸颊，向着她微笑了一下，然后长长地出了一口气。他的头慢慢歪向一边，然后就再也没有说话了。你父亲去世的时候，脸上带着笑意，一直望着你母亲，就像他是有意那样的。

"我还记得，过去当你父母有时起争执时，你父亲总是会说：'你是知道的，伊玛泽太太，她生气只是因为我们的工作太多了。等我们退休之后，我会给她在乡下买一栋四周带田地的大房子，那时她将是天下最幸福的女人。而我呢，伊玛泽太太，当我在这栋凝结着我们的心血的房子里走到我生命的尽头时，我在最后一刻最想看到的一定是我妻子的眼睛。'

"你父亲和我说这一切时，嗓门很大，当然就是为了让你母亲也可以听见。然后她沉默了一会儿，当你父亲穿上大衣就要出门的时候，她走过来和他说：'首先，不要和我说你会比我先走，其次如果我有一天要死的话，也是被你那些该死的鞋子生意给累死的，我最后一眼看到的绝对是你那些皮鞋底。'

"然后你母亲一边拥抱他一边说他真是这世上最难缠的制鞋商，不过此外，她对他倒是没有什么好抱怨的。

"我们把你的父亲放到床上，你母亲为他盖上被子，就好像他睡着了那样。她吻了吻他，又在他耳边轻轻说了几句充满柔情的话语。然后她请我上楼叫醒你们，既然你父亲生前有安排，我们应该马上动身。

"当我套好车时，你母亲也收拾好行李，她随身带的东西不多。不过其中就有那幅你在墙上看到的她和你父亲的肖像画。"

戴德利，我走过去把那画框取下来拿在手里。我已经一点儿都认不出他们的样貌了，但是这对永远冲着我微笑的夫妇却真真实实的是我的父母。

"我们在夜里赶了很长一段时间的路"，伊玛泽太太接着说，"最后终于赶在天亮之前来到了伊兹米，然后你们和你母亲就在我家住了下来。

"你母亲始终很伤心，她整日整日地坐在那棵椴树下，你从窗口可以看到它。当她好一点儿的时候，她就带你去田野里采摘玫瑰和茉莉。你在路上就会给我们讲你闻到的那种种香味。

"我们那时以为一切已经平静下来，疯狂野蛮的情形已经得到控制，伊斯坦布尔的暴行也只是那一夜的事情。但是我们错了，仇恨席卷了整个国家。六月的时候，我那个小侄子气喘吁吁地跑来告诉我，有人在伊兹米地势较低的街区里抓捕亚美尼亚人。他们把这些可怜的人赶上运载牲畜的火车，对他们的态度比对马上要送去屠宰的牲畜还要差。

"我那时有个妹妹就住在博斯普鲁斯海峡边的一栋大房子里，那个傻丫头长得很漂亮。她的容貌吸引了一个富有的显要人物。平时没有邀请，一般我们都进不了她家。但她和她丈夫的心肠都很好，不论如何他们从未让人伤害过妇女和儿童。我和家里人商量了一下，最后决定等天一黑就送你们去她那里。晚上十点的时候，我的小阿努歇，我现在还清楚地记得一切，好像这是昨天才发生的一样，我们拿上那个黑色的小箱子，离开了夜色下的伊兹米。从这条街尽头的大楼梯那里我们可以看到火光把天空映得通红。港口边亚美尼亚人的房子正在起火。我们偷偷摸摸地摸黑前进，有几次为了避开野蛮屠杀亚美尼亚人街区的队伍，我们躲进一片大教堂的废墟里。和所有无辜的人一样，我们以为最糟糕的时刻已经过去了。于是就从废墟里走了出来，你母亲拉着你的手，但就在这个时候，他们看到了我们。"

说到这里的时候，伊玛泽太太停了下来。她抽泣着，我只能抱着她安慰她。她抽出手绢，擦了擦眼泪，然后再继续慢慢讲述这个故事。

　　"对不起，阿努歇，虽然事情已经过去三十多年了，但我每次一说到它，仍是没有办法不流泪。那个时候你母亲在你面前跪下来，她对你说你就是她的生命，就是她的奇迹，不论付出什么代价都要让你活下去，不论她身上发生了什么事她也会一直守护着你，以后不论你身在何处，你也永远都在她的心里。她对你说，她必须离开你了，但是她永远不会把你丢下的。她走到我面前，把你的小手放到我的手心里，然后把我们推到一扇门的阴影里。她分别吻了吻我们，求我一定要保护你们。然后她一个人走出去，走向那些刽子手。为了不让他们发现我们，她径直向他们走去。

　　"等他们把你母亲带走后，我带着你们一路沿着小路向下走，那里的路我很熟。我的表弟在港口等我们，他有一艘捕鱼用的小船就停在浮桥边。我们就这样出了海，并赶在日出之前上了岸。之后我们又走了许多路，才到达我妹妹的家。"

　　我问伊玛泽太太，最后我母亲究竟怎么样了。

　　"我们始终不知道详细的情形，"她对我说，"我知道在伊兹米大约有四千多亚美尼亚人被送进了集中营，而整个帝国则大概有上万人遭难。现在这件事已经没有人再提起了，这件事之后能够活下来并出庭做证的人太少了。而且也没有人愿意再听他们说，毕竟请求原谅这件事需要极大的勇气和谦卑精神。有人会说这段时间有人口迁移的活动，但相信我，事实完全不是这样。我亲耳听人说，有成群的男人、女人和孩子被驱赶着去了南方，队伍长达数公里。那些没有被送上火车的亚美尼亚人则被迫沿着铁路步行，没有水，也没有食物。中途体力不支倒下的人，最后的结局就是在头上挨一颗子弹。还有一些人被送到了沙漠中，那些士兵就任由他们又饿又渴，因精疲力竭而死。

"那个夏天我把你们藏在我妹妹家的时候，我还不知道这些情况，即使我曾想象过最坏的情况。我亲眼看着你母亲被带走，我也想过她可能再也不会回来了。但是那时我更担心的还是你。

"惨剧发生的第二天，你又一次回到那个沉默的世界，你不肯再说话了。

"一个月后，我妹妹和她丈夫基本确定伊斯坦布尔已经安全了之后，我就陪你去看住在伊斯克里塔尔街的药剂师。当你再次看到药剂师的妻子时，你忽然又会笑了，你向她张开双手跑了过去。我把你身上发生的事情都告诉了他们。

"阿努歇，我希望你能够明白我当时的心情，这一切都是为了保护你。要做这个决定真是很艰难。

"药剂师的妻子很喜欢你，你也很爱她。和她在一起的时候，你开始愿意说几个字了。慢慢地她也会来塔斯米的公园陪你玩，她让你闻树叶花草的气味，教你说它们的名字；只有和她在一起的时候，你似乎才重新有了孩子的生气。有个晚上当我去药剂师家拿你的药时，他告诉我，他们马上就要离开这里回英国了，他向我建议不如带你一同回去。他向我保证，在那里，你不用担心任何事情，他和他的妻子会像对待自己的亲生女儿那样对待你的。他向我保证说，你和他们在一起就不再是孤儿了，你的生活里什么都不会缺少，不论是家庭的温暖，还是父母的疼爱。

"我心里很不想让你走，我的心好像被撕开了个口子，但是我只是个乳母，我的妹妹也不能长久地照顾你们，我们两人都没有办法把你们俩抚养长大。你身体不太好，他又那么小无法长途旅行，但是不管怎样我所做的一切，这都是为了保护你啊，我亲爱的孩子。"

亲爱的戴德利，听到这个结尾的时候，我以为我已经把我所有的眼泪都流干了，但不是，我还是不住地哭泣。

我问伊玛泽太太为什么她总是说"你们"，当她说我是两个人中身体不太好的那个的时候，另一个是谁呢。

她把我的脸捧在手心里，请求我原谅，原谅她使我和我的弟弟分离。

我和我的新家庭到达伦敦之后的第五年，我们国王的军队占领了伊兹米，很讽刺，不是吗？

在1923年的时候，当革命不断演进的时候，伊玛泽太太的妹妹的丈夫先是失去了他的特权，不久就过世了。

她的妹妹和其他很多人一样，也离开了战败的土耳其帝国。她避居到了英国，身边只有一些首饰。她后来定居在布赖顿的海边。

那个女算命师全都说中了。我的确是生在伊斯坦布尔，而不是霍尔本。我一个接一个地遇到的那些人，最终把我引向了我生命中最重要的那个人。

现在既然我知道他的存在了，我就会马上动身去找他。

对了，我还有一个弟弟，他的名字叫拉斐尔。

吻你。

阿丽斯

阿丽斯和伊玛泽太太在一起待了一整天。

阿丽斯帮着她慢慢下楼，她们和坎以及伊玛泽太太的侄子一同吃了午饭，然后双双在高大的椴树下坐下来。

这个下午，阿丽斯的乳母给她讲了许许多多的故事，阿努歇的父亲是伊斯坦布尔有名的制鞋商，她的母亲则是一个有两个漂亮孩子的幸福女人。

当她们分手的时候，阿丽斯答应她自己会经常回来看她的。

她请坎和她一同乘船回去；当开往伊斯坦布尔的轮船靠岸时，阿丽斯望着岸边停泊着的船只时，忽然觉得再也无法控制自己的情绪了。

这个晚上，她趁着夜色将给戴德利的信寄出。戴德利一周之后收到了这封长信。他没有告诉阿丽斯，在读信的时候，他也哭了。

伊斯坦布尔假期

L'étrange voyage de Monsieur Daldry

Chapter 14

拉斐尔

"我想，我是你的姐姐。"她颤抖着声音说道，"我是阿努歇，我在到处找你。"

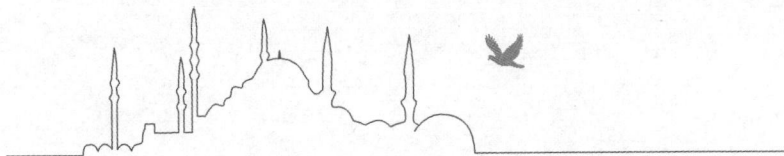

阿丽斯回到伊斯坦布尔后，心里只有一个念头：找到她的弟弟。伊玛泽太太告诉她，拉斐尔十七岁那年离开了家，前往伊斯坦布尔闯事业。之后他每年会去看伊玛泽太太一次，有时还会给她寄一张明信片。他现在以捕鱼为生，常年都在捕捞金枪鱼的船上生活工作。

　　整个夏天的每个周日，阿丽斯几乎走遍了博斯普鲁斯海峡的沿岸。只要一有船只靠岸，她就会马上赶去码头向他们询问，他们是否认识一个叫拉斐尔·卡萨多里安的人。

　　七月、八月和九月就这样过去了。

　　某个周日，为了不辜负秋日凉爽的气候，坎邀请阿丽斯一同去过去戴德利很喜欢的小餐馆吃饭。在这个季节里，餐馆习惯把一些餐桌沿着防波堤摆开。

就在他们聊天的时候，坎忽然不说话了。他用一种无限的温柔态度握住阿丽斯的手。

"我应该承认有件事是我错了，而另一件嘛，我始终还是对的。"他说道。

"是什么呢？"阿丽斯打趣地问道。

"我的确是弄错了，男人和女人间的确可能存在着真正的友谊，你现在是我的朋友了，阿丽斯·阿努歇·庞黛布丽。"

"那另一件呢？"阿丽斯嘴角带笑地问他。

"我也的确是伊斯坦布尔最好的向导。"坎大笑着回答说。

"这我又没有怀疑过！"阿丽斯也笑起来，"但是，为什么你现在要和我说这个？"

"因为有一位长得很像你的男子，现在就坐在你后面第二张桌子那儿。"

阿丽斯的笑容消失了，她急忙回过头，屏住了呼吸。

就在她身后，一个比她稍稍年轻一点儿的男了正在和他的女伴一同用餐。

阿丽斯推开椅子站起身。这几步路在她眼中好像永远都走不完似的。当她终于走到他跟前时，她说很抱歉要打断他们的谈话，但是她想问问他是否叫拉斐尔。

这个男人呆住了，因为他在昏黄的油灯灯光下看到一张陌生的脸孔向他问出这个问题。

　　他慢慢站起身，凝视着阿丽斯的眼睛。

　　"我想，我是你的姐姐。"她颤抖着声音说道，"我是阿努歇，我在到处找你。"

Chapter15

最重要的人

　　那么，我亲爱的姐姐，我很遗憾地告诉你，那个男人他不是我。因为我从来都没有离开过土耳其……

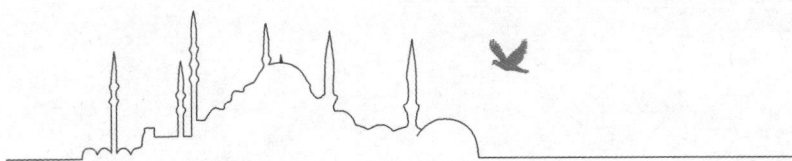

“我在你家住得很舒服。”阿丽斯边说，边向窗边走去。

“房间有点儿小，不过从床上可以正好看到博斯普鲁斯海峡，而且我也不常来。”

“你看，拉斐尔，我过去总是不相信命运，不相信生命中的某些征兆会指引我们选择未来的道路。我不相信算命师讲的故事，不相信世上还有至福至乐，直到，直到有一天我遇到了你。”

拉斐尔站起身，走向阿丽斯。远处一艘货轮正在驶入海峡港口。

“你觉得那个布赖顿的算命师就是亚玛的妹妹？”

“亚玛？”

“小时候你就是这样叫我们的乳母的，你总是无法正确地念出她的名字。而对我来说，她永远是亚玛。她和我说过，她的妹妹到了英国之后，就再无音讯。我想，她应该是逃到哪个地方去了，亚玛大概觉得有些丢脸。如果真的是她的话，那这个世界真是小得古怪。"

"这个世界必须小得古怪，不然我怎么能再找到你呢？"

"为什么你这样看着我？"

"因为我可以花上几小时就这样看着你。我一直以为自己在世界上是孤零零的，但现在我还有你。"

"那么现在，你有什么打算吗？"

"我打算在伊斯坦布尔定居下来。我有一份自己喜欢的工作，也许以后我可以搬离坎妈妈的房子，换到更大的地方去住。我想要找回自己的根，抓住失去的时间，学着再认识你。"

"我平时常常要出海，但我想如果你可以留下来的话，我会很高兴的。"

"对了，拉斐尔，你从来都没有想过要离开土耳其吗？"

"离开土耳其去哪里？这是世上最美的国家，也是我的国家。"

"为了我们死去的父母，你已经原谅他们了吗？"

"我应该原谅他们，并不是每个人都是帮凶。想想亚玛，想想她的家人，是他们救了我们。把我抚养长大的就是土耳其人，他们也教会了我宽容，教会了我要勇敢地回应这些罪行。从窗口看看吧，伊斯坦布尔是多么美丽。"

"你从来没想过要找我吗？"

"当我还是孩子的时候，我并不知道你的存在。亚玛从来都不会和我提过去的事情，直到我十六岁那年，她的侄子一不小心说漏了嘴。直到那天她才告诉我，我还有一个姐姐，但她也不知道你是否还活着。她告诉我，当时她也是迫不得已，她实在没有办法将我们两人同时抚养长大。请不要怨她选择了我，在那个时代女孩的命运波折多了，而一个男孩则意味着日后他一定可以自食其力，并为她养老。我一年寄两次钱给她。她放弃你并不是因为不爱你，而是她实在没有别的选择了。"

"我知道，"阿丽斯看着她的弟弟说，"她也告诉我她更喜欢你一些，她实在不愿意让你离开她。"

"亚玛真的是这么和你说的？"

"我可以向你发誓。"

"她这样对你说真是太直接了。但是不得不承认听到这话，我心里还是很高兴的，尽管这么说似乎不太合适。"

"等到这个月末的时候，我就有足够的钱供我回伦敦了。我在那里只会待几天，主要是为了收拾我的行李，然后再与我的一些朋友告别，并将我公寓的钥匙交给我的邻居。日后他就是那里的主人了。"

"你也许还可以趁机谢谢他。多亏了他，我们才能团聚。"

"他真是个奇怪的好人，你知道的，最奇怪的是他自己还从来没有怀疑过这次旅行是否荒唐。不过他也没有想到我在旅行的最后遇到的生命中最重要的那个男人，会是我弟弟。当然现在他已经知道你的存在了。"

"看来他更加相信算命师的话。"

"如果要我说，他最想的是可以把他的画架安在我的大玻璃窗下。当然我也应该承认我欠他的太多了。今晚我会给他写信，告诉他我马上会回伦敦一趟。"

亲爱的阿丽斯·阿努歇：

你最近的几封信令我也很感动，尤其是我今晚收到的这封。

这么说，你已经决定要在伊斯坦布尔继续你下半生的生活了。天知道我是多么想念我的邻居，但是知道你在那里过得很幸福，我想我也没有什么好说的了。

你说这个月底会回来伦敦待几天，我也很想在这期间见见你，但生活似乎有它另外的安排。

这周，我将和一个女性朋友动身去度假，计划已经确定，基本不太可能更改了。她已经请好了假，你也知道在我们这个该死的国度里许多事情一经确定，再要想改动是多么困难。

我还没有想到有什么办法能够让我们再见上一面。你本应该再多待几天的，当然我也明白你必然也有你的难处。你那位坎妈妈能够放你几天假，已经是很够意思了。

我会整理好你的房间，把我的画架、画笔和画作统统移走，让你仍旧觉得像在自己家中一样舒服。在你不在的这段时间内，我已经修好了房间漏风的窗框，因为它的情况实在很糟糕。如果要等小气的房东派人来修的话，那恐怕我俩都早已经冻死在寒风中了。不管怎么样，十二月马上就要来临了，你之前可是一直住在比英国纬度更低的地方的。

阿丽斯，你又一次在信里感谢我为你所做的一切，但请你了解，事实上你也为我提供了一次梦寐以求的完美旅行。我们一同在伊斯坦布尔度过的日子，将是我一生中最美好的回忆。不论现在我们相距多远，你在我心中永远是最忠实的朋友。我希望有一天能够在这个美妙的城市里再一次看到你，看到你向我介绍你那全新的生活。

我亲爱的阿丽斯，我忠实的旅途伴侣，我希望我们可以保持通信，即使我猜想它不太能保持一定的规律了。

我很想念你，不过这话我已经在信里说过多次了。请允许我拥抱你，因为朋友间也是可以拥抱的。

你忠实的

戴德利

及：有趣的是，当邮差（我们已经在酒吧里重修旧好了）把你的上一封信交给我的时候，正好也是我的画作完工之期。我本想把它寄给你，但这个主意太傻了。你现在只要打开窗户就能看到我所画的一切，而且还必然是更美的。

❦

阿丽斯关上房门，手里提着箱子沿着街道向下走。当她走进餐馆时，坎妈妈、坎爸爸以及伊斯坦布尔最好的向导都在那里等她。坎妈妈站起身来，抓住她的手，把她带到放有五副餐具的桌边。

"今天，这一切都是为你安排的，"她说，"在你不在的时候我会雇用一个临时工，但只是在你不在的这几天里！坐下吧，在进行长途旅行之前应该多吃一点儿。你的弟弟不来吗？"

"他的船应该是今天早晨靠岸，我希望他可以按时到达。他答应会陪我去机场的。"

"可送你去机场的那个人应该是我吧！"坎抗议道。

"他现在有一辆车了，你不应该拒绝他的要求。不然他可要生气了呢。"坎妈妈看着她的侄子说道。

"基本是辆全新的车！在我之前只有两任主人，其中一个还是一个特别小心的美国人。自从我不再为你工作之后，我就不再收戴德利先生的钱了。我后来又有几个别的客人，付给我的薪水都很可观。伊斯坦布尔最好的向导应该能够开车送他的客人去城里的任何地方，甚至更远。上周，我就送过一对夫妻去黑海边的鲁梅利堡垒，路上只花了两小时。"

阿丽斯不时看看窗外，但是直到他们吃完这顿饭，拉斐尔还是没有来。

"你是知道的，"坎妈妈说，"海面上的情况多变，如果今天收获太好，或者太不好的话，他们可能会选择明天回来。"

"我知道，"阿丽斯叹了口气，"不管怎么说，我很快就会回来的。"

"我想现在我们得走了，"坎说，"不然你可能就要赶不上飞机了。"

坎妈妈吻了吻阿丽斯，把她一直送到坎那辆漂亮的汽车边。坎爸爸帮她把两个行李箱放进汽车的后备厢，坎替她打开车门。

"让我来开车怎么样？"她说。

"你是在开玩笑吧？"

"我学过驾驶，你是知道的。"

"但这次不行！"坎边说边把阿丽斯推进副驾驶座。

然后他发动了引擎，自豪地听着汽车发动时轰鸣的声音。

这时阿丽斯忽然听到有人在喊"阿努歇"，她急忙从车上下来，她的弟弟正向她跑来。

"我知道，"拉斐尔在后排车座边坐下边说道，"我今天迟到了许多。但这也不能怪我，我们有一张网被勾住，我已经是尽全力尽快从码头赶来了。"

坎一脚踩下离合器，他的福特汽车沿着于斯屈达尔的街道飞快地奔驰。

一小时后他们到达了阿塔图尔克机场。在航站楼前，坎祝阿丽斯一路顺风，然后就让拉斐尔陪着阿丽斯去办剩下的手续。

阿丽斯在航空公司的柜台前登记，然后托运了一件行李，将另一件提在手上。

空姐告诉她，她应该马上持护照前往办理相关手续，她是最后一位还没有登机的乘客了。

拉斐尔陪她一直走到登机通道口，他对阿丽斯说："在海上的时候，我又仔细地把那位算命师的故事想了想。我不知道她是否就是亚玛的妹妹，但是，如果你有时间的话，可以再回去见见她，因为有一件重要的事她弄错了。"

"你指的是什么？"阿丽斯问。

"她在给你算命时，是不是说你生命中最重要的那个男人那时刚刚从你身后走过？"

"是的，就是这样的。"

"那么，我亲爱的姐姐，我很遗憾地告诉你，那个男人他不是我。因为我从来都没有离开过土耳其，所以去年12月23日我不可能在布赖顿。"

阿丽斯呆呆地望着她的弟弟。

"你想到了某个那晚能够从你背后经过的男人了吗？"拉斐尔问。

"也许。"阿丽斯边说边提起了箱子。

"对了，记得从海关那边过一下，这个箱子里藏了什么珍贵的东西吗？"

"一个小号。"

"一个小号？"

"是的，一个小号，也许它可以回答你刚刚提的那个问题。"阿丽斯微笑着回答说。

然后她再次拥抱了她的弟弟，在他耳边轻轻地说：

"如果我回来得有些晚，请不要怪我。我向你保证我一定会回来的。"

伊斯坦布尔假期

L'étrange voyage de Monsieur Daldry

Chapter 16

重返伦敦

是的，对我来说它具有很重要的情感
价值。

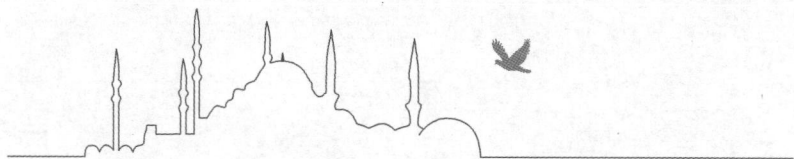

伦敦，1951年10月31日，星期三

一辆出租车在一栋维多利亚式的房子前停下。阿丽斯取下行李，登上楼梯。走廊里静悄悄的，她向她邻居的房门看了一眼，然后走进自己的房间。

房间里有股地板蜡的气味。工作台就和她离开的时候一模一样；在床边的小柜子上，她看到三朵白郁金香正插在一个花瓶里。

阿丽斯脱去大衣，在她的工作台边坐下来。她轻轻抚摸着木质的桌面，抬头望了望大玻璃窗外伦敦阴沉的天空。

然后她走近床边，打开那个装着小号和一瓶包裹严密的香水的箱子。

她从早上开始就什么都没有吃，现在去街尽头的食品杂货店买点儿什么还来得及。

天在下雨，阿丽斯没有雨伞，所幸衣帽架上挂着戴德利的雨衣。阿丽斯穿上雨衣，走出门去。

小店的老板很高兴再看到阿丽斯，她已经有好几个月没有来店里买东西了，这让店老板很意外。阿丽斯一边挑选东西，一边把自己刚刚结束的那趟旅行告诉店老板，并告诉他不久自己又要离开的消息。

等店主帮阿丽斯结账的时候，她顺手就掏了掏雨衣的口袋，完全忘掉了这不是她的雨衣。她在一边的口袋里找到一串钥匙，在另一边则是两张小纸片。她认出了其中一张是那晚戴德利陪她去布赖顿买的入场券。然后等她在自己的钱包里找零钱付给店主时，那张纸片就滑落出来，落在了地上。阿丽斯走的时候两手满满当当的，和往常一样，她又买了太多的东西。

等回到家后，阿丽斯放下东西，看了眼闹钟。时间还早，她还有大把时间换衣服出门。今晚她要去安托家，她合上装小号的箱子，开始考虑应该穿哪一条裙子。

当她在门厅的小镜子前化妆时，阿丽斯忽然想到一件事，一个细节一下子让她迷惑了。

"那天因为天晚，售票窗口已经关上，入场应该是免费的。"

她盖上口红盖，急忙跑去取下雨衣，重新在口袋里翻找起来。但是这次除了钥匙什么都没有。她跑下楼梯，冲向杂货店。

"刚刚，"她一推开门就向店主问道，"我把一张小纸片留在了地上，你看到了吗？"

店主说自己的店铺一向整齐，即使有张纸片落在地上，它现在应该也在垃圾桶里了。

"那垃圾桶在哪里？"阿丽斯忙问道。

"我刚刚把它倒了，小姐，垃圾箱在外面的院子里，但你该不会是想要……"

店主的话还没有说完，阿丽斯就已经冲向通往院子的小门。他慌忙跟上，手臂朝上举起，看着他的顾客正跪在一堆垃圾前东翻西找。

他走近阿丽斯身边，问她她正在寻找的那张珍贵的纸片究竟长什么样。

"是一张票。"

"我想，那是一张彩票了？"

"不是，就是一张布赖顿游乐场的旧门票。"

"那它对你来说一定有很重要的情感价值了。"

"也许吧。"阿丽斯说着开始翻检一堆橘子皮。

"或者这也是它唯一的价值？不过你该不会是要把我的垃圾箱完全翻过来才能确认吧……"

阿丽斯没有回答店主的问题，至少没有马上回答。因为她的目光被一张小纸片吸引住了。

她把它捡起来打开，仔细地看了看上面的日期，然后对店主说：

"是的，对我来说它具有很重要的情感价值。"

Chapter *17*

钟情

在我一生中，我从未像害怕你那样，害怕
过某个人。

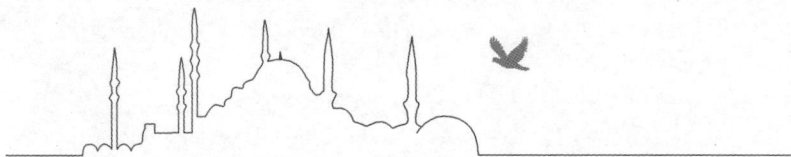

戴德利拖着脚步爬上楼梯。他在门口发现一个小玻璃瓶，门垫上还有一个小信封。瓶子上贴着写有"伊斯坦布尔"字样的标签，附带的卡片上则是："我，至少，我遵守了自己的诺言……"

　　戴德利拔掉瓶塞，闭上眼睛，轻轻地嗅着瓶子里的味道。头香很完美。他闭着眼睛，觉得自己仿佛又一次身处博斯普鲁斯海峡两岸茂密的犹太树丛中。他感觉自己好像重新沿着奇哈格的街道慢慢步行，耳畔还能听到阿丽斯清脆的嗓音。她高声喊着戴德利的名字，因为在她看来后者显然还走得不够快。他闻到一种甘美的气味，其中汇集了土壤、鲜花、尘土以及沿着泉水石板汩汩流下的活水的味道。他听到孩子们正在院子里的树荫下吵嚷着，远处传来蒸汽船的汽笛声和伊斯克里塔尔街上的电车声。

　　"你成功了，是你赢了这个赌局，我亲爱的。"戴德利打开自己的房门，轻轻叹了口气。

他点亮房中的灯，忽然发现他的邻居正坐在他家客厅正中的扶手椅上。戴德利吃了一惊。

"你在那里做什么？"他放下雨伞问道。

"那你呢？"

"好吧，"戴德利轻声说，"也许在你看来有些奇怪，我正回到自己的家中。"

"你不是去度假了吗？"

"鉴于我并没有上班，所以你知道，所谓假期……"

"我不是要恭维你，但是你的画的确比我从伊斯坦布尔的房间窗口看到的更加美。"阿丽斯说着指了指窗户边画架上的大幅油画。

"怎么说呢，好歹这是由曾在伊斯坦布尔生活过的人画的。对了，请你原谅我要问你一个不太重要的问题，但你究竟是怎么进来的？"

"用在你雨衣口袋里找到的钥匙呗。"

"你找到了它？太好了。这是一件我很喜欢的雨衣，这两天来我到处找它。"

"它就挂在我家的衣帽架上。"

"原来如此。"

阿丽斯从扶手椅上站起来，向戴德利走去。

"我也有一个问题要问你，你必须答应我老老实实地回答它，不许说谎，就这一次！"

"你说'就这一次'是什么意思？"

"你现在难道不是应该和你那迷人的女伴正在一同旅行吗？"

"我的出行计划取消了。"戴德利低声抱怨道。

"你的女伴是不是叫卡罗尔？"

"当然不是，我只遇到过你的朋友两次，都是在你家里，一次是我像个野蛮人般闯入的那回，一次是你发烧生病的时候。对了，还有第三次，就在街角那个酒吧，但她根本就没有认出我，所以那次可以不算在内。"

"我以为你们已经一起去看过电影了呢？"阿丽斯边问边向前跨了一步。

"好吧，我那时的确是说谎了，但我是有苦衷的。"

"你的苦衷就是你得告诉我，你对我的朋友有了好感？"

"我真的有自己的理由！"

"还有这架钢琴，难道不是我们楼下的某位女邻居在弹的吗？"

"这架钢琴？这不过是我从一堆废弃的旧家具里淘出来的。我都不管它叫钢琴……好了，你没有别的问题了吧？我可以向你发誓，我说的都是真话。"

"你去年12月23日的晚上是不是在布赖顿的防波堤上？"

"为什么要问我这件事？"

"因为我在雨衣的另一个口袋里找到了这个。"阿丽斯说着把门票递给了戴德利。

"你提的问题一点儿都不公平啊，你明明是知道答案的。"戴德利垂下了眼睛。

"从什么时候开始的？"阿丽斯接着问。

戴德利深深地呼了一口气。

"从你第一天搬进这里开始，从我第一次看到你走上楼梯，我就陷进去了。"

"既然你对我有感觉，那为什么还要想尽办法远离我？这趟去伊斯坦布尔的旅行，就是为了摆脱我吧，是不是？"

"如果这个算命师是说月亮而不是土耳其，这大概对我来说还好一点儿。你问我为什么？你大概想象不出，对一个接受过我这样教育的男人来说，这就意味着我发现了自己那时已经疯狂地爱上你了。在我一生中，我从未像害怕你那样，害怕过某个人。我越是爱你，就越害怕我会重蹈我父亲的覆辙。为了不伤害我爱的女人，我可以付出一切代价。如果你现在可以忘掉刚才我所说的一切，那我就太感谢你了。"

阿丽斯向着戴德利又走了一步，她用手指封住了戴德利的嘴，在他耳边轻轻说：

"别说了，吻我，戴德利。"

❧

天色微亮的时候，戴德利和阿丽斯同时被大玻璃窗外射入的光线给弄醒了。

阿丽斯起身去泡茶。戴德利拒绝起身，因为阿丽斯不肯递给他一套得体的衣物。他绝对不同意穿上阿丽斯递过来的睡衣。

阿丽斯只好把托盘放在床上，等戴德利开始往吐司上涂黄油时，她调皮地说道：

"你昨天所说的一切，我已经按照你的要求忘记了。但我想这该不会是你为了霸住我家的大玻璃窗继续画画而玩的新花招吧？"

　　"如果你有所怀疑，即使是一小会儿，那么为了自我证明，我也可以立即放弃我的画笔，直到我生命的尽头。"

　　"这可不是个好主意，要知道我可是在你告诉我你是画十字路口的时候，才爱上你的啊。"

尾声

　　然后我会找到那第七个人，我生命中最重要的那个男人，也就是你。

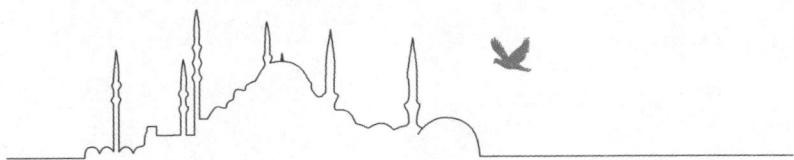

1951年12月24日，阿丽斯与戴德利又一次前往了布赖顿。这天北风强劲，天气异常寒冷。游乐场内的各个摊位都正开着，除了女算命师的之外，摊位的篷子已经被拆掉了。

　　阿丽斯和戴德利得知，女算命师在秋天的时候已经过世，应她的要求，人们把她的骨灰撒入防波堤尽头的大海内。

　　他们倚着栏杆，眼望着大海。戴德利把阿丽斯紧紧地搂在怀里。

　　"现在我们永远都不知道她是不是就是你的亚玛的妹妹了。"戴德利沉思着说。

　　"是的，但是现在这个答案还有什么意思吗？"

　　"这我倒不能同意，这个问题还是很重要的。假如她正是你乳母的妹妹，那么她可能并不是真的'看到了'你的未来，她原本就可能认识你……这可是完全不同的。"

　　"你还真是一个怀疑主义者啊。她看到我是在伊斯坦布尔出生的，她预言了我们的旅行，她说我会遇到六个人，坎、领事先生、泽米尔利先生、卡迪孔的小学老师、伊玛泽太太和我弟弟拉斐尔，然后我会找到那第七个人，我生命中最重要的那个男人，也就是你。"

戴德利取出一支香烟，但还是放弃了点燃它的打算，海风太强劲了。

"是的，最后第七个……第七个，"他咕哝着说，"只要能够长久！"

阿丽斯感到戴德利的拥抱忽然收紧了。

"为什么这么说，难道你不想吗？"

"不，当然想了，那你呢？你其实还不了解我的缺点呢。也许随着时间的推移，你会发现自己接受不了它们的。"

"但如果我也还不完全了解你的优点呢？"

"啊，这个问题嘛，我倒还真的没有想到……"

（全文完）

致谢
Merci

感谢宝玲、路易、乔治。

感谢留蒙、达尼埃尔和洛兰。

感谢拉斐尔和露西。

感谢苏珊娜·莱尔。

感谢艾玛努埃尔·阿尔都安。

感谢尼古拉·拉泰、留恩奈罗·邦多林尼、安托万·卡罗、布里吉特·拉诺德。

感谢伊莎贝尔·维尔奈夫、安娜-玛丽·勒芳、阿里耶·斯伯罗、西尔维亚·巴尔多、迪奈·吉尔伯、李迪·勒罗瓦，以及罗伯特·拉丰出版社的所有成员。

感谢波丽娜·诺曼、玛丽-伊芙·波沃。

感谢留恩纳尔·安托尼、塞巴斯蒂安·卡诺、罗曼·诺艾切斯、达尼埃尔·梅里科尼安、卡特兰·奥达普、罗拉·玛麦罗克、凯里·格朗科斯、莫尼娜·玛斯。

感谢布里吉特和莎拉·福里斯耶。

感谢法航博物馆资料处的维罗妮卡·佩罗-达玛、雷诺·勒布朗，英航博物馆的吉姆·大卫，以及奥列维亚·吉阿坪布迪、皮埃尔·若丹、艾奈斯特·曼布里、伊夫·特里农，他们的著作都曾给予了我莫大的帮助。

您可在以下网站搜寻到所有关于马克·李维的消息

www.marclevy.info

图书在版编目（CIP）数据

伊斯坦布尔假期 /（法）马克·李维（Marc Levy）著；张怡译.
—长沙：湖南文艺出版社，2017.12
ISBN 978-7-5404-8322-7

Ⅰ. ①伊… Ⅱ. ①马… ②张… Ⅲ. ①长篇小说 – 法国 – 现代 Ⅳ. ① I565.45

中国版本图书馆 CIP 数据核字（2017）第 239500 号

著作权合同登记号：图字18-2012-379

L'étrange voyage de Monsieur Daldry by Marc Levy
Copyright©2011 Marc Levy/Susanna Lea Associates
Published by arrangement with Susanna Lea Associates through Bardon-Chinese Media Agency
Simplified Chinese translation copyright © 2012 by China South Booky Culture Media Co., Ltd.
ALL RIGHTS RESERVED

上架建议：畅销·外国文学

YISITANBUER JIAQI
伊斯坦布尔假期

著　者：〔法〕马克·李维
译　者：张　怡
出 版 人：曾赛丰
责任编辑：薛　健　刘诗哲
监　制：蔡明菲　邢越超
策划编辑：马冬冬　刘宁远
特约编辑：汪　璐
版权支持：辛　艳
营销支持：张锦涵　李　群　姚长杰
版式设计：张丽娜
封面设计：吕彦秋
美术设计：利　锐
出版发行：湖南文艺出版社
　　　　　（长沙市雨花区东二环一段 508 号　邮编：410014）
网　址：www.hnwy.net
印　刷：北京鹏润伟业印刷有限公司
经　销：新华书店
开　本：880mm×1230mm　1/32
字　数：320千字
印　张：11.5
版　次：2017 年 12 月第 1 版
印　次：2017 年 12 月第 1 次印刷
书　号：ISBN 978-7-5404-8322-7
定　价：42.00 元

质量监督电话：010-59096394

团购电话：010-59320018